Michael Scharang wurde 1941 in Kapfenberg geboren, studierte in Wien und promovierte über Robert Musil.

Scharang zählt zu jenen Autoren, die Sprach- und Sozialkritik miteinander zu verbinden wissen. Sein Werk umfaßt Romane, Erzählungen, Essays, Hörspiele und Filme. Die beiden in diesem Band wiederaufgelegten und vom Autor für diese Ausgabe durchgesehenen Romane sind erstmals 1973 bzw. 1984 erschienen.

In den vergangenen Jahren lebte Scharang abwechselnd in Wien und New York. Es entstand ein Amerika-Projekt, von dem es bisher zwei Bände gibt, *Auf nach Amerika* und den im Herbst 1998 bei Rowohlt mit großem Erfolg erschienenen Roman *Das Jüngste Gericht des Michelangelo Spatz*.

MICHAEL SCHARANG

ZWEI ROMANE

# CHARLY TRAKTOR

# HARRY

CHARLY TRAKTORS SOHN

LIBRO
CLASSIC

Die Deutsche Bibliothek - CIP-Einheitsaufnahme
Scharang, Michael:
Charly Traktor. Harry – Charly Traktors Sohn.
(Vom Autor durchgesehene Neuausgabe)
Wien: Libro, 1999
(Libro Classic)
ISBN 3-85494-101-3

Programm: Walter Famler
Lektorat: Ilse Walter
Visuelle Gestaltung: Fuhrer
Umschlagphoto: ÖhnerKraller
Produktion: VISCOM Gesellschaft für Mediendesign

Herstellung: Agens Werk
Verlags- und Herstellungsort: Wien
Printed in Austria

# CHARLY TRAKTOR

1

Das linke Donauufer in Wien ist nicht verbaut. Der breite freie Streifen heißt Überschwemmungsgebiet. Es gibt ein Fremdwort dafür. Charly Traktor hat es einige Male gehört, aber nicht behalten können. Er versucht, sich an das Wort zu erinnern. Es fällt ihm nicht ein. Er greift sich an den Kopf, aber nicht, weil ihm das Wort nicht einfällt. Es gibt ein Fremdwort für das, was mit den Gefühlen zusammenhängt. Er hat es gehört und gelesen und zeitweise auch behalten. Im Augenblick fällt es ihm nicht ein.

Seine Erregung ist ihm lästig. »Ich verhaue mir den ganzen Sonntag.« Es ist Nachmittag. Der Wind bläst stark. Das ist häufig so in dieser Gegend am Fluß. Es ist ein warmer Wind. Das Gras ist lang, es liegt in der Richtung, aus der der Wind kommt – flußabwärts. Vereinzelt stehen Sträucher. Einige Flächen eignen sich als Spielwiese. Sonst ist der Boden uneben.

Charly Traktor ist in ein Erdloch getreten und hat sich den Knöchel verstaucht. Er ging zurück auf den Pfad neben dem Ufer. Dort störten ihn nicht die vielen Leute, sondern ihr langsames Tempo. Es waren ältere Menschen und Leute mit kleinen Kindern.

Er weicht auf das holprige Gelände aus. Als er schaut, wie weit das Überschwemmungsgebiet sich noch erstreckt, bleibt er stehen, um nicht wieder in ein Erdloch zu treten. Er geht Zickzack, mit gesenktem Kopf. Den Mulden weicht er nicht aus, nur den Bombentrichtern.

Charly Traktor hat es satt, nach Löchern Ausschau zu halten. Sie dienen ihm als Vorwand, um sich nicht auf etwas anderes konzentrieren zu müssen. Er hat im Lauf des Tages mehrmals einen Anlauf genommen, sich auf dieses andere zu konzentrieren. Aber bei jedem Anlauf sind aus der einen Sache mehrere geworden. Er hat die Übersicht verloren. Er sucht Ablenkung.

»Wie kommt der Hügel da her?« Er läuft auf den Schotterkegel, der stellenweise bewachsen ist. Einige Schritte weiter ist noch so ein Hügel. Darauf sitzt ein Paar, mit dem Rücken zu Charly Traktor.

Sie wirft den Kopf so weit zurück, daß er glaubt, sie müßte ihn sehen. Er setzt sich. Sie hat eine ländliche Haartracht. Die geflochtenen Haare sind am Hinterkopf zu einem Knoten gedreht. Seine Mutter hatte früher so eine Frisur. Nur glänzten ihre Haare nicht.

Die junge Frau lehnt ihren Kopf gegen den Kopf des Mannes. Der weiße Kragen der Bluse ist über die rote Strickjacke geschlagen.

Charly hofft, daß sie den Kopf wieder zurückwirft. Der Mann neben ihr stützt beide Hände auf dem Schotter auf. Die Hände sieht man nicht, sie sind von den schwarzen Rockärmeln verdeckt. Charly Traktor fragt sich, ob er auch so einen Rock tragen würde, wenn er auf dem Land geblieben wäre. Er streicht über seine Lederjacke. Als er diese Bewegung bemerkt, steckt er die Hand schnell in die Tasche. »Ich komme mir gut vor.«

Er nimmt eine Packung Zigaretten heraus, mit der Öffnung nach unten. Drei Zigaretten fallen zu Boden. Eine rollt den Hügel hinunter. Er holt sie. Als er wieder sitzt, waren die beiden bereits aufgestanden. Er erwartet, daß sie sich nach ihm umdrehen. Sie gehen weg. »Wahrscheinlich haben sie sich schon vorher umgedreht, als ich nicht hingeschaut habe.«

Das Sitzen tut ihm gut. Er ist seit der Früh auf den Beinen. Das Bier, das er sich unterwegs gekauft hat, und die Würstel hat er im Stehen zu sich genommen. Das Rauchen tut ihm nicht gut. Es fällt ihm wieder die morgige Betriebsversammlung ein. Es sticht ihn im Bauch. Charly Traktor erhebt sich halb. »In dieser Stellung bin ich als Kind Schi gefahren.«

Er will sich nicht selbst zum Narren halten: Er gibt den Gedanken auf, ein Papier zum Arschauswischen zu suchen. »Es ist nur die Nervosität.« Er hätte sich gern mit jemandem unterhalten. Er hätte gern das Paar gefragt, woher es kommt. Er hätte gern über die Verhältnisse auf dem Land geredet. Er hätte sich gern als einer zu erkennen gegeben, der auch vom Land kommt.

»Ich werde die Sache so einfach nehmen, wie sie ist.«

Es wurde eine Betriebsversammlung angesetzt, weil die Firmenleitung zuerst die Forderung nach einer besseren Beheizung der Maschinenhalle abgelehnt hatte; dann die Forderung nach warmen Arbeitsschuhen; und dann die Forderung nach einem Lattenrost, der vor jeder Maschine, bei der ein Arbeiter steht, aufgelegt werden sollte. Charly Traktor ist der Meinung, daß sowohl eine Heizung als auch Arbeitsschuhe als auch Holzlatten erforderlich sind, um eine Gesundheitsgefährdung auszuschalten. Von den Arbeitern in der Maschinenhalle haben alle älteren und einige jüngere ein Leiden, das durch ständige Erkältung hervorgerufen worden ist.

Charly hat seine Meinung den Kollegen gesagt, die neben ihm arbeiten und in der Eßpause neben ihm sitzen. Die Kollegen sagten, daß sie die gleiche Meinung haben. Er fragte, ob sie ihre Meinung schon gesagt haben oder auf der Betriebsversammlung sagen werden. Nein, sie würden sie nicht sagen. Das führe zu nichts. Zu einem Teil verstand er diese Einstellung, zu einem Teil nicht.

Er sprach mit ihnen darüber. Sie sagten, es geht darum, daß einer von ihnen, zum Beispiel Charly, diese Meinung in der Versammlung ausspricht; sie werden ihn lautstark unterstützen und dafür sorgen, daß er auf jeden Fall zu Wort kommt; andernfalls wird es einen Aufstand geben; es ist nicht Angst, die sie davon abhält, selbst das Wort zu ergreifen, sondern eine gewisse Scheu.

Er behauptete, weder Angst noch Scheu zu haben. Daran hält er noch immer fest. Er hat die Rede bereits im Kopf. Er zweifelt nicht daran, daß er sie so vortragen kann, wie er sie im Kopf hat. Diese Rede, die sich auf den Schutz der Gesundheit am Arbeitsplatz bezieht, ist aber nur ein Teil der Rede, die er halten will. Was er außerdem noch sagen will, setzt sich aus verschiedenen Teilen zusammen. Aus Teilen, die ineinander übergehen, die er nicht auseinanderhalten kann, die scheinbar kein Ende nehmen.

Er sprach darüber mit seinen Kollegen. Sie winkten ab und rieten ihm, sich auf dieser Versammlung auf den einen Punkt zu beschränken; das andere stiftet nur Verwirrung; er soll es auf der übernächsten Versammlung vorbringen.

Das sah er ein, um so mehr, als seine Gedanken ihn selber verwirrten.

Charly Traktor kann den Betriebsrat gut leiden. Er gab ihm bei der letzten Wahl seine Stimme. Wenn er Hilfe von ihm brauchte, bekam er sie. Er ging zu ihm, wenn auf dem Lohnzettel etwas nicht stimmte. Der Betriebsrat holte sich dann die Unterlagen, rechnete alles nach und sorgte für die Richtigstellung durch das Lohnbüro. Charly ging auch zum Betriebsrat, wenn er meinte, bei der Akkordberechnung betrogen worden zu sein. Der Betriebsrat überprüfte das und brachte es in Ordnung.

Charly Traktor kann den Betriebsrat gut leiden, weil er allen Lohn- und Akkordbetrügereien nachgeht und diese ständige Arbeit als etwas Selbstverständliches auf sich nimmt. Er, Charly, würde das nicht machen. Er hätte nicht die Nerven dazu.

Als der Leiter des Lohnbüros einmal in die Werkstatt kam, um dem Betriebsrat die angeforderten Unterlagen zu bringen, fragte er im Vorbeigehen Charly, ob er über seinen dauernden Beschwerden überhaupt noch zur Arbeit kommt. Charly nahm die Ölkanne und schickte ihm einen Strahl nach, daß der weiße Mantel ganz versaut war. Es dauerte zwei Wochen, bis der Betriebsrat mit seiner Darstellung durchkam, Charly habe das nicht absichtlich gemacht. Er mußte dem Abteilungsleiter einen neuen Mantel kaufen und wurde nicht entlassen. Dem Betriebsrat mußte er versprechen, dem Abteilungsleiter weder im Betrieb noch außerhalb des Betriebes aufzulauern.

Seitdem kann er den Betriebsrat besonders gut leiden. Und seit er ihn besonders gut leiden kann, ist er mißtrauisch. Denn, sagt er sich, der Betriebsrat setzt sich zwar dafür ein, daß uns nicht Unrecht geschieht. Dabei bleibt aber außer Frage, daß die Unternehmensleitung und ihre Helfer das Recht haben, uns bei jeder Gelegenheit Unrecht zu tun. Er findet, daß der Betriebsrat viel für ihn und seine Kollegen tut. Er findet aber auch, daß er nichts gegen den Unternehmer tut.

Was man gegen den Unternehmer machen könnte, kann Charly Traktor im Augenblick nicht sagen. Wenn aber einer etwas tut, ganz plötzlich, in einem Wutausbruch, dann versucht der Betriebsrat, das wieder einzurenken. Und die Firmenleitung ist darauf immer noch eingegangen. Charly hat sich oft ausgemalt, was gewesen wäre, wenn er nach dem Vorfall mit dem Abteilungsleiter entlassen worden wäre. Hätten sich seine Kollegen mit ihm solidarisiert? Wie hätten sie das getan? Was wäre dabei herausgekommen?

Er malt sich das auch jetzt aus, wobei zu den alten Bildern, die er hat, das neue kommt, wie er den Betriebsleiter an den Haken des Flaschenzuges hängt und ihn so lange auf und ab zieht, bis er Charlys Forderungen nachgibt. Welchen Forderungen? »Ich würde zu ihm sagen, er soll abhauen und sich nicht mehr hier blicken lassen.« Hat so eine Forderung einen Sinn? Diese Frage ist ihm nicht egal, aber es macht ihm Spaß, vor seinen Augen den Betriebsleiter an einem Haken baumeln zu sehen.

Das macht ihm so lange Spaß, bis er merkt, daß er vom Sitzen auf dem Schotterhaufen einen kalten Hintern bekommen hat. Er setzt sich auf ein paar Grasbüschel. Dort ist es nicht wärmer. Er schaut, wo die Sonne steht. Er schaut auf die Uhr. Es ist sechs.

»Elfi wird sich gewundert haben, als sie munter geworden ist, und ich war nicht mehr da.« Das hat er noch nie gemacht. Er hat ihr aber gesagt, daß er sich heute auf die Versammlung vorbereiten will. Das war vorgestern. Sie hat es sicher vergessen. Er wird zu Haus anrufen und fragen, ob sie eine Wut hat. »Das würde mir noch abgehen. Wenn sie wirklich wütend ist, gehe ich erst in der Nacht nach Haus.«

Die Reichsbrücke führt über die Donau und über das Überschwemmungsgebiet. Charly Traktor hat am Ende der Brücke eine Telefonzelle gesehen. Er muß ein paar hundert Meter gehen. Es ist kühl geworden, und er ist froh, daß er einen Grund hat, schneller zu gehen.

Er überholt das Paar, das vor ihm auf dem Schotterkegel gesessen ist. Die beiden müssen bis zum Ende des Überschwemmungsgebietes gegangen sein, wenn sie jetzt erst auf dem Rückweg sind. Er hält vermutlich ihre Hand. Sein schwarzer Ärmel verdeckt beide Hände. »Ich würde meine Hand um ihre Hüfte legen.« Charly denkt, was würde passieren, wenn ich von hinten komme und den Arm um die Hüfte des Mädchens lege. Würden beide auf mich losgehen oder nur er oder nur sie oder keiner von beiden? Er findet, daß er zu langsam denkt; daß er die guten Gedanken immer erst hat, wenn die Gelegenheit, sie anzuwenden, schon vorbei ist.

Elfi meldet sich nicht am Telefon. Charly Traktor steigt in die Straßenbahn. Es dauert mindestens eine Dreiviertelstunde, bis er daheim ist. »Daheim ist übertrieben.« Dieser Satz hängt sich von selbst an, wenn er »daheim« sagt und »nach Haus«.

Die Wohnung, in der er mit Elfi lebt, gehört ihr. Er hat sein Untermietzimmer vor zwei Jahren aufgegeben. Elfi kennt er seit drei Jahren. Er braucht ihr kein Geld für die Miete zu geben. Dafür muß er fürs Auto aufkommen. Sie hat ihm klargemacht, daß sie die halbe Miete von ihm verlangen wird, wenn sie noch einen Monat nichts vom Auto hat. Es steht kaputt auf der Straße.

Das Getriebe ist hin. Eine Reparatur würde nicht viel billiger kommen als ein neues Getriebe. Charly hoffte, ein altes, aber noch intaktes Getriebe um 2000 Schilling zu bekommen. Aber er fand bisher keines unter 3000 Schilling. So viel hat er nicht, da er sich eine Lederjacke gekauft hat. Und es dauert mindestens vier Monate, bis er so viel Geld weggelegt hat. Den beiden Bekannten, die ihm das Getriebe einbauen, muß er auch was geben. Man kann nicht verlangen, daß sie einen ganzen Sonntag umsonst unterm Auto liegen.

Ein Kollege, der in der Nähe wohnt, nimmt ihn jeden Tag mit dem Auto in die Arbeit mit. Charly braucht sein Auto unter der Woche nur, um in die Arbeit zu fahren. Elfi behauptet zwar jetzt, sie hätten mit dem Auto am Wochenende immer Ausflüge gemacht. Aber das stimmt nicht ganz. Sie fuhren selten weg, und dann nicht weit.

Einige Reihen vor ihm wird ein Sitz frei. Charly steht auf und setzt sich dorthin, weil neben diesem Sitz die Straßenbahnillustrierte hängt. Nur zum Fenster hinausschauen, dazu hat er heute nicht die Ruhe.

2

»Früher konnte ich stundenlang wo sitzen, ohne etwas zu denken.« Von der Straßenbahnillustrierten ist nur noch der Umschlag da. Es sind ein paar Witze drauf. Einen kennt Charly, den vom Schaffner und vom Bauern.

In einer Station geht der Schaffner die Waggons entlang und wirft die Türen zu. Eine Tür springt wieder auf. Er wirft sie zu. Sie springt wieder auf. Er wirft sie zu. Sie springt abermals auf. Da schaut ein Bauer bei der Tür heraus und sagt: Solange ich meinen Daumen drin hab, kriegst du die Tür nicht zu.

Der Betriebsrat erinnert ihn an den Lebensgefährten seiner Mutter, einen spinnenden Keuschler, der bei jeder Gelegenheit sagt, man muß immer das Beste aus einer Sache herausholen. Das sieht bei ihm so aus, daß er seinen kleinen Bauernhof derart weit heruntergewirtschaftet hat, daß er nach dem Selbstmord seiner Frau keine andere Frau gefunden hat als die schwerhörigste Magd des Dorfes, nämlich Charlys Mutter.

Nachdem die Installation einer ausreichenden Heizung vom Unternehmer als zu teuer abgelehnt worden war, schlug der Betriebsrat vor, man soll Holzlatten verlangen, als Schutz gegen die vom Boden ausgehende Kälte. Charly wollte sich zum Sprecher derer machen, die dagegen waren. Der Betriebsrat ermahnte ihn, nicht zu vergessen, daß der Chef erst kürzlich nachgegeben hatte. Er spielte auf Charlys Ölattacke gegen den Bürovorsteher an.

Nachdem auch die Latten als zu teuer abgelehnt worden waren, sagte Charly nichts. Nachdem aber auch die Forderung nach Arbeitsschuhen abgelehnt worden war, schlug er vor, es sollten sich alle vor dem Unternehmer auf die Knie werfen und ihn bitten, Schuheinlagen aus Pappendeckel zur Verfügung zu stellen.

Dieses Nachgeben findet Charly Traktor erbärmlich. Während er auf einen Witz ohne Worte schaut: auf eine nackte Frau auf einer Kinoleinwand, auf eine alte Frau im Zuschauersessel, die einem alten Mann neben ihr ein herausstehendes Auge hineindrückt, worauf das andere noch weiter hervorspringt, wird ihm das Verhalten des Betriebsrates verständlich. Der Betriebsrat muß immerfort etwas sagen, und die Kollegen erwarten, daß er etwas Vernünftiges sagt. Daß er sagt, ob eine Forderung vernünftig ist, wie man sie vernünftig vorbringt und wie man sich vernünftig verhält, wenn sie abgelehnt wird.

Charly bekommt Angst vor seiner Rede. Er meint, draufgekommen zu sein, warum er über das, was er alles sagen möchte, keinen Überblick bekommt. Weil es nicht vernünftig ist. Wenn die Kollegen seiner Forderung nach besserer Heizung *und* Holzlatten *und* Arbeitsschuhen zustimmen und wenn sie fragen, was dann ist, wenn die Forderung nicht angenommen wird, und wenn er sagt, dann hängen wir den Betriebsleiter an den Flaschenzug und ziehen ihn so lange auf und ab, bis die Forderung angenommen wird, hat er ausgespielt. Und wenn er sagt: Streik, dann werden sie fragen, ob er sich bei der Gewerkschaft erkundigt hat, ob sie den Streik unterstützt. Wenn er sagt, ich habe schon hundertmal gesagt, die Gewerkschaft, das sind wir, die Mitglieder, was werden sie dann sagen?

Sie werden sagen, schön und gut. Oder sie werden sagen, es wäre schön, wenn es so wäre. Oder, jetzt komm endlich zur Sache. Nein, sie werden sagen, mit wem hast du darüber geredet? Und es werden sich vielleicht vier, fünf oder sechs Kollegen melden. Und die anderen? Wann hat er mit ihnen darüber geredet? Wann hätte er mit ihnen reden können? »Es ist hoffnungslos. Ich werde morgen überhaupt nichts sagen.«

Er glaubt nicht, daß Elfi sich in seiner Abwesenheit etwas angetan hat.

Hinter ihm schnarcht jemand. Er dreht sich um. Der Mann, der neben ihm sitzt, hat sich bereits umgedreht. Nun schaut er Charly ins Gesicht. Der Mann sagt, so einen gesunden Schlaf hätte ich auch gern. Charly nickt. Er möchte auch etwas sagen. Aber das, was er sagen will, daß er nämlich mindestens einen so guten Schlaf hat wie der Schnarchende, scheint ihm nicht passend. Eine Frau lacht. Charly schaut zu ihr; dann zu den anderen Leuten. Sie schauen alle auf den Schnarchenden. Die Schaffnerin sagt, der wird sich wundern, wenn er seine Station verschlafen hat. Der Schnarchende macht einen tiefen Seufzer.

Ein Mann mit gescheitelten Haaren und einem weißen Seidenschal sagt zur Schaffnerin, daß es zu ihrer Pflicht gehört, Betrunkene aus dem Wagen zu weisen. Die Wörter

»Pflicht« und »Betrunkener« wecken das Interesse einiger Leute, die bis jetzt ostentativ nicht zu dem Schnarchenden hingeschaut haben. Der Mann mit dem Scheitel wiederholt seine Frage an die Schaffnerin. Sie ist an das andere Ende des Wagens gegangen, um nicht in die Sache hineingezogen zu werden. Sie gibt einem Fahrgast, der sich erkundigt hat, was los ist, zu verstehen, daß der Mann mit den gescheitelten Haaren einen Vogel hat.

Ein anderer Mann, ebenfalls mit einem Seidenschal, mit einem blauen, ruft nach der Schaffnerin und verlangt, daß der Betrunkene bei der nächsten Station aus dem Wagen gewiesen wird. Da nur die, die dafür sind, sich ereifern, die anderen, die dagegen sind, aber den Kopf schütteln, weckt die Schaffnerin den Mann auf.

Es wird ruhig. Alle warten, was sie sagen wird. Sie sagt nichts. Der Mann mit dem blauen Schal sagt zu dem Mann, der sofort hellwach ist, er soll seinen Rausch zu Hause ausschlafen. Der Mann sagt, ich bin nicht betrunken; das ist eine Frechheit; ich komme gerade von der Arbeit. Der Mann mit dem weißen Schal sagt, das sind mir die Liebsten, die bei der Arbeit saufen. Der Angesprochene steht auf. Charly Traktor schaut ihn erwartungsvoll an. Die Straßenbahn hält. Der Mann, der geschlafen hat, steigt aus.

»Ich hätte dem eine hineingehaut.« Charly denkt sich, man wird als etwas bezeichnet und tut nichts dagegen; man hält es im Augenblick nicht für wichtig, oder man hat nicht die richtigen Wörter; oder die, die einen als etwas bezeichnen, sind in der Überzahl, und man kommt nicht gegen sie auf. Das kann einem das ganze Leben nachhängen:

Kurz nach dem Krieg, Karl war in der ersten Klasse der Volksschule, hatte der Dorfpfarrer Lebensmittelpakete verteilt, die aus Amerika kamen und die für Kinder bestimmt waren. Die Verteilung wäre Gemeindeangelegenheit gewesen, aber da es sich um eine Verteilung an Unbemittelte handelte, wollten die Gemeinderäte nichts damit zu tun haben. Karl bekam ein Paket. Es waren getrocknete Feigen und Datteln darin, zwei Dosen Sardinen, eine Dose Weißbohnen und eine Schirmmütze.

Die Mütze war ein Werbegeschenk einer amerikanischen Traktorenfabrik. Der Mesner verständigte die betreffenden Mütter und Väter. Das Paket sollte am Vormittag im Pfarrhaus abgeholt werden. Am Nachmittag waren die beschenkten Kinder schon mit den Schirmmützen unterwegs. Auf dem Schirm war ein Traktor abgebildet. Darüber stand der Name der Firma. Die Mützen waren den Kindern viel zu groß. Vermutlich waren sie für Erwachsene bestimmt. Die wenigsten Mütter hatten über Mittag Zeit, die Mützen enger zu nähen. Sie hätten sie auch mit einer Sicherheitsnadel engermachen können. Eine Sicherheitsnadel war aber damals eine Rarität, und man gab sie nicht leichtfertig weg. Die Kinder mußten die Mützen über den Hinterkopf ziehen, so daß sie im Genick aufsaßen.

Karls Mütze paßte. Seine Mutter hatte sie ihm engergenäht. Die Kinder, die kein Paket und damit auch keine Mütze bekommen hatten, versuchten sich in den Besitz einer Mütze zu bringen. Durch Tauschgeschäfte, wenn einer sie von einem Gleichstarken haben wollte, durch Gewalt, wenn einer sie von einem Schwächeren haben wollte. Karl wurde ein Taschenmesser angeboten. Er lehnte ab. Er wußte, seine Mutter würde es ihm wegnehmen. Nicht weil sie die Verletzungsgefahr fürchten, sondern weil sie voraussetzen würde, Karl könnte das Messer nur jemandem gestohlen oder weggenommen haben.

Im Lauf des Nachmittags wechselten alle Mützen, bis auf vier, den Besitzer. Drei von den Buben, die die Mütze nicht hergaben, galten als besonders stark. Karl galt als stur. Man beschloß, über ihn herzufallen. Er brachte sich durch Flucht in Sicherheit. Als sie ihn nicht mehr erwischen konnten, riefen sie ihm nach, er wird morgen in der Schule seine Wunder erleben.

Wenn die Mutter ihn um sieben weckte, hatte sie vorher schon drei Stunden in den Stallungen des Bauern gearbeitet. Sie war dessen Magd und bewohnte im Gesindetrakt mit ihrem Sohn eine Küche und eine Schlafkammer. Sie machte Karl das Frühstück, sah darauf, daß er sich wusch und daß die Schulsachen in Ordnung waren. Dann mußte sie wieder zur Arbeit. Sie richtete es so ein, daß sie um diese Zeit im Schweinestall zu tun hatte. Von hier konnte sie noch einen Blick auf den Sohn werfen, wenn er über den Hof in Richtung Schule ging. Sie überprüfte, ob das Hemd nicht aus der Hose stand und ob die Joppe zugeknöpft war.

Als er über den Hof ging, mit der Schirmmütze auf dem Kopf, rief sie ihm zu, was ihm denn einfällt, ob er denn so in die Schule gehen will. Er hörte gar nicht hin. Er ging zurück in die Wohnung und steckte die Schirmmütze in die Schultasche. Die Mutter rief, es ist schon spät, er soll laufen. Auf diese Aufforderung hin, die er fast jeden Tag hörte, auch wenn er rechtzeitig dran war, fing er sonst immer zu laufen an. Damals nicht.

Zur Schule kam er mit der Schirmmütze auf dem Kopf. Etwa zehn Kinder standen in einer Gruppe beisammen. Darunter die meisten von denen, die Karl am Vortag mit Schlägen gedroht hatten. Auch zwei Große aus der 6. Klasse waren dabei. Die Volksschule war achtklassig, wie die meisten Dorfschulen damals. Kein Kind hatte eine Schirmmütze auf, weder die in der Gruppe noch die, die erwartungsvoll zu zweit oder zu dritt beisammenstanden.

Als sie ihn mit der Mütze kommen sahen, waren sie zuerst überrascht; damit hatten sie nicht gerechnet. Dann freuten sie sich: jetzt mußte es erst recht zu einer Auseinandersetzung kommen. Karl ging auf das Schultor zu. Die Gruppe sperrte ihm den Weg ab. Einer der beiden Großen forderte ihn auf, die Schirmmütze herzugeben. Er lehnte ab. Der Große machte ihm klar, daß er die Mütze so und so verliert; wenn er sie nicht freiwillig hergibt, bekommt er obendrein Prügel. Karl sagte, das ist mir alles klar. Also gut, sagte der Große, und die Gruppe ging auf Karl zu.

Er zog aus seinem Gummistiefel ein langes Küchenmesser, streifte das Papier ab, mit dem er die Klinge umwickelt hatte, und richtete das Messer auf die Mitschüler. Ein paar überlegten nicht lange. Sie holten ihre Schultaschen, die sie auf den Zaun gehängt hatten, und gingen ins Schulhaus. Die Größeren überlegten; dann holten auch sie ihre Taschen.

Bis zum Unterrichtsende bildeten sich zwei Gruppen. Zur bestehenden kamen, soweit sie nicht schon dabei waren, alle dazu, die sich am Vortag durch freiwilliges oder erzwungenes Tauschgeschäft oder in einer Rauferei eine Schirmmütze angeeignet hatten. Die neue Gruppe bildete sich um Karl. Ihr gehörten alle an, die ihre Mütze hergegeben hatten. Sie schlugen Karl vor, mit Hilfe seines Messers die Mützen zurückzuerobern. Karl war einverstanden.

Die andere Gruppe war sich einig, daß man Karl nicht angreifen kann, solange er das Messer bei sich trägt. Es sollte aber doch etwas unternommen werden. Man suchte nach einem Spottnamen für ihn. Da er der einzige war, der mit der Schirmmütze zur Schule kam, könnte man »Traktor« zu ihm sagen; das würde nur ihn treffen. Von den Großen sagte einer, Karl heißt auf amerikanisch Charly. Sie schimpften ihn Charly Traktor.

Karl sagte, die Rückeroberung muß sofort nach der Schule erfolgen. Alle waren einverstanden. Einem von seiner Gruppe fiel ein, daß niemand die Mütze bei sich hat. Man verschob den Plan. Karl war niedergeschlagen. Für ihn war die Sache schwierig. Er sagte ihnen, wenn meine Mutter bemerkt, daß das Messer nicht da ist, und wenn sie bemerkt, daß ich es mitgenommen habe, dann kriege ich es nie mehr; außerdem darf ich dann heute sicher nicht mehr aus dem Haus.

Seine Mutter hatte es bemerkt.

Der Mann mit dem weißen Seidenschal geht zur Tür. Die Straßenbahn nähert sich der Station, bei der Charly aussteigen muß. Er geht ebenfalls zur Tür. Er rempelt den Mann an. Der Mann reagiert nicht. Charly rempelt ihn noch einmal. Der Mann geht ein paar Schritte zurück und läßt Charly allein bei der Tür stehen. Charly steigt aus. Er zerknüllt den Fahrschein und wirft ihn weg.

## 3

Elfi ist nicht zu Haus.

Es ist kein gebrauchtes Geschirr in der Abwasch. »Hat sie den ganzen Tag nichts gegessen?« Er ist hungrig. Er genießt es noch immer, einen Kühlschrank aufzumachen, etwas herauszunehmen und das Geräusch zu hören, wenn die Kühlschranktür zufällt. Von den Zwiebeln, die er in einem Papiersack findet, haben bis auf zwei alle ausgetrieben. Er findet mit den zwei das Auslangen. Zuerst schneidet er die Preßwurst in Würfel, dann die Zwiebeln in Scheiben. Die Wurst macht er mit Essig und Öl an.

Wenn er nicht weiß, wo Elfi ist, hat er ein ungutes Gefühl. Depression, dieses Wort hat er von ihr gelernt. Es ist ihm inzwischen geläufig wie irgendein Wort, das er von Kindheit an gebraucht hat. Was es auf deutsch heißt, weiß er nicht. Elfi weiß es auch nicht. Er machte ihr deshalb Vorwürfe. Was das in Wirklichkeit ist, was sie ihre Depression nennt, weiß er ebenfalls nicht. Sie kann es ihm nicht erklären.

Genauer gefragt, sagt sie, sie weiß von ihrem ersten Mann, daß sie Depressionen hat. Der besuchte als Chemikalienvertreter von der Firma aus einen Psychologiekurs. Außerdem, sagt sie, sieht jeder, daß ich unter Depressionen leide. Sie hört es gern, wenn Charly sagt, sie *hat* Depressionen. *Sie* sagt, sie *leidet* unter Depressionen. Charly bringt das nicht über die Lippen. Sie ist froh darüber, hat es ihm aber nie gesagt. Sie fürchtet, er könnte es ausnützen, wenn er wüßte, daß es etwas gibt, was ihn anlangt, worüber sie froh ist.

Sie ist 29, ein Jahr jünger als Charly. Mit 18 heiratete sie zum erstenmal. Die Ehe hielt drei Jahre. Mit 23 heiratete sie den Filialleiter einer Parfümerie. Die Ehe hielt zwei Jahre. Sie wechselte von der Textil- in die Parfümeriebranche. Das hatte sie immer schon vorgehabt. Sie hielt es mit ihren Ehemännern nicht aus, die Ehemänner mit ihr noch weniger. Nicht sie ließ sich von ihnen, sondern die Ehemänner ließen sich von ihr scheiden.

Elfi ist hübsch. Ihre Ehemänner und die Männer, die sich zwischendurch um sie bewarben, warnte sie vor ihren Zuständen: vor ihrem stundenlangen Vorsichhinstieren und vor ihren Weinkrämpfen. Sie erklärten sich zu Elfis Leidensgefährten: Es handle sich um nichts Besonderes; das seien nur Depressionen; sie selbst würden auch darunter leiden.

Charly trinkt ein Bier, um das Essen hinunterzubekommen. Er glaubt nicht, daß ihre Selbstmorddrohungen ernst gemeint oder ernst zu nehmen sind. Er hat sie zu oft gehört. Außerdem kann er sich nicht vorstellen, daß man sich umbringt. Auch die Zustände, in die sie zeitweilig verfällt, sind ihm fremd. Von den Gründen ihrer Niedergeschlagenheit und ihrer Weinkrämpfe weiß er nichts. Er sieht ihr Verhalten als Marotte an, deren Vorübergehen er stets geduldig abwartet. Er weiß aber, daß er sich zu dieser Geduld zwingen muß und daß er sich bei einer anderen Frau nicht dazu zwingen würde. Er weiß auch, daß es nicht nur Liebe ist, die ihn diese Selbstbeherrschung aufbringen läßt.

Kennengelernt hat er sie am Flughafen. Er war dort Transportarbeiter. Das Jahr davor war er bei einer Spedition. Er war einem Lkw zugeteilt, der Transporte zum und vom Flughafen durchführte. Nach einer dringenden und schweren Abladearbeit ging er in die Flughafenkantine, um etwas zu trinken. Ein Dicker in einem sauberen Overall fragte ihn, warum er so verschwitzt ist. Charly erzählte es ihm. Der Dicke meinte, Charly ist blöd, wenn er sich bei einer Spedition abrackert und nicht am Flughafen arbeitet.

Ein Vergleich ergab, daß der Dicke etwas weniger verdiente als Charly, aber viel weniger arbeiten mußte. Die Arbeitszeit ist allerdings blöd, sagte der Dicke, erstens der frühe Arbeitsbeginn, und es geht mindestens jedes zweite Wochenende drauf.

Charly war das nur recht: Ich weiß mir am Wochenende nichts anzufangen. Mit dem wenigen Geld kann man wenig unternehmen. Und wenn ich was unternehme, kommt eine Schlägerei heraus.

Eine Wand im Warteraum des Flughafens ist aus Glas. Vom Warteraum sieht man durch das Glas einen schmalen Gang und eine weiße Wand, in der keine Türen sind. Die Türen beginnen erst dort, wo man vom Warteraum aus nicht hinsieht. Sie führen in die Garderoben- und Aufenthaltsräume des Personals. Das Personal hat die Weisung, den Gangabschnitt, wo die Glaswand ist, nur wenn unbedingt nötig zu betreten und dann rasch und ohne zu gaffen an der Glaswand vorbeizugehen. Charly Traktor hatte die erste Zeit immer gegafft, wenn er den Dienst antrat oder beendete. Später schaute er höchstens noch, welche Frauen im Warteraum saßen.

Er machte immer Frühschicht. Als er nach Arbeitsschluß den Gang entlangging, sah er hinter der Glaswand, ein paar Schritte vor sich und mit dem Gesicht zu ihm, einen Mann stehen und gestikulieren, dem der Schweiß über die Wangen rann und der trotz seiner Erregung ein weißes Gesicht hatte. Er redete auf eine Frau ein, die vor ihm saß, den Kopf auf der Brust, die Hände über der Rückenlehne, als wäre sie ohnmächtig hingelegt worden. Charly interessierte zuerst das weiße Gesicht des Mannes, dann die schönen schwarzen Haare der Frau.

Die Frau war die einzige, die noch saß. Die anderen Leute gingen zum größten Teil an der Ausgangskontrolle vorbei zum Bus, der sie zum Flugzeug brachte. Einige konnten sich von dem Schauspiel, das der Mann und die Frau boten, nicht losreißen. Charly ging auch nicht weiter, obwohl sein Vorarbeiter an ihm vorbeigegangen war und gesagt hatte, hier gibt es kein Herumstehen.

Von den wenigen, die noch nicht durch die Ausgangskontrolle gegangen waren, lief einer, der am Rock das Schild eines Reiseleiters angesteckt hatte, auf den Mann zu und drängte ihn zur Eile. Der Mann zeigte auf die Frau. Der Reiseleiter redete auf sie ein. Sie reagierte nicht. Der Mann bedeutete dem Reiseleiter, daß es keinen Sinn mehr hat. Er nahm in die eine Hand sein Gepäck und mit der anderen zog er den Reiseleiter zum Ausgang.

Er flog ohne sie nach Jugoslawien. Er war nach Elfis zweiter Scheidung ihr Freund geworden. Er hatte sich auf die Reparatur von automatischen Kegelbahnen spezialisiert. Es war ein Zweimannbetrieb, der aus ihm und einem Gehilfen bestand. Er verdiente gut. Er hatte Elfi eingeladen, mit ihm Urlaub zu machen.

Charly Traktor rechnete angesichts des lethargischen Zustands, in dem er sie gesehen hatte, nicht damit, daß sie so bald in der Halle des Flughafens auftauchte. Er fand, daß sie schön ist, und er mußte sich einen Ruck geben, um näher an sie heranzugehen. Sie trug einen kurzen Rock und einen dünnen langen Mantel, der vorne offen war. Eine Tasche hatte sie umgehängt, und einen kleinen Koffer trug sie in der Hand.

Charly verließ der Mut: Ich kann mich nicht antragen, ihr einen derart kleinen Koffer abzunehmen. Er blieb stehen. Sie kam näher, und er sah, daß sie rote Wangen hatte. Rot geschminkt, nahm er an. Er fand das altmodisch, besonders bei einer so modischen Person. Er fragte sie, ob er den Koffer tragen darf. Sie gab ihm den Koffer.

Sie sprachen nichts. Er rechnete jede Sekunde damit, daß sie den Koffer verlangt und ihres Wegs geht. Als sie beim Taxistandplatz und dann auch beim Parkplatz vorbei waren, fragte sie, wohin er geht. Er sagte, er hat sein Auto auf einem anderen Parkplatz. Ob sie hier warten will, er kommt mit dem Auto her. Sie verneinte, und sie gingen weiter. Auf dem Parkplatz für das Personal sagte er, das ist mein Auto, und er schaute, was sie für ein Gesicht macht. Ich fahre in die Stadt und bringe Sie gern hin, wohin Sie wollen. In die Kolschitzkygasse im vierten Bezirk, sagte sie. »Das liegt auf meinem Weg.«

Zum Glück war das Trittbrett des Autos nicht auf der Seite weggerissen, wo sie einstieg. Er klappte den Fahrersitz vor, um den Koffer auf den Rücksitz geben zu können. Die Decke, die dort lag, war dreckig. Er schüttelte sie aus, damit der Koffer nicht schmutzig wird. Der Staub flog im Auto umher. Er entschuldigte sich. Er dachte, jetzt hat sie die Nase voll; es ist für die Katz, wenn ich sie in die Stadt führe.

Er fuhr mit Vollgas. Er wollte möglichst viel Lärm machen. Er wußte nicht, was er mit ihr reden soll. Im Stadtbereich kamen die Ampeln. Ein paarmal fuhr er bei Gelb drüber, dann mußte er doch anhalten. »Ich arbeite am Flughafen.« Sie arbeitete als Verkäuferin in einer Parfümerie. »Ich bin dort Transportarbeiter.«

Er hatte überlegt, wie er umschreiben könnte, daß er nicht weiß, wo die Kolschitzkygasse ist. Nun fand er das nicht mehr notwendig. Er wollte schon sagen, daß er die Gasse nicht kennt und daß sie ihm sagen soll, wie man dort hinkommt. Er sah sie an, zum erstenmal im Auto. Er konnte sich nicht vorstellen, daß er bei dieser Frau eine Chance hat. Er fragte sie, wie man am schnellsten in die Kolschitzkygasse kommt. Sie sagte es ihm.

In der Kolschitzkygasse zeigte sie auf das Haus, in dem sie wohnte. Er konnte dort nicht parken. Er fuhr noch ein Stück, blieb stehen und bot sich an, den Koffer bis zum Haus zu tragen. Sie sagte nichts dazu und machte auch keine Anstalten auszusteigen. Sie drehte sich um und schaute durch die Heckscheibe die Gasse hinunter.

Charly wollte herausfinden, was das zu bedeuten hatte. Überlegt sie, ob es so weit bis zu dem Haus ist, daß es sich auszahlt, mich den Koffer tragen zu lassen? Sie setzte sich gerade und schaute auf ihre Knie. Er vermutete, daß sie sich etwas ausdenkt. Weil sie nichts sagte, wandte er sich ihr zu, und er sah, daß sie nicht auf die Knie schaute, sondern auf die Knie starrte.

Er fühlte sich berechtigt, ebenfalls auf ihre Knie zu starren. Er bekam ein steifes Glied. »Vielleicht wartet sie, daß ich was sage?« Sein Glied fiel zusammen. Er schaute ihr ins Gesicht. Sie weinte.

Sie bemerkte, daß er sie ansah, und weinte heftiger. Er lehnte sich zurück. Endlich eine Pause. Er brauchte im Augenblick sein Hirn nicht abzumartern, wie er es anstellen könnte, daß sie seinen Wunsch, sie wiederzusehen, nicht zurückweist.

Er stellte den Motor ab. »Weinen Sie sich aus. Ich habe Zeit.« Er versuchte die Aufschrift an der Hauswand zu entziffern. Sie stammte aus der Zeit der letzten Nationalratswahl und war großenteils vom Regen abgewaschen.

## 4

Das Essen hat er mit dem Bier hinuntergespült. Er macht eine andere Bierflasche auf. Er schaut nach, wie viele Flaschen noch da sind; sechs. Er hat keine Lust, sich zu besaufen, und drückt die Kapsel wieder auf die Flasche. Es ist halb neun. Er geht ins Kino und verlangt eine Karte in der 12. Reihe. Die Kassiererin schlägt den Kartenblock auf, und er sieht, daß von der 12. Reihe schon viele Karten verkauft sind. Um nicht eingezwängt sitzen zu müssen, verlangt er eine Karte in der 11. Reihe. Der Film hat schon begonnen.

Am Rand sitzt ein Mann und in der Mitte ein Mädchen. Charly hat den Sitz neben dem Mädchen. Er überlegt, ob er sich zu ihr setzen oder einen Zwischenraum lassen soll, um sich ausbreiten zu können. Seit er die Fähigkeit verloren hat, sich wo hinzusetzen und nichts zu denken, geht er ins Kino, wenn er vor seinen Gedanken Ruhe haben will. Er ist draufgekommen, daß das nicht geht; und daß es gar nicht darum geht, vor seinen Gedanken Ruhe zu haben. »Ich müßte mit ihnen zurechtkommen können.« Er setzt sich neben das Mädchen.

Es ist ein Kriminalfilm, das hat Charly draußen auf dem Plakat gelesen. Zwei Schauplätze kommen immer wieder ins Bild: eine Villa, in der zwei Brüder wohnen, von denen man den einen für gut, den andern für böse halten könnte; außerdem ein Gärtnerhaus, das zur Villa gehört, in dem der Gärtner und seine Tochter wohnen. Wie er die beiden einschätzen soll, ist Charly noch unklar. Er führt das darauf zurück, daß er den Anfang des Films nicht gesehen hat.

Die Gärtnerstochter, die mit einer Einkaufstasche aus dem Haus kommt, wird von dem »bösen« Bewohner der Villa zu sich gerufen. Er hält ihr seine Handfläche hin, auf der zwei Erdstücke liegen. Auf jedem ist das gleiche Profil einer Schuhsohle zu sehen. Sie schaut sich das an und sagt, daß sie keine Schuhe mit solchen Sohlen hat. Er glaubt ihr nicht.

Sie schaut sich die Erdstücke nochmals an und wiederholt ihren Satz. Er wird zornig. Sie läuft zum Gärtnerhaus zurück, stößt ihren Vater, der inzwischen in die Tür getreten ist, beiseite und schließt sich in ihrem Zimmer ein. Sie zerrauft sich die Haare und macht ein verzweifeltes Gesicht. Dann sagt sie: Ich bin ein häßliches Mädchen.

Er spürt, daß es das Mädchen neben ihm schüttelt. Die Bewegung überträgt sich von ihrem auf seinen Sitz. Er erschrickt. Er kennt das von Elfi. Er wartet, aber das Mädchen bleibt ruhig. Er beugt sich vor und schaut sie an. Sie scheint dem Film zu folgen. Er lehnt sich zurück und wundert sich, daß nicht die Gärtnerstochter, sondern schon wieder die Erdstückchen im Bild sind.

Er merkt, daß ihn das Mädchen anschaut. Er dreht ihr das Gesicht zu, und da sie nicht wegschaut, schaut er weg. Er möchte wissen, wo sie jetzt hinschaut. Sobald er sie ansieht, schaut auch sie ihn an, und da sie nicht wegschaut, schaut wieder er weg. Er ärgert sich. »Seit ich mit Elfi zusammen bin, bin ich aus der Übung.« Da sagt sie: Ich bin ein häßliches Mädchen.

Er weiß, daß er vom Film nichts mehr haben wird. Er würde nach Haus gehen, wenn er wüßte, daß Elfi zu Haus ist. Das Mädchen legt seinen Arm auf die Lehne. Er legt seinen Arm daneben und streichelt ihre Finger. Sie rührt sich nicht. Er wiederholt das dreimal. Er sagt: Sie sind kein häßliches Mädchen.

Er wartet umsonst auf eine Reaktion. Er legt die Hand auf ihren Schenkel. Er hat das Gefühl, die Hand auf einem Stück Holz liegen zu haben. Sie fragt: Woher wissen Sie das? Daraufhin nimmt er seine Hand weg. Nach dem Ende des Films sagt das Mädchen zu ihm: Ich habe Sie etwas gefragt. Er sagt, er will ihr antworten, aber nicht hier. Sie verlassen mitsammen das Kino.

Auf dem Gehsteig gegenüber steht Elfi und fixiert ihn. Er läßt das Mädchen stehen. Er fragt Elfi, warum sie hier ist. Sie antwortet nicht. Er ersucht sie, mit ihm nach Haus zu gehen. Sie will nicht. Er denkt an die Rede, die er morgen halten soll, und daran, daß er die letzten Stunden nicht an die Rede gedacht hat. Die Schuld gibt er Elfi. Er wird wütend und geht.

Sollte die Sache morgen schiefgehen, sollten ihn die Kollegen, mit denen er sich abgesprochen hat, hängenlassen – was er nicht befürchtet –, sollte er den Faden verlieren, nicht mehr weiter wissen, zu stottern anfangen, etwas sagen, was alle lächerlich finden – was er nie befürchtet hat, allmählich aber doch befürchtet –, dann wird er die Firma wechseln. Nicht wegen der Kollegen. Eine Blamage vor ihnen könnte er verkraften. Sondern wegen des Betriebsleiters.

Die Arbeit am Flughafen hatte er aufgegeben, als er mit Elfi zwar schon ein halbes Jahr beisammen war, aber noch nicht bei ihr wohnte. Ein Grund war die Arbeitszeit. Wenn sie miteinander schliefen, dann in Elfis Wohnung und nicht in seinem Untermietzimmer. Er mußte um sechs in der Arbeit sein, also um halb fünf aufstehen. Sie wurde nicht nur immer munter, sie konnte auch nicht mehr einschlafen. Sie stand erst um halb sieben auf.

Wenn sie sagte, er möge doch heute nicht mit zu ihr kommen, erklärte er sich das damit, daß sie nicht schon wieder so früh geweckt werden wollte. Er war sehr aufs Ficken aus. Sie anscheinend weniger, zumindest nicht so oft. Er war aber der Meinung, das Ficken tut ihr auf jeden Fall gut. Er fand sie nachher ihm ähnlicher. Normaler, sagte er. Daß er an mindestens zwei von vier Wochenenden arbeiten mußte, war ihr und nun auch ihm zuwider.

Ein anderer Grund waren die fehlenden Aufstiegsmöglichkeiten. Das wurde allerdings erst durch Elfi zu einem Grund. Es galt von seiner Geburt an als abgemacht, daß er nach der Schule dem Bauern, bei dem seine Mutter arbeitete, einen Knecht abgeben würde. Er hätte sofort nach dem letzten Schultag zu arbeiten anfangen sollen. Den Bauer haßte er, weil er von ihm einige Male geschlagen worden war, und weil der Bauer Charlys Mutter unter den Kittel griff, wann es ihm paßte.

An jenem Tag konnte er nicht zu arbeiten beginnen, da er für seine Mutter nach Wien fahren mußte zur Sozialversicherungsanstalt, um angeforderte Unterlagen abzugeben und andere, schon früher eingereichte Dokumente seiner Mutter abzuholen.

Er war noch nie in Wien gewesen, obwohl man von dem Dorf, das an der niederösterreichisch-burgenländischen Grenze liegt, bis Wien mit der Ostbahn nur eine Dreiviertelstunde fährt. Er hatte die Unterlagen abgegeben, die Dokumente der Mutter aber nicht ausgehändigt bekommen. Er versteifte sich nicht darauf und ging. Zum Bahnhof wollte er nicht mit der Straßenbahn fahren, da der nächste Zug erst in drei Stunden fuhr. Er sah über den Häusern die Spitze des Stephansturms, den er von einer Ansichtskarte kannte, und ging in diese Richtung. Er kam aber nicht zur Kirche, sondern zum Donaukanal.

Er setzte sich auf eine Bank, und während er dachte, wie angenehm es ist, in einiger Entfernung von vielen vorbeifahrenden Autos zu sitzen, fiel ihm ein, daß seine Mutter gesagt hatte, das Wichtigste ist, daß er die Dokumente, die von ihr dort liegen, nach Haus bringt, denn sie muß sie noch in dieser Woche bei der Gemeinde einreichen. Er beschloß, am Nachmittag nochmals hinzugehen. Nachdem sich die Beklemmung darüber gelöst hatte, daß er anders aussah als die Stadtbewohner, fiel ihm auf, wie verschieden die Stadtbewohner selbst waren.

Am Nachmittag waren keine Sprechstunden. Er ging nicht weg und verwies darauf, daß er extra mit dem Zug hergefahren war. Er kam zu der Beamtin, bei der er schon am Vormittag war, und sah das als einen großen Erfolg an. Daß er die Dokumente wieder nicht bekam, weil nur die Besitzerin sie entgegennehmen durfte, wog dagegen wenig.

Er nahm den Weg in die Richtung, wo er den Bahnhof vermutete, fragte dann aber doch zweimal nach dem Weg. In den Auslagen der Uhrengeschäfte sah er nach der Zeit. Der letzte Zug ging um sechs. Er hatte eine Rückfahrkarte. Um Viertel vor sechs war er am Bahnhof. Es war aber der Westbahnhof und nicht der Ostbahnhof. Er fragte, wie lang man mit der Straßenbahn bis zum Ostbahnhof fährt. Eine gute halbe Stunde. Er fuhr trotzdem. Der Zug war längst weg.

Nach drei Monaten war er über den Arbeitsmarkt so weit im Bild, daß er sich nicht mehr als Tagelöhner ausnützen ließ, sondern ein richtiges Arbeitsverhältnis als Hilfsarbeiter einging. Der Bauunternehmer hatte eine Baracke für Gastarbeiter. Dort konnte er schlafen. Im Winter ging er weg, weil die Baracke nicht zu heizen war. Das Gasthaus, in dem er sich wärmte, etwas trank, manchmal etwas aß, lag neben einer Ventilatorenfabrik.

Am Tor war eine Tafel ausgehängt. Man suchte Hilfsarbeiter. Er meldete sich. Man vermittelte ihm auch ein Untermietzimmer. Man war freundlich zu ihm, nachdem man erfahren hatte, daß er keine Lehrstelle sucht, sondern als Hilfsarbeiter arbeiten will. Daß man ihn gefragt hatte, ob er eine Lehrstelle sucht, beschäftigte ihn. Zum erstenmal trat in sein Bewußtsein, daß es auch die Möglichkeit gibt, einen Beruf zu erlernen. »Aber nicht für mich.«

In das Zimmer zog er ein mit einem Koffer, in dem Wäsche war. Das hatte er sich erwirtschaftet. Er mußte nun Werkstücke putzen und sie mit Rostschutzfarbe anstreichen. Die Betriebsleitung ließ sich über Neuaufgenommene vom Vorarbeiter und Meister alle vierzehn Tage einen Bericht geben. Man riet ihnen, über Charlys Zornausbrüche noch einige Zeit hinwegzusehen und sich an der komischen Schirmmütze nicht zu stoßen. Er wurde als verläßlich beschrieben.

Im darauffolgenden Sommer las er auf dem Weg von der Straßenbahn-Endstation zum Schwimmbad auf einem Anschlag einer Portalschlosserei, daß Hilfsarbeiter aufgenommen werden. Er sagte dem Vorarbeiter in der Ventilatorenfabrik, daß er weggeht, wenn sich für ihn keine anderen Arbeiten finden lassen als Putzen und Anstreichen. Der Vorarbeiter sagte es dem Meister, der Meister sagte es dem Betriebsleiter. Der Betriebsleiter ließ Charly kommen.

Er mahnte ihn zur Geduld: Wir haben Ihre Fähigkeiten längst erkannt und sind uns darin einig, daß Sie es in dieser Fabrik zu etwas bringen können; der erste Schritt wird sein, daß man Sie an einer halbautomatischen Maschine anlernt; das ist eine interessante Tätigkeit; diese Maschine stanzt Flügel, und Flügel sind in einer Ventilatorenfabrik etwas sehr Wichtiges; am Ersten können Sie dort beginnen; nein, nicht am ersten August, sondern am ersten September; zuerst werden Sie eingeschult; natürlich, das wird auch eine Auswirkung auf den Lohn haben.

Die Einschulung dauerte eine halbe Stunde, dann arbeitete Charly vollwertig an der Maschine. Er hatte Knöpfe zu betätigen und alle zwei Minuten einen Hebel, an den man sich anhängen mußte, um ihn herunterzubringen. Für Charly war diese Arbeit leichter und angenehmer als alle Arbeiten, die er bisher gemacht hatte. Nach einer Woche schmierte er den Hebel. Er ließ sich nun leichter betätigen. Er fragte, wie er lohnmäßig eingestuft ist. Das ist wie früher, sagte der Meister. Warum, das wußte er nicht.

Charly verlangte eine Vorsprache beim Betriebsleiter. Das Wort »Vorsprache« hatte er sich in diesem Betrieb angeeignet. Der Betriebsleiter bestätigte, daß sich beim Lohn nichts ändert: Schließlich sind Sie noch in der Einschulung; Sie müssen froh sein, daß die Firma Sie einschult; mit Ende des Jahres ist die Einschulung vorbei; doch, man kann nicht nur, man muß von Einschulung sprechen, denn der Vorarbeiter und der Meister müssen bei Ihnen öfter als bei anderen Arbeitern nachsehen, ob alles klappt; ab ersten Jänner gibt es dann nicht nur einen, sondern zwei Schilling mehr. Charly sagte, von einem Schilling war nie die Rede. Außerdem, erwiderte der Betriebsleiter, können Sie dann bald auf einer größeren und komplizierteren Maschine eingeschult werden.

Vier Jahre arbeitete er an der Stanzmaschine. Er rechnete nicht mehr damit, an eine andere Maschine zu kommen. Sein Untermietzimmer hatte er aufgegeben und ein unmöbliertes Untermietzimmer genommen, um sich ein paar Sachen nach seinem Geschmack anschaffen zu können. Ein Bett vor allem, mit einer Bettzeuglade, damit man auch bei Tag darauf sitzen und liegen kann. Er fand es blöd, wenn er ein Mädchen in sein Zimmer lud und keinen anderen Platz anbieten konnte als das gemachte Bett.

Er hatte sich verrechnet. Das Geld für Bett und Kasten besaß er. Er brauchte aber auch Bettzeug und einen Tisch und einen Sessel. Ein Waschtisch mit einer Schüssel war im Zimmer.

Nachdem er die Raten bezahlt hatte, ging er von der Ventilatorenfabrik weg. Er wollte mehr verdienen, allerdings, die ärgste Dreckarbeit, wie er sie früher gemacht hatte, sollte es nicht sein. Er fand Arbeit bei einer Spedition. Er bekam zweieinhalb Schilling mehr in der Stunde. Wenn er glaubte, der Rücken reißt ihm ab vom Schleppen, dachte er an die halbe Stunde oder Stunde, die er anschließend am Beifahrersitz des Lastwagens sitzen konnte.

Hier hielt man sich nicht wie in der Ventilatorenfabrik an die gesetzliche Bestimmung, daß in einer Woche nicht mehr als zehn Überstunden gemacht werden dürfen. Nachdem er ein Radio und einen Teppich gekauft hatte, schrieb er seiner Mutter, sie möge ihn besuchen; er wird sie vom Bahnhof abholen; wenn es sein muß, fährt er auch ins Dorf und holt sie von dort ab. Sie war schon so schwerhörig, daß sie das Dorf, wo jeder von ihrer Schwerhörigkeit wußte und sich darauf einstellte, nicht mehr verließ.

Vom Bauern war sie weggezogen zum spinnenden Keuschler. Der Bauer hatte nicht aufgehört, sie zu schikanieren, weil ihr Sohn nicht bei ihm arbeitete. Ich habe ihn aufgezogen, behauptete er, und jetzt treibt sich der Kerl in Wien als Verbrecher herum. Der Bauer hatte Charly einmal eine Tafel Schokolade geschenkt. In den ersten beiden Jahren in Wien besuchte Charly seine Mutter nur zu Weihnachten, dann zu Ostern und zu Weihnachten.

Dem Bauern hatte er von seinen Arbeitsplätzen in Wien erzählt und von seinen Arbeitgebern und Vorgesetzten. Der Bauer schloß aus diesen Erzählungen, daß Charly ein Kommunist ist. Charly konnte dazu nichts sagen, außer daß er noch nie angezeigt oder verhaftet worden war. Seine Auseinandersetzungen mit der Polizei, die hin und wieder an einem Wochenende stattfanden, gingen tatsächlich nie so weit. Er las von nun an die Meldungen in den Boulevardzeitungen über Kommunisten und über sozialistische Länder mit anderen Augen.

Die Mutter anzuschreien, damit sie etwas verstand, widerstrebte ihm. Das beste wäre, ihr aufzuschreiben, was man ihr sagen wollte. Aber mit dem Schreiben hatte er Schwierigkeiten. Die Mutter schlug seine Einladung aus. Sie schrieb in dem Brief, ihr Lebensgefährte findet so eine Reise zu riskant. Außerdem weiß sie nicht, wo und wie er untergebracht ist. Mit einem Wort, es ist alles ungewiß und unsicher, und sie läßt es lieber bleiben.

## 5

Die jetzige Arbeit hat er über eine Zeitungsannonce gefunden. Richtiger: Elfi hat sie gefunden. Sie meinte, er kann nicht immer so weitermachen, ohne Aussicht auf eine Verbesserung seiner Lage. Er entgegnete, er will nicht noch mehr Überstunden und Sonntagsdienste machen. Das meinte sie nicht. Sie meinte, er soll in einen Betrieb gehen, in dem er Aufstiegsmöglichkeiten hat; wo er durch Kurse Facharbeiter werden kann, später eventuell Angestellter. Er hatte den Eindruck, daß sie nicht von ihm redet, sondern von einem anderen. Es dauerte Tage, bis er sein Selbstbewußtsein wiederfand. In diesen Tagen machte er sich mit Elfis Vorstellungen wider Willen vertraut.

Die andere Möglichkeit wäre gewesen, von ihr wegzugehen. Daran dachte er ungern. Es war für ihn selbstverständlich geworden, mit ihr zusammenzusein, wenn auch noch nicht in derselben Wohnung. Er konnte sich aber nicht vorstellen, daß es auch für Elfi selbstverständlich geworden ist.

Als er sie am Flughafen ansprach, hatte er nur noch wenig Hoffnung, eine Freundin zu finden, die ihm gefällt und die schön ist. Er hatte Frauen kennengelernt, die ihm gefielen, die ihm aber nicht schön genug waren. Um beides haben zu können, so war seine Ansicht, braucht man Geld. Er ließ die Möglichkeit offen, daß es auch mit Glück gehen könnte. Seine Frage war, ob Elfi bei ihm ist, weil andere Männer es nicht mit ihr aushalten.

Charly erklärte ihr, wie das mit den Aufstiegsmöglichkeiten in der Ventilatorenfabrik war. Das ist kein Vergleich, meinte sie. Kein Vergleich womit? Mit dem, was sie für ihn sucht. Sie fand eine Annonce, in der eine Zündmaschinenfabrik einen Hilfsarbeiter mit einschlägigen Erfahrungen zum Anlernen suchte; bei Bewährung sind Weiterbildungskurse auf Firmenkosten möglich; jede Aufstiegsmöglichkeit ist vorhanden. Als er sagte, das läuft ungefähr auf das hinaus, was er von der Ventilatorenfabrik schon kennt, zerknüllte sie die Zeitung. Er nahm die Seite mit der Annonce und strich sie glatt. Am nächsten Tag stellte er sich vor.

Bei der letzten Betriebsratswahl in der Zündmaschinenfabrik erhielt die sozialdemokratische Fraktion 4 Mandate, der der ÖVP nahestehende Arbeiter- und Angestelltenbund 1 Mandat, die der KPÖ nahestehende Gewerkschaftliche Einheit nach Jahren wieder 1 Mandat und eine Namensliste ebenfalls 1 Mandat. Der Betriebsleiter gab Charly zu verstehen, daß die Betriebsräte bei der Lohneinstufung ein Wort mitzureden haben; er kann ihn jetzt nur als Hilfsarbeiter einstufen, aber nach einem halben Jahr ist eine andere Einstufung möglich; Charly soll sich nur vertrauensvoll an den Betriebsrat des Arbeiter- und Angestelltenbundes und an den der Namensliste wenden.

Charly fragte den Betriebsrat, der in seiner Nähe arbeitete, warum nur jene zwei Betriebsräte bei der Lohneinstufung etwas mitzureden haben. Der Betriebsrat erklärte ihm, daß die beiden eine Sonderstellung einnehmen, weil sie mit dem Unternehmer zusammenarbeiten; Charlys Einstufung ist ein typisches Beispiel dafür; Charly wird nach sechs Monaten als angelernter Arbeiter eingestuft; daß das nicht früher geschieht, ist eine Sauerei. Der Betriebsrat sagte, Charly leistet jetzt, nach einer Woche, nicht weniger, als er in einem halben Jahr leisten wird; der Betriebsleiter schickt die Leute, die neueingestellten und die, die er für blöd oder ängstlich oder bestechlich hält, zu diesen Betriebsräten, und die tun so, als würden sie sich weiß Gott wie einsetzen; sie setzen sich aber nur für etwas ein, das dem betreffenden Kollegen ohnehin zusteht; leider gibt es immer noch Dummköpfe unter den Kollegen, die darauf hineinfallen; die größten Dummköpfe sind aber die beiden Betriebsräte selbst, die sich für so etwas hergeben, nur weil sie gegen die Sozialisten sind; den Nutzen davon hat der Unternehmer, der die beiden als Werkzeug einsetzt, um Uneinigkeit und Mißtrauen unter der Belegschaft zu stiften.

Der Betriebsrat konnte ihn nicht zurückhalten. Charly lief zum Meister und machte ihm Vorwürfe. Entweder brachte Charly alles durcheinander, oder der Meister war schwer von Begriff. Er zuckte nur mit den Schultern und machte abwehrende Bewegungen. Charly rannte dem Betriebsleiter die Tür ein und legte los. Der Betriebsleiter beobachtete abwechselnd Charly und den Baum vor dem Fenster.

In der Pause, die dadurch entstand, daß Charly sich verhaspelte, mit dem Satz neu anfangen wollte, den Anfang aber nicht fand, begann der Betriebsleiter zu lachen. Als

Charly die Adern an der Stirn heraustraten, sagte der Betriebsleiter beschwichtigend: Das Lachen gilt nicht Ihnen. Ob Charly nicht weiß, daß dieser Betriebsrat Kommunist ist; er soll sich beruhigen, zu seinerArbeit gehen und das nächste Mal anklopfen.

Charly ging nicht weg. Dieser Betriebsrat hat nur das eine Ziel, sagte der Betriebsleiter, Uneinigkeit in die Belegschaft zu bringen. Nun verstand Charly, und er ging.

Der Betriebsleiter schrieb aus dem Gedächtnis auf, was Charly gesagt hatte. Er hatte endlich erfahren, wie genau der kommunistische Betriebsrat Bescheid wußte und was er den Arbeitern erzählte.

Der Meister behandelte Charly am nächsten Tag wie einen alten Bekannten. Elfi schärfte ihm ein, er soll sich aus der Politik heraushalten. Er fragte, warum sie über den Besitzer der Parfümerie, in der sie arbeitet, herzieht. Das hat mit Politik nichts zu tun, sagte sie. Er konnte das Gegenteil nicht beweisen.

Im Lauf der Woche kam alles heraus. Meister und Betriebsleiter schikanierten den kommunistischen Betriebsrat, wo es ging. Charly, vom Betriebsrat darauf angesprochen, berichtete, warum er zum Betriebsleiter gelaufen war und was er dort gesagt hatte. Er erzählte es auch den Kollegen.

Die Kollegen glaubten ihm nicht und hielten ihn für einen Denunzianten. Der Betriebsrat glaubte ihm. Er nahm ihn vor den Kollegen in Schutz. Er gab sich die Schuld: Ich habe Charly für offen gehalten und nicht gesehen, daß diese Offenheit nur Naivität ist. Er konnte die Kollegen überzeugen, daß Charly kein Denunziant ist. Nach drei Wochen kündigte er: Ich wäre ein Masochist, wenn ich in diesem Betrieb bleiben würde. Der Meister pflichtete ihm bei: Für Maoisten ist hier kein Platz.

Den beiden korrupten Betriebsräten und ihren wenigen Anhängern ging Charly aus dem Weg; auch wenn sie sich ihm in den Weg stellten. Mit den anderen Kollegen redete er nicht viel. Denen, deren Ansichten ihm gefielen, hörte er zu. Nach einem halben Jahr kam er stillschweigend in eine höhere Lohngruppe. Wer ihn danach fragte, dem sagte er es. Die beiden Betriebsräte sahen ihn schief an. Der Betriebsleiter fragte ihn, ob er an dieser Maschine und bei dieser Arbeit alt werden will.

Charly hat sich für einen Dreherkurs im Wirtschaftsförderungsinstitut angemeldet. Die Anmeldeformulare füllte Elfi aus. Er schrieb einige Male kürzere Absätze aus einem Märchenbuch ab, das er bei Elfi fand. Er möchte sich nach diesem Kurs zu einem Materialkundekurs anmelden, wenn es bis dahin mit dem Schreiben besser geht. Er schaute nur kurz auf, als der Betriebsleiter ihn ansprach.

Die Werkstücke, die Charly bearbeiten mußte, kamen aus der Gießerei. Wenn er auch nur die Rohbearbeitung zu machen hatte, die Feinbearbeitung machten die Facharbeiter, so sah er doch, daß er aus einem Material etwas herstellte. Er sah es nicht immer. Wenn eine Serie von einigen tausend Stück, wenn Wochen hindurch das gleiche zu machen ist, und das im Akkord, sieht man nur in den Augenblicken, wo eine Schwierigkeit auftritt, was man macht. Sie genügten, um Charly ein Bewußtsein davon zu geben, daß er etwas herstellte.

Dieses Bewußtsein hatte er früher nie, sei es, daß es an den Arbeiten lag, die er machen mußte, oder an ihm. Er bekam ein Verhältnis zu seiner Arbeit, er machte sich Gedanken darüber, und diese Gedanken endeten alle in einer Sackgasse: Es wird mir angeschafft, an welcher Maschine ich arbeiten muß, es wird mir angeschafft, wie ich arbeiten muß; wozu sich da noch Gedanken machen?

Der Betriebsleiter ist sich nicht ganz darüber im klaren, welche Funktion er in den Augen der Unternehmensleitung hat. Die Anweisungen, die er bekommt, sind exakt, aber er versteht nicht immer ihren Sinn. Er ist abgerichtet worden, nicht danach zu fragen. Er hat deshalb ständig Angst, die eine oder andere Anweisung nicht voll zu erfüllen. Diese Unsicherheit merken die Arbeiter, und sie nützen sie aus. Das ist durchaus die Absicht der Unternehmensleitung. Einen wirklichen Vorteil können die Arbeiter aus der Unsicherheit des Betriebsleiters nicht ziehen. Der Betriebsleiter aber wird zu unerhörter Vorsicht angespornt. Die größte Wut hat er auf die beiden korrupten Betriebsräte, die er mit allen Mitteln stützen muß, was er nicht als seinen Aufgabenbereich ansieht. Auf der anderen Seite muß er zugeben, daß sie als Zuträger dessen, was im Betrieb gesprochen wird, recht wertvoll für ihn sind. Er kann seine Gegenmaßnahmen gegen die Stimmung im Betrieb von langer Hand planen.

Zu den beiden Kursen trug die Firma insofern einen Teil bei, als sie Charly die halbe Stunde, die er früher wegmußte, bezahlte. Er hatte trotzdem einen spürbaren finanziellen Verlust, da er keine Überstunden machen konnte. Als er die Zeugnisse in der Firma vorlegte, wurde er beglückwünscht und aufgefordert, so weiterzumachen. Er wurde an einer anderen Maschine eingesetzt; wo die Arbeit nicht viel anders war als bei der vorigen. Er kam nur in die nächsthöhere Lohnstufe. In diese wäre er ohne Kurse auch gekommen.

Es hatte sich schon so viel Wut in ihm aufgestaut, daß er wieder mehr redete. Der unsolidarischen Minderheit unter den Kollegen entging das nicht; somit entging es auch dem Betriebsleiter nicht. Nachdem er monatelang einen Bogen um Charly gemacht hatte, weil der immer eine Haltung einnahm, als könnte ihm jederzeit die Hand auskommen, ging er nun wiederholt zu ihm, um ihn an die Aufstiegsmöglichkeiten zu erinnern.

Charly ließ ihn durch langsames Kopfnicken und durch Blicke aus den Augenwinkeln erkennen, was er denkt. Er hatte so oft vor sich hin gesagt, daß er mit diesem Kerl noch einmal abrechnen wird, daß es zu einer fixen Idee geworden ist. Den Kollegen gegenüber nahm er sich kein Blatt vor den Mund, egal, ob er sie für gute oder schlechte Kollegen hielt.

»Und was ich noch nicht gesagt habe, werde ich morgen bei der Betriebsversammlung sagen.«

Auf der anderen Straßenseite bemerkte er, daß er bei Rot über die Kreuzung gegangen ist: Das ist weniger schlimm, als wenn mir eine schwarze Katze über den Weg gelaufen wäre. Sollte auf der Versammlung etwas schiefgehen, sollte ich mich blamieren, dann verlasse ich die Firma, noch ehe der Betriebsleiter von den Zuträgern alles erfährt.

## 6

Vom Kino bis zur Haustür ist Elfi hinter ihm gegangen in einem Abstand von zehn oder fünfzehn Schritten. Als er aufschließt, bleibt sie stehen. Er hält die Tür für sie auf. Sie geht nicht vom Fleck. Er läßt die Tür ins Schloß fallen und wartet. Sie sperrt auf und geht an ihm vorbei. Er folgt ihr und paßt sich beim Stiegensteigen dem Rhythmus ihrer Schritte an. Jetzt findet er das Ganze lustig. Lachen traut er sich aber nicht. Sie würde wahrscheinlich zu weinen anfangen.

In der Wohnung kann er das Lachen nicht mehr zurückhalten. Sie gibt ihm eine Ohrfeige. Er ist sich nicht sicher, ob sie nicht doch noch zu weinen anfängt. Er geht zu ihr und faßt sie von hinten um die Hüften. Sie dreht sich um und lacht. Er hat sie noch nie so schnell ausgezogen. Er kniet sich nieder und küßt ihre Schamhaare. Sie zieht das Hemd über seinen Kopf. Er fürchtet, sie macht das, damit er nicht sehen kann, daß sich ihr Gesicht verändert hat. Er streift das Hemd ab und schaut sie an. Ihr Gesicht hat sich nicht verändert.

Beide sind sich einig, daß sie einen schönen Beischlaf gehabt haben. Er will sich auf die Seite legen, denn er weiß, daß sie es nicht leiden kann, wenn er nach dem Orgasmus zu lange auf ihr liegenbleibt oder wenn er auf ihr einschläft. Sie läßt ihn aber nicht herunter. Er fragt, ob sie noch einmal will. Das würde ihn wundern. Zweimal hintereinander wollte sie noch nie. Sie legte nach dem Orgasmus meist beide Hände zwischen die Beine. Oder sie sprach vom Kreislauf, der zur Ruhe kommen muß, oder vom Herz. Er sagt, ihm ist es egal; wenn sie will, soll sie es sagen.

Er dreht sich zur Seite, sie deutet aber durch einen Druck mit ihrer Hand an, daß er auf ihr liegenbleiben soll. Das Glied, das halb heraußen war, rutscht wieder in die Scheide. Mit der anderen Hand hält sie seinen Mund zu, obwohl er nicht redet.

Ohne etwas zu sagen, gibt sie ihm zu verstehen, daß sie nicht weiß, ob sie noch einmal will. Er denkt, daß er sich nie hätte träumen lassen, einmal mit so einem Menschen zusammenzusein.

Während er das dachte, wurde sein Glied, das sich aufgerichtet hatte, wieder weich. Sie macht die Augen auf. Aus ihnen schaut Angst. Er streichelt sie und konzentriert sich darauf, daß sich sein Glied aufrichtet. Sie macht mit. Sie ist wie vorher.

Nach dem Orgasmus bleibt er auf ihr liegen. Sie schläft ein. Als er aufsteht, erwacht sie und steht auch auf. Er geht ins Badezimmer, um sich zu waschen. Sie zieht ihn ins Zimmer zurück, stellt zwei Gläser auf den Tisch und füllt sie mit Wermut. Er will nicht auf dem Fauteuil sitzen. Er stellt sein Glas neben ihres und setzt sich auf den Teppich.

Sie prosten einander zu. Sie legt die Hand auf seine Schulter. Er dachte gerade, wie glücklich er sich fühlte, als ihm die Augen zufielen. Er zwingt sich, sie offenzuhalten, und denkt den Gedanken fertig. Damit ihm die Augen nicht abermals zufallen, möchte er rauchen. Jetzt aufzustehen, kommt nicht in Frage. Er legt sich hin, wälzt sich zu seiner Lederjacke, nimmt Zigaretten und Zünder heraus und rollt auf seinen Platz zurück. Auf *seinem* Teppich hätte er nicht nackt liegen wollen; da hätte er sich gleich auf einen Kiesweg legen können. Nun liegt der Teppich im Keller; in Elfis Keller. Er hatte ihn gekauft, damit das Zimmer etwas gleichschaut, wenn seine Mutter kommt. Sie ist nicht gekommen. Den Kasten und das Bett hat er auseinandergeschraubt. Sie liegen ebenso wie der Tisch und der Sessel im Keller. Von seinem Bettzeug verwendet er nur den Kopfpolster. Alles andere hat Elfi. Es ist von besserer Qualität als sein Zeug.

Sie war im Grunde nicht dafür, daß er bei ihr einzieht; er auch nicht. Er machte aber eine Kostenrechnung, aus der hervorging, daß es billiger und deshalb sinnvoller ist, wenn sie zusammenziehen. Da die Initiative von ihm ausging, mußte er sich sagen und konnte sie ihn spüren lassen, daß er sich hereingedrängt hat. Das Gegenargument, das er sich und auch ihr sagte, war, daß er im Monat 2000 Schilling mehr verdient als sie.

Elfi hatte nicht bedingungslos in die Scheidungen eingewilligt. Von ihrem ersten Mann verlangte sie eine Wohnung, und sie gab sich nicht mit der erstbesten zufrieden. Sie suchte sich eine aus mit einem großen Zimmer, das drei Fenster hatte, mit einer Wohnküche, einem Schlafraum, einer Abstellkammer, einem Vorraum, einem Bad und einem Klosett. Charly hatte weder zu Hause noch in den Wohnungen, in denen er in Untermiete war, fließendes Wasser und ein

Klosett gehabt. Deshalb imponierte ihm das Klosett in Elfis Wohnung am meisten. Das Bad weniger, denn Baden war für ihn keine Notwendigkeit.

Er hatte Elfi eine Szene aus einem Chaplin-Film erzählt: Aus einem Fenster wurde Suppe an arme Leute verteilt. Die Leute standen in einer Reihe hintereinander. Charlie Chaplin kam dazu, und ich weiß nicht, hat er sich vorne hingestellt oder hat er sich vorschwindeln wollen, jedenfalls hat ihn sein Hintermann genommen und zurückgeschoben, und das ist so weitergegangen. Es sind neue Leute dazugekommen, die haben ihn auch zurückgeschoben. Ich weiß nicht mehr, wie er dann doch bis zum Fenster gekommen ist. Jedenfalls, als er dort war, war die Ausspeisung beendet und das Fenster geschlossen. Auf dem Fenster hing eine Tafel, da stand drauf: Klosett. Ich habe selten so viel gelacht. Es stand nicht auf deutsch, denn es war ein amerikanischer Film. Ich kann mich aber noch genau an das amerikanische Wort erinnern. Es hieß Closed.

Sie hatte den Witz nicht verstanden. Sie ließ sich das englische Wort buchstabieren. Nun verstand sie. Er freute sich, daß sie lachte. Sie sagte, »closed« heißt »geschlossen«; auf der Tafel stand »geschlossen« und nicht »Klosett«. Er schlug die Augen nieder, damit er nicht sah, wie sie ihn auslachte. Er dachte an den Film, an die Geschichte, die er erzählt hatte, und schüttelte den Kopf. Sie vermutete, daß er darüber nachdenkt, wie dumm er ist. Sie irrte sich.

Die Wohnung hatte Elfi nur notdürftig einrichten können. Von ihrem ersten Mann war kein Geld mehr herauszuholen, das wußte sie. Er mußte sich schon beim Wohnungskauf in Schulden stürzen. Sie war nicht berechnend. Er machte das Angebot, ihr eine Wohnung nach ihrem Wunsch zu kaufen, wenn sie sich scheiden läßt. Er wußte nicht, daß er damit ihren größten Wunsch erfüllte. Sie hatte bis zur Heirat bei ihren Eltern gewohnt. Sie heiratete, um von zu Haus wegzukommen. Er hätte ihr auch die gemeinsame Wohnung, die seine Wohnung war, überlassen. Aber sie wollte nicht nur ihn, sondern auch seine Wohnung nicht mehr sehen.

Als sie wieder heiratete, vermietete sie ihre Wohnung. Den Gewinn von monatlich 400 Schilling steckte sie in Kosmetika. Als ihr Mann sie fragte, unter welchen Bedingungen sie sich scheiden ließe, verlangte sie, daß er ihre Wohnung nach ihrem Wunsch einrichtet. Das kostete mindestens so viel wie die Wohnung. Er litt unter den Schulden mehr als ihr erster Mann, denn er verdiente weniger. Mehr wußte Charly nicht. Sie zu fragen, war sinnlos, sie erzählte dann gar nichts.

Er hatte noch sein Zimmer gehabt und konnte sich in ihrer Wohnung wohl fühlen wie ein Unbemittelter in einem Hotelzimmer, das er nicht selbst bezahlen muß. Daß er sich von der ersten Minute an ohne Scheu bei ihr bewegte, behagte ihr nicht. Sie selbst ging behutsam mit ihrer Wohnung um. Sie wußte, daß sie keinen großen und wertvollen Gegenstand aus eigenem anschaffen kann, wenn er stark abgenützt oder kaputt ist. Sie erlaubte Charly nicht, den Plattenspieler selbst zu bedienen. Als er es dennoch einmal tat, weil sie im Badezimmer mit dem Fönen ihrer Haare nicht fertig zu werden schien, lief sie ins Wohnzimmer und schaltete den Plattenspieler ab. Sie litt darunter, daß er die Kühlschranktür zufallen ließ, anstatt sie zuzumachen. Immerhin hat er sich angewöhnt, eine Decke über den Fauteuil zu breiten, ehe er sich setzt. Als er einzog, hatte er sich an das meiste in dieser Wohnung und an die Art, wie Elfi damit umging, gewöhnt.

Sie stupft ihn, als er wieder vor dem Einnicken ist. »Es macht nichts, wenn du müde bist. Es ist schon spät.« Sie verwendet die Sätze, die sonst er in ähnlichen Situationen spricht. Er glaubt, daß sie ihn hänseln will. Obwohl er gerade geraucht hat, steckt sie ihm eine Zigarette in den Mund und zündet sie an. Er kniet sich auf und gibt ihr einen Kuß. Er hätte sie lieber gefragt, was mit ihr los ist. Aber das hat er sie schon so oft gefragt, immer, wenn sie sich anders verhielt, als er sich verhalten hätte, wenn er an ihrer Stelle gewesen wäre. Jetzt entspricht ihr Verhalten zwar seiner Erwartung, da es aber so oft seiner Erwartung nicht entsprochen hat und er deshalb seine Erwartung geändert hat, entspricht es ihr zugleich auch nicht. »Das ist kompliziert, und ehe ich eine komplizierte Frage stelle, stelle ich lieber keine.« Er setzt sich wieder auf den Teppich und möchte alles einfach sehen. Sie fragt, was er den Tag über getrieben hat.

Er fragt sich, ob sie den Frieden stören will. – Ich habe hin und her überlegt wegen der Scheißversammlung. – Dazu hast du einen ganzen Tag gebraucht? – Dich interessiert das ja nicht. – Ich finde nicht, daß das eine Scheißversammlung ist. – Du sagst seit Tagen zu mir: Du mit deiner Scheißversammlung. – Warum hast du deine Meinung geändert? – Ich habe sie nicht geändert. – Warum redest du dann von einer Scheißversammlung? – Mir geht das schon auf die Nerven. Ich habe den ganzen Sonntag vertan. – Du nimmst dir immer viel vor, und dann gibst du auf. – Wer sagt, daß ich aufgebe? – Du. – Ich gebe nicht auf. – Ich traue mich wetten, du machst morgen den Mund nicht auf. – Wie kommst du darauf? – Du hast doch morgen nur das Mädchen im Kopf, mit dem du im Kino warst. – Ich war mit dem Mädchen nicht im Kino. Ich bin zufällig neben ihr gesessen. Und dann sind wir mitsammen hinausgegangen. – Du bist ins Kino gegangen, um dort zu hören, was du morgen sagen sollst? – Man kann nicht immerfort an eine Sache denken. Wenn man immer nur mit sich über etwas redet, kommt man nicht vom Fleck. – Aber bei dem Mädchen bist du hoffentlich ein Stück weitergekommen? – Hör auf mit dem Mädchen. Ich kenne das Mädchen nicht. – Es machte einen fröhlichen Eindruck. – Das Mädchen bildet sich ein, daß es häßlich ist. – Das bildet es sich nicht nur ein. – Mach dich nicht über andere Leute lustig. – Was du machen darfst, darf ich wohl auch. – Ich mache mich über niemanden lustig. – Deine Kollegen erwarten, daß du morgen etwas sagst, und du läßt sie hängen. – Ich lasse sie nicht hängen. – Du machst einem Mädchen im Kino Hoffnungen, und dann läßt du es hängen. – Warum bist du vor dem Kino gestanden? – Zufällig. – Das glaube ich nicht. – Hast du eine andere Erklärung? – Nein. Aber du hast eine andere Erklärung. – Ich war auch im Kino. – Du warst im selben Kino? – Ja.

Charly glaubt ihr das nicht. Er glaubt aber auch nicht, daß sie ihm nachspioniert. Er kann sich nicht vorstellen, daß sie auf ihn eifersüchtig ist. Würde er das Wort »Selbstbewußtsein« gebrauchen, würde er sagen, daß er ein normales Selbstbewußtsein hat. Elfi findet manchmal, er hat ein krankhaftes Selbstbewußtsein. Sie hat ihm das nie gesagt.

Gegen ihre Einschätzung spricht, daß er keinen Grund sieht, warum sie auf ihn eifersüchtig sein könnte. Er meint damit, daß ihr nichts verlorengehen würde, wenn er von ihr wegginge. Umgekehrt sei es anders. Er sei zwar nicht eifersüchtig, aber er würde etwas verlieren, wenn er nicht mehr bei ihr sein könnte.

Er hatte weniger schöne und schönere Frauen als Elfi angesprochen. Aber keine konnte er für längere Zeit als Freundin gewinnen. Die schlecht situiert waren wie er, verloren das Interesse an ihm, sobald sie seine Lage erkannten. Die Bessersituierten schienen von weitem zu riechen, wie es mit ihm steht. Sie wiesen ihn entweder ab oder nahmen sich so viel Zeit, wie sie brauchten, um ihm zu zeigen, wofür sie ihn hielten.

Er hatte Erfahrungen in dieser Hinsicht und war abgehärtet. Das Ansprechen von Frauen hatte er als Freizeitbeschäftigung gewählt, weil es nicht kostspielig war. Er machte sich nach solchen Begegnungen seine Gedanken: Ein Arbeiter ist in dieser Gesellschaft ein Mensch zweiter Klasse. Er machte sich konkrete Gedanken, indem er den Wert der Kleider abschätzte, die eine solche Frau oder ein solches Mädchen trug, und indem er diesen Wert mit dem Wert seiner Kleidung verglich; indem er sich das Milieu ausdachte, in dem eine solche Frau aufgewachsen ist und lebt; indem er fragte, woher eine solche Frau das Geld hat; ob sie oder ihre Familie oder ihr Mann so viel mehr oder so viel wertvollere Arbeit machen als er; oder ob das Geld, das sie haben, gar nicht von ihnen erarbeitet, sondern einfach abgeschöpft wird von dem, was er erarbeitet.

Wütend war er nach solchen Erlebnissen nicht. Schließlich hatte er die Frauen angesprochen. Das war nicht zu vergleichen mit einer Demütigung durch einen Vorgesetzten, der *ihn* ansprach. Er hat es schon öfter blöd gefunden, daß er sich auf Frauen kapriziert, die ihm schön vorkommen. Er würde zugeben, daß er in diesem Punkt nicht normal ist. Andererseits sagt er sich, daß von all dem, was zu haben wäre, für ihn nur ein kleiner Teil zu haben ist, und von diesem kleinen Teil auch nur das Billigste. Warum soll er nicht wenigstens eine schöne Frau haben wollen? So gesehen, findet er sich in diesem Punkt vollkommen normal.

Er ist froh, mit Elfi zusammen zu sein, und er will sie nicht verlieren. Das ist das eine. Das andere ist, daß er nicht wieder sein Bett und seinen Kasten aus dem Keller holen, zusammenschrauben und in einem unmöblierten Untermietzimmer aufstellen will.

Elfi führt ein Glas Wermut an seinen Mund und kippt es, bis er ausgetrunken hat. Das hat er nach diesem Wortwechsel nicht erwartet. Er erklärt es sich mit dem zweimaligen Beischlaf. Er hat die Erfahrung gemacht, daß der Abstand zwischen zwei Depressionen größer ist, wenn dazwischen ein Beischlaf liegt; das gleiche stellte er bei ihren Selbstmordwünschen fest. Sein Rezept ist: Wenn sie so oft mit ihm schlafen würde, wie er es will, wäre alles in Ordnung.

Er weiß, daß es mit diesem Rezept einen Haken hat. Zuerst müßte geklärt werden, warum sie sich oft eine Woche weigert, mit ihm zu schlafen. Er ist dann eifersüchtig auf ihre Depressionen, in die sie verliebt zu sein scheint. Aber auch hier sieht er einen Haken. Sie leidet nämlich unter diesen Depressionen.

Wenn sie nach Dienstschluß auf der Couch liegt und gegen die Zimmerdecke starrt, sitzt er nicht selten auf dem Fauteuil und schaut sie an. Fragt er sich unvermittelt, warum er da sitzt, so steht er auf und geht in die Küche ein Bier trinken, oder er geht auf die Straße oder ins Gasthaus. »Ich schaue, obwohl es gar nichts zu schauen gibt.«

Er ist dann nervös und aggressiv. Wenn er seine Nervosität bemerkt, hat er das Gefühl, daß er neben dieser Frau krank wird. In letzter Zeit hat er sich nicht mehr zu ihr gesetzt, wenn sie unansprechbar war. Er fürchtete, daß er sie nehmen und aus der Wohnung schmeißen könnte. Zugleich fürchtete er, daß er dann den letzten Tag hier gewesen sein dürfte. Er machte Hausarbeit, saugte einmal die Wohnung, putzte ein andermal die Fenster. Als ihm beim Fensterputzen der Wasserkübel vom Fensterbrett fiel, schwor er, daß er nur noch so lange hier bleibt, bis ihm klar ist, was ihr wirklich fehlt.

Sie sagte, sie ist eben so, und wem das nicht paßt, der braucht nicht bei ihr zu sein. Sie sagte das jedesmal, wenn er sie fragte, was mit ihr los ist. Er findet ihre Antwort nach wie vor blöd; jetzt findet er aber seine Frage genauso blöd.

Er kam auch drauf, daß er über das, was er sich über sie und über das Verhältnis zwischen ihr und ihm denkt, noch nie mit ihr gesprochen hat. Er empfand diese Einsicht nicht als Fortschritt, weil er sich nicht vorstellen konnte, mit ihr darüber zu sprechen. Das Schlimmste war, daß er nicht wußte, warum das nicht möglich sein sollte.

Seine Hand hatte bereits so gezittert, daß die Suppe über den Löffel schwappte. Er war in den Keller gegangen, um seine aufgestapelten Möbel zu mustern.

Charly nimmt eine Zigarette und schaut auf seine Hand. Sie ist ganz ruhig. Er hält den Atem an. Dann fragt er sie, was sie den Tag über getrieben hat. »Mein erster Mann hat mich am Vormittag angerufen. Wir haben mitsammen zu Mittag gegessen.« Er braucht die Zigarette nicht. Er hat sie bereitgehalten für den Fall, daß sie sich über seine Frage empört.

Sie duscht sich. Sie pfeift das Lied »Hänschenklein«. Er hat sie noch nie beim Duschen pfeifen gehört. Wenn sie pfeift, dann beim Bügeln. Er richtet sein Gesicht zum Nachdenken. Er legt die Stirn in Falten und schaut finster drein. Mit diesem Gesicht schläft er ein. Sie schaltet im Bad das Licht aus. Er liegt auf dem Teppich. Sie schiebt einen Polster unter seinen Kopf und deckt ihn zu. Die Zigarette nimmt sie ihm aus der Hand und zündet sie an. Wenn sie *eine* Zigarette in der Woche raucht, ist es viel.

7

Dem Alten, der die Baracke zu reinigen und zu beaufsichtigen hat, in der die Garderobe, der Waschraum und die Kantine untergebracht sind, fällt als erstem Charly Traktors verändertes Benehmen auf. Sein Klumpfuß macht ihm jeden Morgen Schmerzen. Das bessert sich erst, wenn er zwei Stunden mit dem Besen durch die Räume gegangen ist. Charly, von seiner Mutter ans Frühaufstehen gewöhnt, ist morgens immer guter Laune, ob er Grund dazu hat oder nicht. Er weiß, daß man ihm das ansieht. Er hat es weder zuwege gebracht, in der Früh am verzerrten Gesicht des Alten gutgelaunt vorbeizugehen, noch sein Gesicht zu verstellen. Deshalb hat er sich angewöhnt, bei ihm stehenzubleiben und ihm etwas Aufmunterndes zu sagen. Der Alte hat sich angewöhnt, darauf zu warten.

Heute bleibt Charly nicht bei ihm stehen. Er hat weder ein gut- noch ein schlechtgelauntes Gesicht. Als er bei dem Alten vorbeigeht, verstellt er sich und grinst ihn an. Der Alte ist verdutzt. Er nimmt den Besen so, daß er nicht auf dem Boden streift, und sucht sich einen Platz, von dem aus er Charly beobachten kann. Er glaubt, daß Charly seinen Rausch noch nicht ausgeschlafen hat. So hat er ihn noch nie gesehen. Ihn würde interessieren, was es zu feiern gegeben hat. In der Mittagspause will er ihn fragen.

Charly zieht die Arbeitskleidung an. Die Kollegen haben sich bereits umgezogen. Sie sitzen auf einer Bank und warten auf ihn. Als er fertig ist, sagt einer: Gehen wir. Charly sagt, er kommt nach. Er sagt das so bestimmt, daß seine Kollegen keine Frage stellen. »Der spinnt heute.«

Seine Schirmmütze hängt nicht am Nagel. Ihm fällt ein, daß er sie am Freitag mit nach Haus genommen hat, weil zwei Ölflecken darauf waren. Der Ölgeruch hat sich auf die Haare übertragen. Er hat vergessen, die Mütze in die Putzerei zu tragen. »Es ist möglich, daß ich sie gar nicht aus der Tasche genommen habe.« Die Tasche hat er noch aus der Schulzeit. Er bekam sie in der 3. Klasse. Seine Mutter erstand ein Stück Ziegenleder und machte daraus eine Schultasche. Er hatte große Freude damit. Über die Pappendeckeltasche, die er vorher hatte, mußte er bei Regen eine rosafarbene Gummidecke binden, damit die Nässe nicht durchging. Daß die Gummidecke eine Matratzeneinlage aus seiner Wiege war, störte ihn weniger als die Arbeit, die er mit dem Aufbinden hatte.

In der Ledertasche trug er auch die Unterlagen der Mutter zur Sozialversicherungsanstalt. Seitdem verwendet er sie als Jausentasche. Die Schirmmütze ist in der Tasche, sie ist noch dazu rein. Also hat Elfi sie putzen lassen. Der Traktor auf der Mütze ist noch auszumachen, der Name der amerikanischen Traktorenfabrik nicht mehr. Die Nähte, die seine Mutter angebracht hatte, sind inzwischen aufgegangen.

Von Elfi hat er einen Bogen Briefpapier und einen Kugelschreiber genommen. Sein Kugelschreiber ist ausgeschrieben. Er mißt mit dem Rollmeter die Breite des Spinds. Er notiert: Spind 35 cm breit; das Gewand muß man hineinstopfen; Nägel, die man selbst einschlagen muß; kein Kleiderhaken, kein Kleiderbügel; nicht lackiert, nicht zu reinigen, rohes Holz, vom Holzwurm zerfressen. Er sperrt den Spind ab und geht zur Kantine. Die Tür ist abgeschlossen. Er ruft nach dem Alten und bittet ihn aufzusperren: »Ich habe etwas vergessen.« Der Alte versichert, daß nichts vergessen worden ist.

»Ich mache eine Bestandsaufnahme.« Der Alte möge ihn jetzt nicht fragen. Charly zählt die Sessel. Der Alte steht in der Tür: Ich täusche mich selten in einem Menschen; von Charly habe ich das nicht gedacht; aber es ist eben immer das gleiche; wahrscheinlich ist er Vorarbeiter geworden oder Partieführer; und wenn einer ein bißchen was wird, glaubt er, er ist kein Arbeiter mehr, und behandelt die Kollegen von oben herab.

38. Charly notiert das unter dem Stichwort Kantine. Also hat in der Mittagspause nur ein Viertel der Belegschaft Platz zum Essen. Von den 38 Sesseln sind 9 so wackelig, daß man sich darauf nicht zu bewegen traut. Der Fußboden ist schief. Die meisten versuchen gar nicht mehr, in der Kantine einen Platz zu bekommen. Sie setzen sich in der Halle auf Kisten und essen dort. Er notiert abschließend: Gesund und appetitlich, Öl und Schmiermittel. Er dankt dem Alten und fragt ihn, ob er sich freut. Der Alte weiß nicht, worüber er sich freuen sollte. Daß Wacker 3:0 gewonnen hat.

Der Betriebsrat fängt Charly beim Eingang zur Halle ab. – Wenn du das machst, bleib lieber draußen. – Was denn? – Mit Gewalt kommen wir nicht weiter. – Mit was für einer

Gewalt? – Der Betriebsrat verlangt von Charly, daß er ihn in die Tasche schauen läßt. Charly lehnt entrüstet ab.

Er hat nicht damit gerechnet, daß es gleich in der Früh losgehen wird. Er spürt, daß die Hand, in der er das Papier und den Kugelschreiber hält, feucht ist. Er fürchtet, daß er das nicht durchhält bis zur Versammlung, wenn es jetzt schon losgeht.

Der Betriebsrat nimmt Charlys Arm. Er würde sich nie erlauben, die Tasche zu kontrollieren. Charly soll angeblich Waffen mithaben; er würde seine Forderungen mit Waffengewalt durchsetzen wollen; er würde nicht davor zurückschrecken, die Unternehmensleitung als Geiseln festzuhalten. Charly macht seine Tasche auf und zeigt dem Betriebsrat das Jausenpaket.

Dem Betriebsrat ist klar, wer das Gerücht verbreitet hat. Charly auch. Der Meister fährt ihn an: Wenn auch Montag ist und wenn auch einige Leute noch nicht ganz nüchtern sind, so beginnt die Arbeitszeit dennoch um sieben und nicht um Viertel acht. Charly antwortet dem Meister, er soll sich an den Betriebsrat wenden, der hat ihn aufgehalten.

Er hat vorgehabt, den Meister zu ersuchen, ihn heute vom Akkord freizustellen. Ich fühle mich nicht gesund, hat er sagen wollen, bin aber doch wegen der Versammlung gekommen. Das ist jetzt hinfällig, und Charly ist froh darüber. Er hat sich vorgestellt, heute nicht im Akkord zu arbeiten, um sich zwischendurch Notizen machen zu können für die Versammlung. Er stürzt sich in die Arbeit, als wollte er nicht eine Viertelstunde, sondern zwei Stunden einbringen.

Die Kollegen, mit denen er sich über die Versammlung abgesprochen hatte, erwarteten einen unternehmungslustigen Charly, der sich die Hände reibt, wie sonst, wenn er sagt, denen werden wir es zeigen. Sie erwarteten, daß er sagt, denen werden wir es heute zeigen. Da er nichts sagt, reden sie über ihn.

Einer kommt doch und fragt, ob er es sich überlegt hat. Was? – Das mit der Versammlung. – Ich habe mir gar nichts überlegt. Er schaut nicht von der Arbeit auf. Ein anderer kommt und sagt: Freilich hast du es dir überlegt. – Ich habe mir gar nichts überlegt.

Charly ruft dem Kollegen nach, ob er das mit den Waffen auch schon gehört hat. Ja, aber darüber haben alle nur gelacht; das Gerücht kommt natürlich von dieser schwarzen Bande; die macht das im Auftrag der Betriebsleitung; es wird hier immer eine Hetze betrieben; Charly wird jetzt verstehen, warum sie, seine Kollegen, lieber die Hand davon lassen. Aber er soll sich nichts daraus machen; er kann auf sie rechnen.

Charly weiß, daß er anders ist als sonst. Er fühlt sich unsicher. Elfi war gestern abend anders als sonst. Er hatte gehofft, sie wäre durch ihn anders geworden, durch seine Geduld. Nun vermutet er, daß sie anders geworden ist, weil sie ihren ersten Mann getroffen hat. »Wenn das stimmt, bin ich der falsche Mann für sie.« Sie war vielleicht früher nicht so durcheinander und ist es erst durch ihn geworden. Durch seine Stumpfheit, die er für Geduld hielt. Wie kann er herausfinden, ob es so ist?

– Ich habe bisher nichts herausfinden können, weil ich es nicht verstehe, über solche Dinge zu reden. Über welche Dinge verstehe ich zu reden? Immerhin habe ich herausgefunden, wie viele Sessel in der Kantine kaputt sind. Das kann jeder. Warum soll es Dinge geben, die nicht jeder herausfinden kann? Dann könnte jeder mit jedem über alles reden. Warum ist das nicht so? Aber was soll's.

Der Betriebsrat sagt zu Charly, er hat dem Meister bestätigt, daß Charly von ihm eine Viertelstunde aufgehalten worden ist. Charly nickt. Der Betriebsrat fragt, was Charly gegen ihn hat. Er wollte sich mit Charly aussprechen. Er hat das Gefühl, schon lange nicht mit so viel Verachtung angeschaut worden zu sein.

Charly ist weit davon entfernt, den Betriebsrat zu verachten; diesen Betriebsrat. Er ist der Listenführer der sozialdemokratischen Fraktion. Die anderen sozialdemokratischen Betriebsräte kennt er nicht so genau. Er hat den Kommunisten gekannt; als Betriebsrat, nicht privat. Privat kennt er keinen Kollegen näher. Und er weiß, daß die wenigsten Kollegen privat miteinander zu tun haben. Zur Zeit gibt es keinen Kommunisten im Betrieb, denn der zweite auf der Liste der Gewerkschaftlichen Einheit hat schon vorher gekündigt. Den beiden schwarzen geht er sowieso aus dem Weg. Die Unternehmer und die Großbauern sind für ihn ein und dasselbe Gesindel. Er will nicht so blöd sein wie seine Mutter und die politisch unterstützen, die einen ausnehmen.

Charly schätzt den Betriebsrat, weil er sich im Arbeitsrecht auskennt, bei der Akkordbemessung, bei der Lohnverrechnung. Dieser Betriebsrat und der Kommunist haben eine Gewerkschaftsschule besucht. Charly ist der Gewerkschaft beigetreten, als er am Bau war. Von einer Gewerkschaftsarbeit hat er weder am Bau noch in der Ventilatorenfabrik und schon gar nicht bei der Spedition und am Flughafen etwas bemerkt; erst hier. Er weiß aber nicht, ob diese Einschätzung richtig ist. Er hat nämlich bei sich auch erst hier ein Interesse an einer Gewerkschaftsarbeit bemerkt. Er könnte sich vorstellen, daß Kollegen hier sind, die so wie er früher nichts von Gewerkschaftsarbeit merken. Er nimmt Papier und Kugelschreiber, um sich etwas zu notieren. Er kann die Augen immer nur kurz von der Maschine abwenden. Es ist ihm entfallen.

Die Prüfung, die Charly nach dem Dreherkurs abgelegt hat, wird nicht als Facharbeiterprüfung anerkannt. Er ist als »besonders qualifizierter« Hilfsarbeiter eingestuft. Er könnte ohne Prüfung als einfacher Facharbeiter eingestuft werden. Es gibt unter den Facharbeitern mehrere Abstufungen. Die Betriebsleitung stuft nicht nur nach Können und Leistung ein, sondern auch nach diszipliniertem Verhalten. Sie gibt das indirekt jedem zu verstehen. Unter diszipliniertem Verhalten versteht sie das Unterlassen jeder gewerkschaftlichen Aktivität, die der Unternehmensleitung nicht paßt.

Der Listenführer der sozialdemokratischen Betriebsräte hat die Meisterschule besucht und bekommt keinen Meisterposten, obwohl einer frei ist. Er gibt keine Garantie, daß er als Meister seine Gewerkschaftsarbeit – dann unter den Angestellten – nicht fortsetzt. Der letzte Betriebsrat auf dieser Liste, der auch die Meisterschule besucht hat, gibt diese Garantie. Er hält sich schon jetzt als Betriebsrat im Hintergrund.

Charly Traktor hat eine Serie fertig und stellt die Maschine für die nächste Serie ein. Die Kollegen sagen ihm oft, er soll die Maschine nicht einstellen, das ist Aufgabe des Meisters. Er als Hilfsarbeiter braucht das nicht zu machen. Wenn sie nicht richtig eingestellt ist, trägt er die Verantwortung. Er findet richtig, was die Kollegen sagen. Er findet es aber unerträglich, etwas, das man kann, nicht zu machen, weil man nicht zuständig ist.

Er spannt ein Werkstück ein. Die Akkordzeit pro Stück ist 1 Minute und 36 Sekunden. In dieser Zeit ist ein zweimaliges Umspannen für ein Werkstück enthalten. Charly hat sich eine Vorrichtung gebaut, mit der sich ein Umspannen erübrigt. Er kommt auf eine Zeit von 1 Minute und 9 Sekunden. Die Kollegen, die auf ähnlichen Maschinen arbeiten, haben die Vorrichtung nachgebaut.

Zuerst hat der Meister Charly das Arbeiten mit der Vorrichtung verboten. Das gehe nicht. Er hat nicht überprüft, ob es geht. Aber die Kollegen haben es überprüft. Charly montierte die Vorrichtung ab und gab sie den Kollegen zum Nachbauen. Nach einer Mittagspause, die sie zur Montage verwendeten, arbeiteten alle mit einer solchen Vorrichtung. Der Meister sagte nichts. Er holte den Betriebsleiter. Der sagte zu den Arbeitern auch nichts. Den Meister wies er an, die Zeit zu stoppen, die nun für den Arbeitsvorgang benötigt wird.

Als er mit der Stoppuhr kam, stellten die Arbeiter die Maschinen ab und holten den Betriebsrat. Der Betriebsrat wußte von der Vorrichtung. Er erinnerte den Meister, daß die Akkordzeiten vor zwei Monaten zusammen mit ihm, dem Betriebsrat, festgelegt worden sind und für die nächste Zeit Gültigkeit haben. Eine neuerliche Stoppung darf nur mit seinem Einverständnis erfolgen.

Der Meister wies auf die Vorrichtungen an den Maschinen, die Zeit einsparen würden. Das ist Grund genug für eine neuerliche Stoppung. Der Betriebsrat hat diese Konfrontation vorhergesehen: Das ist eine maschinelle Verbesserung, die nicht die Firma geschaffen hat, sondern die Kollegen; also ist das ausschließlich ihr Vorteil; man kann ihnen nicht die Zeit, die sie einsparen, wegnehmen und aus ihrem Vorteil einen Vorteil der Firma machen.

Der Meister sagte, ihm ist es egal, und wahrscheinlich auch dem Betriebsleiter; aber wenn die Herren da oben draufkommen, ist der Teufel los; man soll doch zu ihm nicht so sein; er hat doch oft genug gezeigt, daß er kein Unmensch ist; von oben geht man auf ihn los, und hier im Betrieb auch; er weiß nicht, wie er dazu kommt. Sie, er sprach den Betriebsrat an, verdienen mehr als ich, was wollen Sie noch. Ich arbeite im Akkord, antwortete der Betriebsrat, und Sie spazieren den ganzen Tag herum. Herumspazieren nennen Sie das, schrie der Meister. Wenn Sie glauben, sagte der Betriebsrat, daß Sie so viel arbeiten und so wenig verdienen. So ist es, schrie der Meister. Dann stellen Sie Lohnforderungen wie wir, schrie der Betriebsrat; glauben Sie, uns wird das Geld nachgetragen? So stellt ihr euch das vor; wenn ihr wüßtet, sagte der Meister.

Charly dachte nach, wer das einfädelt, daß es so läuft und nicht anders. Die Rangordnungen vom Meister bis zum Unternehmer waren in jedem Betrieb, in dem er gearbeitet hatte, ungefähr gleich. Der Meister dürfte es nicht eingefädelt haben.

Die Kollegen lachten dem Meister nach. Der Betriebsrat wirkte erschöpft. Er winkte ihnen ab; sie sollen nicht lachen. Charly hat nicht geglaubt, daß sich der Betriebsrat so einsetzen kann. Er war es weder vom Meister noch vom Betriebsrat gewohnt, daß sie in Saft gehen. Sonst war immer er es, der aufbrauste.

Er stellte als erster die Maschine an. Der Betriebsrat wollte noch etwas sagen. Charly hatte es erwartet. Der Betriebsrat stellte die Frage so, wie Charly sie sich gestellt hatte. Was ist, wenn es zur nächsten regulären Akkordbemessung kommt? Charly hatte die Antwort vorbereitet: Dann montieren wir die Vorrichtung ab und arbeiten mit der Maschine, wie sie uns die Firma zur Verfügung gestellt hat. Und wenn die Firma die Vorrichtungen baut und montiert, weigern wir uns, damit zu arbeiten. Denn der Meister hat gesagt, daß man damit nicht arbeiten kann.

Charly errötete. Er hatte beim Reden niemanden angesehen. Er hätte die Kollegen wenigstens ansehen sollen, wenn er sich herausnahm, auch in ihrem Namen zu sprechen. Er spannte ein Werkstück ein und versteckte sich hinter dem Lärm der Maschine. Ein Kollege sagte, das wird das Beste sein, was wir machen können. Der Betriebsrat war derselben Ansicht. Charly war es egal. Er fuhr sich mit der schmutzigen Hand übers Gesicht. Es könnte sein, daß er noch rot ist: das braucht niemand zu sehen. »Wenn ich grün wäre, wäre das etwas anderes.« Elfi mischt sich die Farbe, mit der sie die Haut um die Augen anstreicht, selbst. Sie nimmt Grün, Blau und Silber. Ihr Gesicht sieht immer aus, als würde es erröten. Sie erzählte Charly, daß sie eine Tante hatte. Das war der einzige Mensch, den sie als Kind mochte. Ein Photo von ihr steht in der Küche. Charly hat noch nie ein so komisches Photo gesehen. Es ist koloriert. Man hat der Tante, der man ansieht, daß sie sich nie geschminkt hat, die Wangen rot gefärbt. Elfi schminkt sich wirklich die Wangen rot.

Der Betriebsrat sagte zum zweitenmal, daß er nun zu seiner Arbeit muß. Charlys Kollegen hatten nach und nach die Maschinen eingeschaltet. Der Betriebsrat ging nicht. Er wollte mit Charly sprechen und wußte nicht, wie er es anstellen sollte. Er verwickelte den Kollegen, der neben Charly arbeitete, aber die Maschine noch nicht eingeschaltet hatte, in ein Gespräch über Freikörperkultur. Er und seine Frau würden überlegen, ob sie im Urlaub auf so eine Insel fahren sollten. Er hat gehört, der Kollege kenne das. O je, bekommt er zur Antwort.

– Ich war mit meiner Frau im Vorjahr in Jugoslawien auf Urlaub. Ich erzähle die ganze Geschichte, damit du mich richtig verstehst. Die Kinder hat die Schwiegermutter genommen, und so waren wir nach Jahren zum erstenmal allein weg. Das hat uns sehr gut getan. Es war schön dort. Es war ein gewöhnlicher Badeort. Wir haben nicht gewußt, daß wir uns noch so gut verstehen können. Wir haben gevögelt wie in unseren besten Tagen. Mit einem Ausflugsschiff sind wir auf eine FKK-Insel gefahren. Auf dem Schiff haben wir geschmust und uns ausgemalt, wie es dort sein wird. Bevor das Schiff angelegt hat, ist es um die Insel gefahren. Man konnte sich Ferngläser leihen. Wir haben uns eins ausgeliehen. Ich habe zuerst durchgeschaut. Ich wollte Männer sehen, die mit einem Ständer herumlaufen. Meine Frau hat Paare gesucht, die auf Felsplatten liegen und vögeln. Wir haben nichts gesehen. Nicht einmal auf versteckten Felsplatten. Wir sind vom Schiff nur heruntergegangen, um Wein zu trinken.

Charly spannt ein Werkstück aus. Der Betriebsrat kommt zurück und stellt sich neben ihn. Bleibst du bei deinem Antrag? – Bei welchem Antrag? – Der Betriebsrat sagt, Charly braucht sich vor ihm nicht zu verstellen. Er hat nichts gegen den Antrag, den Charly stellen will. Charly sagt, dann ist es ja gut. Die Kollegen sind weder damit einverstanden, wie Charly sich ihnen, noch wie er sich dem Betriebsrat gegenüber aufführt. Sie denken, nun wäre eine Chance, mit dem Betriebsrat ein Bündnis einzugehen. Sie sagen aber nichts. Der Betriebsrat ist nervös. Ein Kollege möchte ihn beruhigen. »Charly spinnt heute.« Der Betriebsrat weiß nicht, ob er nun beruhigt oder noch beunruhigter sein soll.

Der Kollege fragt Charly, ob etwas mit seiner Alten ist. Es klingt, als wollte er sich dafür entschuldigen, daß er gesagt hat, Charly spinnt. Sie wissen, daß er nicht verheiratet ist. Da er aber mit Elfi zusammenlebt, sprechen sie nicht von seiner Freundin, sondern von seiner Alten.

Charly erinnert sich an die Geschichte von der Insel, die dieser Kollege erzählt hat. Am liebsten würde er ihn bitten, sie noch einmal zu erzählen. Nicht der Geschichte wegen. Ihm hat gefallen, wie der Kollege von sich und seiner Frau erzählt hat. Charly würde gern von sich und Elfi so erzählen können; nicht so; er möchte überhaupt von sich und Elfi erzählen können. Wir haben ein paar Sätze über Frauen, denkt er sich, und die reichen wir herum wie pornographische Photos. Elfi ist die Katz, in deren Wohnung er sich breitgemacht hat, und Elfi ist die Katz, die gepackt wird. Das ist es: Wir reden von den Frauen wie die Unternehmer von uns.

Ein Werkstück bricht auseinander. Eine Hälfte fliegt gegen Charlys Hüfte. Er stellt die Maschine ab und untersucht die beiden Teile. Wenn etwas so bricht, war ein Haarriß im Material. Das kommt vielleicht bei 10.000 Stück einmal vor. Charly ist das bisher fünfmal passiert, aber ein wegfliegendes Stück hat ihn heute zum erstenmal getroffen.

Ein Materialbruch wird dem Arbeiter nicht als Ausschuß angerechnet. Charly und seine Kollegen kommen auf 30.000 bis 50.000 Stück im Jahr. Davon sind im Durchschnitt 5 bis 15 Stück Ausschuß, das heißt mehr oder weniger durch eigene Schuld verhaute Werkstücke. Charly hat einen blutunterlaufenen Fleck. Er schiebt das Hemd zurück in die Schlosserhose. Wir sollten, sagt er sich, so viel Ausschuß machen wie möglich. In Wirklichkeit aber sind wir stolz, wenn wir fehlerfrei arbeiten.

Er würde sich gern eine Notiz machen, aber er hat das nächste Werkstück bereits eingespannt und will die Augen nicht von der Maschine lassen. *Ein* Unfall genügt ihm. Er findet es blöd, tagaus, tagein fehlerfrei zu arbeiten, um dem Unternehmer einen hohen Profit zu sichern.

Charly hat den Unternehmer und dessen leitende Angestellte für Schwachköpfe gehalten. Er kam zu diesem Schluß, weil er in dem Betrieb so viel gesehen hat, was umständlich, schlecht oder gar nicht funktioniert. Er wurde nicht müde, darüber zu schimpfen, und er unterschied sich darin in nichts von seinen Kollegen.

Mittlerweile sieht er, daß dieses schlechte Funktionieren eine wichtige Funktion hat. Die Leute im Konstruktionsbüro machen jahrelang die gleichen Fehler in den Zeichnungen, weil sie die Betriebspraxis und die tatsächlichen Realisierungsmöglichkeiten der Arbeiter nicht kennen. Und die Arbeiter bessern Jahre hindurch die gleichen Fehler auf den Zeichnungen aus. Die einen halten die anderen für Idioten. Eine Verständigung oder eine Zusammenarbeit ist unmöglich. Es gibt einen eigenen Mittelsmann zwischen Betrieb und Konstruktionsbüro, und der hat weder von der Theorie noch von der Praxis eine Ahnung.

In der Materialausgabe sitzt einer, der vorher im Lohnbüro war und den Betriebsräten hin und wieder Tips gegeben hat. Man ist ihm draufgekommen und hat ihn ins Materiallager strafversetzt, wo er sich nicht zurechtfindet. Die Arbeiter haben nicht die Zeit zu warten, bis er etwas findet. Sie umgehen ihn und nehmen sich die Sachen selbst.

Dem Meister, der früher auch für die Arbeitsvorbereitung zuständig war, hat man jemanden vor die Nase gesetzt, der das nun machen soll. Der Neue geht aber nach einer anderen Methode vor als der Meister, und so macht der Meister das, was der Neue gemacht hat, noch einmal. Die beiden Methoden harmonieren insofern miteinander, als ein Fehler, der dem Arbeitsvorbereiter unterläuft, vom Meister unbedingt verdoppelt wird. Die Verantwortung trägt der Arbeitsvorbereiter. Obwohl er eine sitzende Tätigkeit haben könnte, läuft er ständig im Betrieb umher, damit er im Fall, daß ein Fehler von ihm auffliegt, den der Meister noch verdoppelt hat, Überlastung vorschützen kann.

Eine Verwandte des Betriebsrats arbeitet im Büro. Er hat von ihr erfahren und es im Betrieb erzählt, daß die Büroangestellten die Weisung erhielten, innerhalb des Werksgeländes mit den Arbeitern keine privaten Gespräche zu führen. Charly hat beobachtet, daß sich nur einige Mädchen und einige Ingenieure nicht an die Weisung halten. Die Ingenieure kennen ein paar Arbeiter aus Sportvereinen. Die Mädchen sind dahintergekommen, daß manche Arbeiter mehr verdienen als manche Angestellte.

Ein Kollege, der den Spitznamen Doof hat – nicht weil er Doof, dem Partner von Dick, ähnlich schaut, sondern weil er die Fingertricks beherrscht, die Doof in dem Film »Fra Diabolo« vorführt –, gab der Uniform der Angestellten, die aus weißem Hemd, Anzug und Krawatte besteht, den Namen Büßergewand.

Charly hat überlegt, ob er diesen Ausspruch bei Elfi als seine Erfindung anbringen oder ob er ihn als Erfindung von Doof deklarieren soll. Er brachte ihn als seine Erfindung an, mit Erfolg. Damit war auch der Streit beendet. Elfi kauft sich ungefähr alle drei Monate ein Paar Schuhe. Ihn stört das. Er wollte den Streit schüren, indem er den Spruch vom Büßergewand in die Auseinandersetzung einbaute. Sie hatte den Eindruck, er wollte damit den Streit beilegen.

Die Gießer, die Dreher, die Elektriker und die Monteure sind streng in Abteilungen getrennt und können in der Arbeitszeit keinen Kontakt zueinander aufnehmen. Den Kontakt, soweit er arbeitstechnisch notwendig ist, besorgen zum kleinsten Teil die Meister, ansonsten eigene Kontakt- oder Mittelsmänner, die im Angestelltenverhältnis stehen und mit den Arbeitern nicht inVerbindung treten.

Diese Verhältnisse im Betrieb sieht jeder. Charly sah ähnliche Verhältnisse in anderen Betrieben. »Warum habe ich mir nichts dabei gedacht?« Das stimmt nicht, er hat sich etwas gedacht. Er dachte sich, das ist ein Scheißbetrieb und das ist eine Scheißarbeit und das ist ein Scheißvorgesetzter. Und er sagte das auch. Nun denkt er mehr. Er denkt: Warum ist der Betrieb ein Scheißbetrieb?

Er kann aber seine Gedanken nicht aussprechen. Was er sagt, unterscheidet sich wenig von dem, was er früher gesagt hat. Er spricht aber weniger als früher. Nun, da ihm das auffällt, spricht er überhaupt nur mehr das Notwendigste.

Er hat das Gefühl, seine Gedanken passen nicht zu ihm.

In den ersten Jahren, die er in Wien verbrachte, war er froh, daß er nicht vor die Hunde ging. Erst nachdem es ihm selbstverständlich geworden war, daß er in der Großstadt existieren konnte, fiel ihm auf, wie er existierte. Er war damit nicht zufrieden, sagte sich aber, daß es ihm schon schlechter gegangen ist. Und wenn er in einer Zeitung las, es gehe den Leuten besser als früher, fand er das richtig.

Er fand es nicht mehr richtig, als er überlegte, daß sich dadurch, daß es ihm früher schlechter ging, nichts daran ändert, daß es ihm heute schlechtgeht. Er bekam damals 3400 Schilling netto im Monat, einschließlich der Zulagen und Überstunden. Für das Essen brauchte er 2000 Schilling. Er konnte nicht kochen, da er nie eine Kochgelegenheit hatte. Das Zimmer kostete 600 Schilling, ohne Heizung. Wenn nach dem Zwanzigsten eines Monats die Socken kaputt waren, war das Pech. Er hatte um diese Zeit kein Geld mehr.

Er lernte weder in diesem noch in anderen Betrieben einen Kollegen kennen, der mit den Arbeitsbedingungen und dem Lohn zufrieden war. Es wurde aber nicht viel darüber geredet. Das ist es: Man kann nicht immer an das denken und von dem reden, womit man unzufrieden ist.

Ich tue das aber zur Zeit. Warum auch nicht? Die Arbeit und der Lohn, das ist eben die Wirklichkeit. Ob ich daran denke oder nicht, das ist die Wirklichkeit. Wenn ich aber so viel daran denke wie jetzt, dann werde ich immer in so einem Zustand sein wie jetzt.

Sein Zustand ist ihm unerträglich. Bei jedem Gedanken wird er ernster. Er spürt das.

Ich denke über das nach, was ich sehe. Aber die Leute, die alles so einrichten, daß es so ist, wie ich es sehe, die sehe ich nicht. Über die weiß ich sehr wenig. Deren Methoden kenne ich nicht. Ich kenne nur die Methoden des Meisters und des Betriebsleiters. Die beiden sind aber nur Figuren, die von oben gesteuert werden.

Er denkt darüber nach und merkt, wie sein Gesicht sich noch mehr verschließt. Er hat es nicht erwartet. »Ich spinne wirklich.« Er muß sich wieder schneuzen. Er nimmt an, daß er sich in der Nacht verkühlt hat, als er nackt auf dem Teppich lag.

Wenn er so wäre wie sonst, hätte er sich in der Früh in der Garderobe gestreckt und sich die Hände gerieben. Er hätte sich auf den Schwanz geklopft, und ein Kollege hätte ihn gefragt, ob er einen guten Fick gehabt hat. Er hätte gesagt, er hat Elfi zweimal gepackt.

Er steckt das Taschentuch ein und zerknüllt dabei ein Papier. Es ist der Zettel, auf dem er sich Notizen gemacht hat. Der Kollege neben ihm sagt, Charly soll sich den Rotz aufheben für die Versammlung. Er kann dann den Beweis vorlegen, daß man sich in dieser Bude verkühlt. Charly lacht.

Wenn er mit seinen Kollegen zum Heurigen geht, zwei- oder dreimal im Jahr, nimmt er Elfi nicht mehr mit. Einmal war sie mit. Sie würde wieder mitgehen. Charly fragt sich, warum er nicht so getan hat, als sei sie nicht da. Sie lachte den ganzen Abend nicht. Einmal fragte Elfi die Frau eines Kollegen, ob sie zu Hause eine Katze hat. So ein Vieh kommt mir nicht ins Haus, sagte die Frau. Elfi war gekränkt. Dann redete sie doch noch einmal. Sie fragte die Frau eines anderen Kollegen, ob sie nicht auch lieber tanzen gehen will. Die Frau fand es hier gemütlicher als auf einem Tanzboden. Charly mischte sich ein und warf Elfi vor, daß *sie* es sonst ist, die nicht tanzen will. Elfi antwortete: Ich kann mich nicht so besaufen wie du.

Die Kollegen hielten Elfi für arrogant. Charly verteidigte sie: Das ist etwas anderes als Arroganz. Dummheit, sagte ein Kollege. Vielleicht, sagte Charly.

Wahrscheinlich würden sie auch sein jetziges Verhalten als Dummheit bezeichnen. Vielleicht haben sie recht. Dann sollen sie es ihm doch sagen. Er schaut sich um, ohne den Kopf zu heben. Er sieht Beine und Maschinen. Er wartet, daß endlich einer etwas sagt. »Lange werde ich nicht mehr warten.« Er möchte einem nach dem anderen an den Hals springen.

An seiner Müdigkeit merkt er, daß es bald Mittag sein wird. Er winkelt den Arm ab, schaut aber nicht auf die Uhr. Er hält sich für einen Kindskopf. Es ist erst 11 Uhr, er hat sich getäuscht. Den Zettel steckt er in die andere Hosentasche.

Er weist seine Vermutung von sich, daß ihn die Rede so verwirrt, die er am Nachmittag halten soll. Rede werde man nicht dazu sagen können. Es ist auch nicht seine Rede, die ihn beschäftigt, sondern *das Reden*. Er hat den Eindruck, ihm geht alles durch den Kopf, was er im Betrieb aufgeschnappt hat. In Wirklichkeit versucht er angestrengt, sich zu erinnern.

– Es müßte jeden Tag eine Versammlung sein. Eine halbe Stunde würde genügen. Jeder Kollege hätte dann die Möglichkeit, das, was er weiß, allen zu sagen. Wenn er, Charly, nur an das denkt, was er gehört hat; wenn das alle wüßten, wenn das alles in einer Versammlung zur Sprache käme, müßte es eine Empörung geben. Es müßte eine Veränderung geben. Oder? Kennt er die Kollegen so gut, daß er das sagen kann? Kennt er sich so gut, daß er das sagen kann?

Charly ist unsicher. Er erinnert sich, daß ihn die Geschichte von den Autos, die ihm der Betriebsrat erzählte, nicht empört hatte. Die Arbeiter- und Angestelltenbetriebsräte sind zum Chef gegangen, um ihn zu ersuchen, das freie Grundstück auf dem Fabriksgelände der Belegschaft für Parkplätze zur Verfügung zu stellen. Die Betriebsräte mußten das Ersuchen schriftlich einreichen. Dann mußten sie drei Wochen warten, bis sie vorgelassen wurden. Der Chef, Mitbesitzer der Fabrik, sagte, daß er nicht daran denkt, die Motorisierung zu fördern: Die Straßen sind verstopft, und in jedem Auto sitzt nur einer drin; etwas Unrationelleres kann man sich nicht vorstellen. Dann entließ er die Betriebsräte. Der Sekretär teilte ihnen mit, daß das Ersuchen abgelehnt wurde. Der Betriebsrat sagte Charly, der Chef besitzt fünf Autos, von denen keines unter 150.000 Schilling kostet; alle paar Monate wechselt er eines davon gegen ein neues. Charly hätte sich gern so empört wie der Betriebsrat. Er konnte nicht. Er fand auch, daß das Auto ein unrationelles Verkehrsmittel ist. Wer mit welchem Recht und in welchem Zusammenhang dieses Argument gebraucht hat, ging ihm damals nicht auf. Das geht ihm erst heute auf.

Er muß zugeben, daß er gestern abend nahe daran war, den Plan, eine Rede zu halten, fallenzulassen. Er hatte gehofft, daß Elfi ihm zuredet, sich nicht in die Betriebspolitik einzumischen, wie sie es schon einige Male getan hatte. Sie machte das Gegenteil. Er weiß nicht, ob sie es ernst gemeint hat. Vielleicht wollte sie ihn aufziehen. Er sieht sie mit ihrem ersten Mann beim Mittagessen sitzen und darüber lachen, daß ihr Freund Charly herumrennt und nachdenkt, was er auf einer Betriebsversammlung sagen soll. »Das reicht.« Er habe genug. Er habe genug von sich. In der Mittagspause setzt er sich zu den Kollegen auf eine Kiste und macht seine Tasche auf. Was wollte er sagen? Etwas über Elfi. Er hat keine Lust. Er nimmt sein Jausenpaket und geht in die Kantine, wo er im Stehen ißt.

9

Nach der Mittagspause wird noch eine Stunde gearbeitet. Um zwei Uhr beginnt die Betriebsversammlung. Der Betriebsrat, der die sozialdemokratische Mehrheitsfraktion anführt, hat eine Rede vorbereitet. Was zur Debatte steht, sagt er, hat eine zweijährige Geschichte. Wo heute die Fabrik ist, war in der Monarchie eine Gobelinmanufaktur.

Einige Kollegen lachen. Der Betriebsrat sagt, er weiß selbst, daß das länger her ist als zwei Jahre; er ist in seiner Freizeit der Geschichte der Fabrik nachgegangen; die Kollegen sollen ein wenig Geduld haben.

– Die Gobelinmanufaktur war bis 1919 in Betrieb. Von 1916 bis 1919 wurde die Belegschaft auf ein Viertel reduziert. 1916 wurde die Manufaktur von einem Kleiderfabrikanten aufgekauft.

Charly Traktor sitzt ganz vorn auf einer Kiste. Viele Kollegen stehen. Es ist schwer, im Sitzen die Versammlung zu überschauen. Charly nimmt an, daß die Rede des Betriebsrats länger dauern wird, als er gedacht hat. Ihn interessiert, wo die Kollegen stehen, die seinen Antrag unterstützen wollen. Sie haben beschlossen, nicht zu sitzen. Im Stehen seien sie beweglicher.

Als einige Kollegen lachen, schaut Charly sich um. Er sieht niemanden lachen. Er steht auf und stellt sich auf die Seite. Die beiden unternehmerfreundlichen Betriebsräte und ihr Anhang stehen in einer Gruppe beisammen. Die Kollegen, die zu Charly halten, haben sich unter den Versammelten verstreut. Charly stellt sich in die Nähe der unternehmerfreundlichen Gruppe.

– Der Kleiderfabrikant machte Uniformen fürs Militär. Er kaufte die Gobelinmanufaktur aus zwei Gründen. Es herrschte Arbeitskräftemangel. Die wehrfähigen Männer waren im Krieg. Er legte die Manufaktur nach und nach still und übernahm die Arbeitskräfte in seine Uniformfabrik. Der andere Grund war, daß die Manufaktur eine große Halle hatte, in der Holzrahmen gebaut und gelagert wurden. Er brauchte sie als Lagerraum. Er hielt die Uniformen, die dringend gebraucht wurden, so lange zurück, bis er die Preise in die Höhe treiben konnte.

Ein Kollege sagt: Komm endlich zur Sache. Der Kollege steht neben dem schwarzen Betriebsrat. Charly denkt sich, der ist zu feig, um selbst den Mund aufzumachen. Obwohl er in der Nähe dieser Gruppe steht, ruft er laut, der Kollege soll gehen, wenn ihn das nicht interessiert.

Der Betriebsrat sagt: Im Jahr 1945 –.

Charly wendet der Gruppe den Rücken zu. Er lauscht, ob von hinten jemand auf ihn zukommt. Dann hört er, daß der Betriebsrat schon wieder redet. Er ruft ihm zu: Wir sind erst im Jahr 1919.

Der Betriebsrat sagt: Richtig. Charly folgt ihm aufmerksam. Der Betriebsrat hat vor sich auf dem Tisch einen Pack Zettel liegen. Sie sind noch einmal so groß wie das Blatt eines normalen Schulheftes; das ist das Maß, das Charly geläufig ist.

Es dürfte aber nicht viel draufstehen. Der Betriebsrat nimmt einen Zettel und liest zwei, drei Sätze ab. Die anderen Sätze sagt er, ohne auf den Zettel zu schauen. Dann legt er ihn weg und nimmt den nächsten. Einige Zettel, die er schon zur Seite gelegt hat, legt er wieder vor sich hin. Den obersten nimmt er in die Hand.

– Nach 1919 wurde die Manufaktur stillgelegt. 1920 tat sich der Kleiderfabrikant mit einem Munitionsfabrikanten zusammen. Sie gründeten eine Firma, die mit den Firmen, die sie bereits besaßen, nichts zu tun hatte. Der Munitionsfabrikant kaufte die halbe Manufaktur. Sie machten aus der Manufaktur eine Werkzeugfabrik. Der Lagerraum wurde zur Maschinenhalle. Er hatte einen Bretterboden; der war vielleicht 20 bis 30 cm über der Erde. Er wurde nicht durch einen Betonboden ersetzt. Dort, wo Maschinen hinkamen, schnitt man die Bretter aus und machte ein Betonfundament.

– Ihr werdet jetzt verstehen, worauf ich hinauswill. 1937 verkaufte der Kleiderfabrikant seine Kleiderfabrik an seinen Teilhaber und seinen Anteil an der Werkzeugfabrik an einen Werkzeugfabrikanten. Er ging aus rassischen Gründen nach Amerika. 1938 kaufte der Werkzeugfabrikant die halbe Fabrik des Munitionsfabrikanten, und der Munitionsfabrikant kaufte die halbe Fabrik des Werkzeugfabrikanten. Diese Fabrik wurde ausgebaut. In die neuen Räume kam ein Großteil des Maschinenparks derjenigen Werkzeugfabrik, die in der ehemaligen Manufaktur untergebracht war. In der Manufaktur wurde eine Zündmaschinenfabrik eingerichtet. Die Halle wurde vergrößert, die bestehenden Teile wurden renoviert. So ist die Halle entstanden, in der wir arbeiten.

– Seit damals ist wenig geändert worden.

– Ich erzähle das alles nur wegen des Bodens; um den geht es schließlich. Der angebaute Teil erhielt einen Betonboden. Im alten Teil machte man durch die ganze Halle Betonstreifen, auf die die neuen Maschinen kamen. Die Gänge, die wir dazwischen haben, sind aus den Holzbrettern, die im vorigen Jahrhundert gelegt wurden; ausgenommen die paar Bretter, die erneuert werden mußten. Aber uns geht es nicht um die Bretter, sondern um den Beton. Die größeren Maschinen haben eigene Fundamente. Sonst ist die Betondecke ungefähr 20 cm dick. Darunter ist ein bißchen Schotter, dann Erde. Die Betondecke ist nicht einmal glattgeschliffen. Wenn man Wasser verschüttet, versickert es sofort. Außerdem sind unzählige Risse im Beton. Seit diese Fabrik steht, wurde immer dafür gesorgt, daß die Maschinen einen ordentlichen Platz haben. Sie würden sonst umfallen. Aber um den Platz, auf dem die Arbeiter stehen, sorgte sich bisher niemand. Dem Unternehmer genügt es, daß die Arbeit gemacht wird. Ob die Arbeiter dabei kaputt werden, ist ihm egal.

Der schwarze Betriebsrat beugt sich zu dem ebenfalls reaktionären Namenslisten-Betriebsrat und sagt ihm etwas. Der Namenslisten-Betriebsrat sagt seinem Nebenmann etwas. Der Nebenmann nickt. Charly dreht sich um. Der Nebenmann öffnet den Mund, um einen Zwischenruf zu machen. Charly ruft ihm zu, er soll das Maul halten. Da die Kollegen keinen Zwischenruf gehört haben, verstehen sie Charlys Ausruf nicht. Sie drehen sich nach ihm um. Der Betriebsrat vorne am Tisch schaut ihn fragend an.

Charly kapiert. Sein Ausruf bezieht sich auf den Referenten. Er zeigt mit dem Finger auf die Gruppe um den unternehmerfreundlichen Betriebsrat. Die Kollegen werden unruhig. Charly hört einige Fragen durcheinander. Er winkt mit den Händen, als wollte er ein Auto zum Bremsen veranlassen. Zwischendurch macht er Zeichen, die bedeuten sollen, es sei nichts gewesen. Die Kollegen beruhigen sich. Der Betriebsrat ordnet die Zettel, die er auf die Seite gelegt hat.

– Ich war vor zwei Jahren auf einer Betriebsrätekonferenz. Es ging um Berufskrankheiten. Es wurden Statistiken genannt. Ich sagte, bei uns liegen die Berufskrankheiten ums Doppelte höher als der durchschnittliche Prozentsatz. Ich wurde gefragt, wie hoch bei uns der Prozentsatz ist. Ich konnte es nicht sagen. Ich konnte keine Zahlen nennen. Man kritisierte mich wegen willkürlicher Schätzungen und wegen Gerüchtemacherei. Es sitzen nämlich auch in der Gewerkschaft Leute, die sich um die Unternehmer mehr Sorgen machen als um die Arbeiter.

– Das andere erzählte ich bereits auf früheren Versammlungen. Ich befragte die Kollegen und machte mir ein halbes Jahr hindurch Aufzeichnungen über Erkrankungen, die bei Kollegen immer wieder auftreten und die mit den Verhältnissen im Betrieb zusammenhängen können. Diese Aufzeichnungen schickte ich dem Gewerkschaftssekretär. Er ließ sie ins Amtsdeutsch schreiben und gab sie der Gebietskrankenkasse zur Prüfung. Das Ergebnis der Prüfung ist euch bekannt. Der Gewerkschaftssekretär sagte, über das Arbeitsinspektorat ist in diesem Fall wenig zu erreichen. Die Betriebsräte sollen einen Antrag an die Unternehmensleitung stellen, daß ein ordentlicher Fußboden und eine ordentliche Heizung gemacht werden.

– Ihr wißt, was dabei herausgekommen ist. Die Unterlagen, auf denen das Prüfungsergebnis beruht, wurden vom Unternehmer als falsch bezeichnet. Es wurde eine betriebsärztliche Untersuchung angeordnet. Sie ergab, daß die Arbeiter im großen und ganzen gesund sind und daß die wenigen Erkrankungen, die festgestellt wurden, mit den Bedingungen im Betrieb nichts zu tun haben. Die Unternehmensleitung teilte uns das in vier Zeilen mit.

– Der Gewerkschaftssekretär gab mir den Rat, die Kollegen um die Befunde von ihren Ärzten zu bitten. Fast alle betroffenen Kollegen brachten sie. Ich leitete sie an die Gewerkschaft weiter, die Gewerkschaft an die Krankenkasse. Die Prüfung brachte ein noch erschreckenderes Ergebnis. Ich teilte es euch auf einer Betriebsversammlung mit. Wir stellten mit Mehrheitsbeschluß eine Forderung an die Unternehmensleitung und so weiter. Die Forderung wurde abgelehnt und so weiter. Dann eine andere Forderung, dann wieder eine andere Forderung, jede wurde abgelehnt.

– Es stellt sich auf unserer heutigen Versammlung die Frage: Sollen wir unsere Forderungen noch weiter zurückschrauben, oder sollen wir uns auf die zuletzt abgelehnte Forderung versteifen? Meine Meinung ist, daß wir von unserer letzten Forderung nicht abgehen sollten. Die Forderung nach Arbeitsschuhen, die einen ausreichenden Kälteschutz bieten, ist nicht übertrieben. Der Gewerkschaftssekretär erkundigte sich bei einer Schuhfabrik. Für unsere Belegschaft würde das auf ungefähr 30.000 bis 40.000 Schilling kommen.

Jährlich, ruft der Kollege dazwischen, zu dem Charly Traktor vorhin gesagt hat, er soll das Maul halten. Charly geht auf ihn zu. Der Kollege sucht hinter seinen Gesinnungsfreunden Schutz. Der schwarze Betriebsrat sagt zu Charly, er soll ins Wirtshaus gehen, wenn er raufen will. Dann sucht er hinter seinen Gesinnungsfreunden Schutz. Charly hat keine Lust, Verstecken zu spielen.

– Jährlich, sagt der Betriebsrat laut. Arbeitsschuhe sind in einem Jahr hin. Ein Paar, das wirklich etwas hilft gegen diese Kälte, kostet 300 bis 400 Schilling. Und es hält meist gar nicht ein Jahr. In der Forderung muß enthalten sein, daß jeder Arbeiter Anspruch auf ein neues Paar Arbeitsschuhe hat, wenn das alte kaputt ist. Sonst ist die Forderung sinnlos. Das ist nicht nur meine Meinung, das ist die Meinung der ganzen sozialdemokratischen Fraktion.

– Ich schlage vor, wir machen es wie üblich. Es hat jeder Kollege die Möglichkeit, das Wort zu ergreifen. Wenn alle Meinungen gesagt und diskutiert worden sind, werden die Anträge gestellt, und es wird abgestimmt. Ich mache noch einmal darauf aufmerksam, weil einige Kollegen gesagt haben, hier werde manipuliert, daß jeder Kollege und nicht nur die Betriebsräte das Recht haben, einen Antrag zu stellen. Es kann auch niemand gezwungen werden, sich an die Tagesordnung zu halten und seinen Antrag erst nach der Diskussion zu stellen. Anträge können jederzeit gestellt werden.

Es hat sich eingespielt, daß nach dem roten Betriebsrat der schwarze redet. Als der schwarze Betriebsrat auf den Rednertisch zugeht, geht auch Charly Traktor auf den Rednertisch zu. Der Betriebsrat gehört dem Arbeiter- und Angestelltenbund an, er ist wie der parteilose Namenslisten-Betriebsrat über fünfzig, war aber zum Unterschied von diesem kein Nazi. Er hat in Erfahrung gebracht, daß Charly reden wird, hat aber nicht damit gerechnet, daß er vor ihm das Wort ergreifen könnte.

Er macht große Schritte, um Charly zu überholen. Als er auf der Höhe von Charly ist, dreht sich dieser um und stellt sich ihm in den Weg. Er läuft in Charly hinein. Charly gibt ihm einen Stoß, daß er zurücktaumelt. Hinter dem Rednertisch zieht er den Zettel aus der Hosentasche und überfliegt ihn. Mit dem, was hier steht, kann er nicht beginnen. Die Rede, die er im Kopf gehabt hat, fällt ihm nicht ein. Er hat nur die Rede seines Vorredners im Kopf.

– Was der Kollege gesagt hat, finde ich gut. Ich finde aber nicht alles gut, was er gesagt hat.

– Er hat gesagt, daß es dem Unternehmer egal ist, wie unser Arbeitsplatz aussieht. Wenn wir krank sind und nicht mehr können, wirft er uns hinaus und holt sich andere Arbeiter. Mir ist es nicht egal, wie mein Arbeitsplatz aussieht. Ich stelle gewisse Ansprüche. Keine besonderen Ansprüche, nur solche, die jeder Mensch stellt. Ich glaube nicht, daß einer von uns in einem feuchten und kalten Loch wohnt. Wenn wir von der Schlafenszeit absehen, verbringen wir mehr Zeit im Betrieb als in der Wohnung. Und dieser Betrieb ist ein feuchtes und kaltes Loch.

»Das ist eine lächerliche Übertreibung.« Der Satz kommt von der kleinen Gruppe, die unter dem Einfluß des Namenslisten-Betriebsrats steht. Diese Kollegen sind nicht unternehmerfreundlich in dem Sinn, daß sie mit dem Lohn und den Arbeitsbedingungen zufrieden sind; damit sind sie ebenso unzufrieden wie die anderen Kollegen. Sie sind aber nicht nur verbohrte Antikommunisten, sondern auch Antisozialisten. Sie nehmen die Sozialdemokratie ernster, als sie sich selbst nimmt. Sie sind überzeugt, die Sozialdemokratie strebt eine sozialistische Gesellschaftsordnung an. Dasselbe glauben sie von der sozialdemokratisch dominierten Gewerkschaft. Sie stehen nicht direkt auf der Seite des Unternehmers. Sie wissen aber, daß der Unternehmer gegen den Sozialismus und gegen die Gewerkschaft ist. Und da es ihnen darum geht, gegen die sozialdemokratischen und, als er noch da war, gegen den kommunistischen Betriebsrat aufzutreten, ist es ihnen nur recht, dabei auch Argumente des Unternehmers zu verwenden.

Charly Traktor hat von dem Satz nur die letzten Wörter verstanden. »Lächerliche Übertreibung.« Richtig, sagt er, diese Halle ist kein Loch. Aber die wenigen Heizkörper würden gerade ausreichen, ein Loch zu heizen. Ich habe zeitweise eine Arbeit, bei der ich ins Schwitzen komme. Dann stehe ich wieder bei der laufenden Maschine und tue nichts. Der Schweiß wird kalt, und ich glaube, ich habe einen kalten Umschlag.

– Der Boden trocknet nur an heißen Sommertagen. Heute ist ein warmer Tag. Schaut euch die feuchten Flecken an. Das ganze Jahr geht vom Boden Feuchtigkeit aus.

– Es ist richtig, daß diese Firma mehr bezahlt als die meisten anderen Firmen. Aber um wieviel zahlt sie mehr? Im Durchschnitt um 50 Groschen bis zu einem Schilling. Das ist der Preis, um den wir unsere Gesundheit ruinieren sollen. Ich bekomme 28 Schilling in der Stunde. Und den Akkordaufschlag. Aber dafür muß ich noch einmal soviel arbeiten wie normal. Sagen wir also 35 Schilling. Und welchen Wert schaffe ich in einer Stunde? Ich schätze zwei- bis dreihundert Schilling mindestens. Diesen Wert schaffe ich für den Unternehmer. Das müßt ihr euch vor Augen halten.

– Wenn ich also einen ordentlichen Arbeitsplatz haben will, so brauche ich den Unternehmer nicht darum zu bitten. Denn die Kosten für die Verbesserung meines Arbeitsplatzes habe ich längst erarbeitet. Ich kann den Unternehmer auffordern, mit meinem Geld herauszurücken. Laßt euch doch nicht einreden, daß der ganze Gewinn, den wir erarbeiten, für Investitionen gebraucht wird. Diese Firma hat in den letzten zehn Jahren in Wien eine Fabrik dazugekauft und eine gebaut. Das alles mit dem Geld, das aus diesem Betrieb herausgewirtschaftet worden ist. Jetzt wirft nicht ein Betrieb Gewinn ab, sondern drei.

»Dadurch gibt es mehr Arbeitsplätze.« Der Satz kommt aus derselben Ecke.

Charly schaut nicht hin. Er schaut auch sonst beim Reden nicht auf. Zweimal hat er es versucht. Sobald er Gesichter sieht, die warten, was er sagen wird, weiß er nicht mehr, was er sagen soll. Er schaut deshalb auf die Beine der Kollegen, die vor ihm auf den Kisten sitzen. Er hält es auch nach dem Zwischenruf nicht anders.

– Das stimmt, sagt Charly. Wahrscheinlich sind die Arbeitsplätze in der neuen Fabrik sogar besser als unsere. Aber was haben wir davon? Dem Unternehmer geht es doch nicht um mehr Arbeitsplätze, sondern um mehr Profit.

Charly hat das Gefühl, daß sich sein Thema in zwei Themen aufspaltet. Als er die zwei Themen auseinanderhalten will, weiß er weder, was das eine, noch was das andere Thema ist. Er nimmt seinen Zettel zu Hilfe. Er glaubt, daß die Geschichte vom Spind und von der Kantine jetzt am Platz ist. Über diese Geschichte findet er zu seinem Thema zurück.

– Die Maschinen sind genauso veraltet. Damit wir so viel arbeiten wie auf neuen Maschinen, werden die alten schneller eingestellt. Das Tempo wird von Jahr zu Jahr verschärft. Vor ein paar Wochen ist eine Maschine auseinandergefallen. Eine neue mußte angeschafft werden. Fragt den Kollegen, der darauf arbeitet. Sie ist einfacher zu bedienen, sie macht nicht so viel Lärm, einige Handgriffe fallen weg. Aber die Handgriffe, die zu machen sind, sind schneller zu machen als auf der alten Maschine.

– Der Unternehmer verlangt das einfach. Das ist alles ganz selbstverständlich. Aber was ist für uns selbstverständlich? Es muß doch auch für uns etwas Selbstverständliches geben, das wir verlangen können.

– Wir haben etwas verlangt in den letzten Monaten. Es wurde abgelehnt. Und nach jeder Ablehnung haben wir weniger verlangt. Ich bin sicher, die da oben halten uns für Idioten, mit denen man machen kann, was man will. Ich lasse mich aber nicht als Idiot hinstellen, schon gar nicht von diesen Schweinen.

Charly ist jetzt bei einer Stelle, die er noch ganz im Kopf hat. Er schaut den Kollegen ins Gesicht.

– Ich fordere die Installierung einer Heizung, damit man nicht den Schüttelfrost bekommt, wenn man bei einer Arbeit geschwitzt hat. Die zehn kleinen Heizkörper sind zu wenig. Es sind 40 bis 50 große Heizkörper notwendig.

– Das beste wäre, wenn man auf den feuchten und rissigen Boden eine Isolierschicht aufträgt. Das ist schon einmal besprochen worden. Es hat geheißen, daß dann auch die Fundamente der Maschinen erhöht werden müßten. Vielleicht ist das wirklich zu aufwendig.

– Ich fordere aber auf jeden Fall Holzlatten vor die Maschinen, damit man nicht auf dem feuchten Boden steht. Kälte und Feuchtigkeit sind damit gemildert, aber nicht beseitigt. Außerdem kann man nicht den ganzen Betrieb mit Holzlatten auslegen.

– Ich fordere deshalb, wie mein Kollege, Arbeitsschuhe. Ich fordere ebenfalls, daß man jährlich Anspruch darauf hat, aber nur, wenn sie kaputt sind. Es hat keinen Sinn, die Schuhe wegzuwerfen, wenn sie nach einem Jahr noch gut sind.

– Ich habe gehört, daß man sofort einen Antrag stellen kann. Ich stelle den Antrag: Heizung, Holzlatten, Arbeitsschuhe.

Die Kollegen, die Charly Unterstützung zugesagt haben, klatschen. Es ist nicht üblich, auf der Betriebsversammlung zu klatschen. Der sozialdemokratische Betriebsrat hat es abgeschafft. Ihm war es peinlich, daß es für ihn immer viel, für seine beiden politischen Gegner kaum Beifall gegeben hat. Charly geht so schnell wie möglich vom Rednertisch weg. Er geht nicht dorthin, wo er vorher gestanden ist. Er stellt sich auf die andere Seite.

Der sozialdemokratische Betriebsrat, der die Versammlung leitet, steht auf und erklärt, zu Charly gewendet, daß man Anträge jederzeit stellen kann, daß aber erst am Ende der Versammlung abgestimmt wird; Charly kann seinen Antrag dann wiederholen; das muß aber nicht sein; er, der Betriebsrat, hat den Wortlaut des Antrages mitgeschrieben, wie er das mit jedem Antrag macht.

Der Arbeiter- und Angestellten-Bündler geht zum Rednertisch. Was er sagt, läuft auf den Antrag hinaus, daß Arbeitsschuhe bereitgestellt werden sollten. Anspruch auf neue sollte man aber nur alle drei Jahren haben, so lange würden die Schuhe halten. Die Kollegen müßten lernen, auf ihre Sachen besser aufzupassen. Auch könnten Kollegen auf die Idee kommen, die Schuhe mutwillig zu ruinieren, um nach einem Jahr neue zu bekommen.

Der Namenslisten-Betriebsrat schließt sich der Meinung des Vorredners an. Er bittet die Kollegen eindringlich, daran zu denken, erstens, daß sie in den Oststaaten wegen einer solchen Forderung an die Wand gestellt würden, zweitens, daß in den Oststaaten auch die Versorgung mit Schuhen nicht klappt, so daß man dort höchstens alle zehn Jahre neue Arbeitsschuhe haben kann. Die Kollegen haben auf die Oststaaten-Einlage des alten Nazi gewartet und quittieren sie mit Gelächter.

Normalerweise melden sich auf einer Betriebsversammlung nur die Betriebsräte zu Wort, die eine Fraktions- oder

Namensliste anführen. Daß Charly etwas sagen wird, hatte sich vor der Versammlung herumgesprochen. Der sozialdemokratische Betriebsrat steht auf und will die einzelnen Anträge verlesen, auch seinen Antrag.

Ein Kollege meldet sich zu Wort. Er arbeitet zwei Maschinen von Charly entfernt. Charly meinte, das ist der einzige Grund, warum dieser Kollege sich der Gruppe anschloß, die sich um ihn bildete. Der Kollege ist schweigsam. Charly wußte nicht, ob er ihn für krank oder uninteressiert halten sollte. Der Kollege sagte nie, daß er nicht reden will, weil er immer daran denken muß, wie er seine vier Kinder durchbringt.

Er geht an den Rednertisch und setzt sich dafür ein, daß man jährlich Anspruch auf neue Arbeitsschuhe hat. Er rechnet den Kollegen vor, was er für seine sechsköpfige Familie braucht und daß er mit dem, was er verdient, nicht durchkommt. Die Anschaffung ordentlicher Arbeitsschuhe sei für ihn unmöglich. Die Forderung nach Arbeitsschuhen könne aber nur eine Teilforderung sein. Er ergänzt sie durch die Forderungen, die Charly erhoben hat, ohne sich auf Charly zu beziehen. Charly kommen die Tränen.

Der Betriebsrat, der als Versammlungsleiter fungiert, fragt den Kollegen, ob er einen Antrag stellt. Der Kollege geht zurück zum Rednertisch und wiederholt Charlys Antrag. Es meldet sich niemand mehr zu Wort. Der Betriebsrat liest die Anträge vor und fragt die Antragsteller, ob er korrekt vorgelesen hat. Nach einer Regel, die er eingeführt hat, bringt er den letzten Antrag zuerst zur Abstimmung.

Er hat den Text noch nicht fertig gelesen, da hebt er auch schon die Hand.

Obwohl kein Zweifel besteht, daß es derAntrag des Kollegen ist, der zuletzt geredet hat, und daß es damit auch Charlys Antrag ist, heben sekundenlang weder Charly noch seine Kollegen die Hand. Sie halten es nicht für möglich, daß der Betriebsrat nicht für seinen, sondern für Charlys Antrag stimmt. Charly hebt die Hand. Seine Gruppe hebt die Hand. Die Kollegen heben die Hand. Der Antrag wird mit 85 Prozent der Stimmen angenommen.

Der Betriebsrat erklärt sich bereit, die Forderungen der Betriebsversammlung an die Unternehmensleitung weiterzuleiten. Charly hat nicht mit einem Abstimmungssieg gerechnet. Er versteht das Verhalten des Betriebsrates nicht. Er freut sich, daß sein Antrag angenommen wurde. Da er aber nicht versteht, wie es dazu gekommen ist, kann seine Freude nicht aus ihm heraus.

Die amerikanischen Zigaretten sind ihm zu stark. Charly Traktor hat sie auf dem Heimweg gekauft, um sich ein Geschenk zu machen. Er wirft die Zigarette ins Klosett, auf dem er sitzt und die Zeitung liest. »Eine ganze Seite Vorschau auf das heutige Fernsehprogramm. Keine Zeile über unsere Betriebsversammlung.« Er gibt zu, daß eine Notiz darüber erst in der morgigen Zeitung stehen könnte. Aber er ist sicher, daß auch morgen nichts darüber zu lesen sein wird. »Ist die Versammlung so wichtig?« Er blättert die Zeitung durch. Er findet nichts, was ihn auch nur halb so interessiert wie die Betriebsversammlung.

Die Badewanne ist voll. Charly dreht das Wasser ab. Er kann sich nicht erinnern, einmal an einem Montag gebadet zu haben. Er hat das Wasser nicht einrinnen lassen, um zu baden, sondern um die Haare zu waschen. Sonst wäscht er sie jeden Freitag.

Er will heute schön sein. Im Wasser droht ihn der Schlaf zu überkommen. Nachdem er sich entspannt hat, beschäftigen ihn sexuelle Vorstellungen. Er fürchtet, daß er nicht rechtzeitig aufhört, wenn er zu onanieren anfängt. Das Haarshampoo hat er griffbereit auf den Rand der Badewanne gelegt. Er freut sich auf Elfi.

Der Haarfön ist nicht auf seinem Platz. Charly findet ihn auch sonst nirgends. Er verwendet ihn selten. Er trägt die Haare nicht lang, so daß sie auch mit einem Handtuch rasch zu trocknen sind. Elfi hat behauptet, die Haare sind lockerer, wenn sie gefönt werden. Er hat behauptet, das spielt bei seinen Haaren keine Rolle. Er ärgert sich, daß er den Fön nicht findet. Ein schwarzer Cremetiegel mit goldener Aufschrift sticht ihm ins Auge. Elfi verwendet diese Creme immer abends. Er schmiert sich eine Wange damit ein. Die Creme läßt sich schlecht verschmieren. Es bilden sich Patzen auf den Bartstoppeln. Charly rasiert sich in der Früh nur flüchtig. Er wäscht die Creme ab.

Das karierte Hemd ist sein Lieblingshemd. Charly trägt die Lederjacke auf dem Arm und spaziert vor der Parfümerie auf und ab. Er wartet auf Elfi. Man sieht es ihr an, wenn sie wenig oder schlecht geschlafen hat. Nicht immer versucht sie, die Spuren von Müdigkeit zu überschminken. Charly holt sie selten vom Geschäft ab. Sie sagt nicht, ob sie es gern hat oder nicht. Er vermutet, daß sie es nicht besonders mag.

Er denkt an sie: Wie sie aus dem Geschäft kommen wird, wie sie ihn begrüßen wird, wie sie auf seine Unternehmungslust reagieren wird. Er möchte freudige Gedanken haben. Er stellt sich vor, daß er sie, wenn sie aus dem Geschäft kommt, um die Hüften nimmt und im Kreis dreht. Er wünscht sich, daß sie nicht fragt, was es auf der Betriebsversammlung gegeben hat. Er hätte sie anrufen, ihr einen kurzen Bericht geben und ihr sagen sollen, daß es sonst nichts darüber zu erzählen gibt.

Elfi kommt aus dem Geschäft. Er läuft auf sie zu und gibt ihr einen Kuß. Sie erwidert den Kuß. Er schlägt vor, daß sie in Richtung Innenstadt spazieren und essen gehen, sobald sie ein angenehmes und billiges Lokal gefunden haben. »Du brauchst dir nicht zu überlegen, ob du dir das leisten kannst. Ich lade dich ein.«

Sie legt den Arm um seine Schulter und fragt, was es auf der Versammlung gegeben hat. Sie hat den ganzen Nachmittag an die Versammlung denken müssen. Sie hat damit gerechnet, daß er erst am späten Abend nach Haus kommt. Er erzählt, welchen Antrag er gestellt hat, daß ein anderer Kollege denselben Antrag gestellt hat, daß der sozialdemokratische Betriebsrat für diesen Antrag gestimmt und den eigenen Antrag zurückgezogen hat. So sei der Antrag überraschenderweise angenommen worden.

Elfi ist außer sich. Sie läßt sich von Charly einige Male bestätigen, daß sein Antrag angenommen wurde. Sie kann es nicht glauben, da Charly keine Anteilnahme zeigt. Sie hatte schon den Verdacht, daß er sie anlügt. Er berichtet aber von den Vorgängen auf der Versammlung genau und ohne Zögern. Auch sieht sie keinen Grund, warum er sie anlügen sollte. Er war immer davon ausgegangen, daß sein Antrag nicht angenommen wird.

Sie möchte sich in ein Espresso setzen. Charly überhört diesen Wunsch. Er meint, daß sie beim Gehen eher auf andere Gedanken kommt. Er macht sie auf die Sommermodelle in der Auslage eines Schuhgeschäftes aufmerksam. Ihr wird klar, daß er sie ablenken will. Ihr ist aber nicht klar, warum. Als sie auf der anderen Straßenseite ein Espresso sieht, wiederholt sie den Wunsch. Er wirft ihr vor, daß sie zuviel Kaffee trinkt, obwohl sie weiß, daß ihr das schadet.

»Du bist in der Mittagspause nicht zu Haus gewesen und hast dir kein Essen gerichtet.« Er weiß das. Es stand kein schmutziges Geschirr in der Küche. Sie gibt zu, nicht zu Haus gewesen zu sein: Ich ging aber nicht in ein Espresso Kaffee trinken. Ich war in einem Gasthaus und habe dort gegessen.

»Mit deinem ersten Mann?« Die Wirtin, fährt Elfi fort, macht am Montag immer Grammelknödel. Eine Portion kostet nur 14 Schilling. Das sind vier Stück, jeder Knödel so groß wie eine Faust. Ich konnte nur drei essen. Charly bleibt stehen und schaut sie an. Sie weiß nicht, was er hat. Sie lacht. Er glaubt zu wissen, warum sie lacht. Er will es sicher wissen.

Er geht über die Straße zum Espresso. Sie folgt ihm, erwischt ihn am Hemd und möchte ihn zurückhalten. Sie sagt, daß er mit ihr essen gehen wollte; sie nimmt die Einladung gern an; er hat sicher den ganzen Tag nichts Rechtes gegessen. Trinken wir vorher etwas, sagt er, ohne sich umzudrehen.

Als sie sich setzt, hat er schon bestellt. Er möchte ein Bier. Sie bestellt einen Apfelsaft. Sie erinnert ihn an seine Ermahnung, daß ihr das Kaffeetrinken schadet. Sie erwartet, daß er wenigstens lächelt. Er schüttet das Bier mit großem Ernst ins Glas. Sie sagt, sie kann sich vorstellen, daß nun, nachdem der Antrag angenommen worden ist, die Schwierigkeiten erst beginnen. Er nickt. Sie ist froh. Sie glaubt, daß ihre Annahme richtig war. Sie fragt, wie es nun weitergehen wird.

Mir ist das egal, sagt er. Morgen wird sich herausstellen, wie die Unternehmensleitung reagiert. Wenn sie die Forderungen ablehnt, wird wahrscheinlich sofort wieder eine Betriebsversammlung abgehalten. Ich weiß nicht, was beschlossen wird. Vielleicht beschließen sie einen Streik.

Elfi fragt ihn, warum ihm auf einmal alles egal ist. – Es hat mich schon gestern nicht mehr interessiert. – Sie fragt, warum er dann den Antrag gestellt hat. – Weil es mit den Kollegen vereinbart gewesen ist. – Sie fragt, ob er dafür ist, daß die Forderungen mit einem Streik durchgesetzt werden. – Ich habe nichts dagegen. – Warum er dann morgen nicht den Antrag stellt, daß gestreikt wird. – Was geht dich das an? – Nichts, sagt sie.

Er bietet ihr eine Zigarette an. – Die ist mir zu stark. – Mir auch. – Warum kaufst du sie dann? – Ich weiß es selbst nicht. Sie fragt ihn, ob er seine Courage verloren hat. Welche Courage, fragt er zurück. Es gehört Courage dazu, so etwas zu machen, sagt sie. Er verneint. »Ich kenne mich bei dir nicht aus.«

Er überlegt, ob er noch etwas zu der Betriebsangelegenheit sagen oder ob er sie daran erinnern soll, daß er sie gefragt hat, ob sie auch heute mit ihrem ersten Mann essen war, und daß sie ihm darauf keine Antwort gegeben hat. Es fällt ihm schwer, etwas zu finden, das zum Thema paßt.

Angenommen, sagt er, es wird gestreikt. Und angenommen, unsere Forderungen werden erfüllt. Was ist dann? Dann haben wir eine normale Temperatur in der Halle und warme Füße. Sonst bleibt alles beim alten. Elfi wendet ein, daß selbst dann nicht alles beim alten bleibt, wenn nur ein Teil der Forderungen durchgesetzt werden könnte. Charly läßt diesen Einwand nicht gelten: Für einen Arbeiter bleibt immer alles beim alten. Elfi sagt, wenn wir jetzt die 42-StundenWoche haben, kann man nicht sagen, es ist alles beim alten geblieben. Charly sagt, daß es die 42-Stunde-Woche nicht gibt. Kollegen, die eine Familie haben mit zwei, drei oder noch mehr Kindern, die kommen nicht aus mit dem, was sie in 42 Stunden verdienen. Die müssen zehn bis zwanzig Überstunden machen.

Du redest doch sonst immer nur von dir, sagt Elfi, und du machst keine Überstunden. »Das stimmt nicht.« Du machst vier bis sechs Überstunden im Monat, sagt sie. »Das stimmt nicht. Ich rede nicht immer nur von mir.« Denke an den Urlaub, fährt sie fort, früher hat es das nicht gegeben. Sie soll ihm nicht damit kommen, was es früher nicht gegeben hat. Wir wollen heuer zwei Wochen richtig Urlaub machen, fährt sie fort; wir haben schon Geld weggelegt. Er erinnert sie daran, daß sie sich gegen den Plan, zwei Wochen wegzufahren, gesträubt hat. Sie ärgert sich: jetzt bin ich dafür; krame nicht immer in alten Geschichten.

Sie glaubt zu wissen, was er meint. Er fragt, ob sie essen gehen will. Ihr ist der Appetit vergangen. Ihm auch. Sie gehen nach Haus. Er breitet die Decke über den Fauteuil, setzt sich und nimmt eine streitlustige Haltung ein. Elfi dreht den Fernsehapparat an. Sie schaut auf den Bildschirm und bewegt den Kopf weder nach rechts noch nach links. Nur die Augen schlägt sie zeitweise nieder. Sie läßt sich in ihren Gedanken auch nicht stören, als Charly »gute Nacht« sagt:

– Charly ist genauso ein Arschloch wie die anderen Männer. Es wird Zeit, daß ich mich von ihm trenne. Er versucht nun auch, über mich zu verfügen. Er will wissen, mit wem ich heute zu Mittag gegessen habe. Er glaubt, ich habe mich wieder mit meinem ersten Mann getroffen. So ein Dummkopf. Man kann ihm nichts erzählen. Er wird eifersüchtig, ohne daß er nachdenkt, ob es einen Grund dafür gibt. Er müßte wissen, daß es keinen Grund gibt. Die Eifersucht ist ein guter Vorwand, um seine Herrschsucht an mir auszulassen. Bis jetzt hat er seine Herrschsucht unterdrückt.

– Mein erster Mann hat mich gestern angerufen. Er konnte nicht wissen, daß Charly nicht zu Haus ist. Er dürfte trotzdem damit gerechnet haben, daß ich mit ihm essen gehe, wenn er anruft. Ich bin sicher, daß er es bereut. In der ganzen Zeit, in der ich mit ihm beisammen war, ist mir nie so zu Bewußtsein gekommen wie gestern, was für ein lächerlicher Typ er ist. Seine Frau fährt einmal mit dem Kind übers Wochenende weg, und schon muß er sich an seine frühere Frau heranmachen. Ich traue mich wetten, daß er geglaubt hat, ich gehe mit ihm ins Bett.

– Er kennt Charly nicht. Er wollte mich über ihn ausfragen. Ich sagte ihm, Charly ist kein Chemikalienvertreter, er verdient auf anständige Weise sein Geld; mit den Händen, nicht mit dem Mundwerk; Charly macht den Mund nur auf, wenn er etwas zu sagen hat. Was er sagt, hat deshalb auch Hand und Fuß; Charly ist ein selbständiger Mensch, der den Leuten seine Meinung sagt und ihnen nicht hinten hineinkriecht; deshalb respektiert er auch mich als selbständigen Menschen.

– Charly lebt nicht in der Angst, seine Potenz zu verlieren, deshalb redet er auch nie von einer Heirat. Er hat mich auch nie gefragt, ob ich ein Kind will. Er benimmt sich so, wie es ihm gerade einfällt, und deshalb ist es für ihn selbstverständlich, daß auch ich mich benehme, wie es mir gerade einfällt. Er ist noch nie auf die Idee gekommen, von mir zu verlangen, daß ich mich seinem Verhalten anpasse oder daß ich seine Meinungen übernehme. Er ist am Morgen weggegangen, ohne zu sagen wohin, und es wird ihn kaltlassen, wenn ich ihm sage, mit wem ich zu Mittag gegessen habe.

– Meinem ersten Mann hat es die Rede verschlagen. Er nahm sich zusammen, damit ich nicht merken soll, daß er sich beleidigt fühlt. Ich sagte, nun ist er dran; es ist nicht anzunehmen, daß sich ein höherer Angestellter eines Chemieunternehmens von einer Verkäuferin, die mit einem Arbeiter zusammenlebt, unterkriegen läßt. Ich habe das ausgesprochen, was er sich gedacht hat. Er war nicht mehr beleidigt.

– Er sagte, ich sollte ihn soweit kennen, um zu wissen, daß für ihn alle Menschen gleich sind; für ihn gibt es keinen Unterschied zwischen einem Arbeiter und einem Generaldirektor; er kann sich nur wundern, daß ich hier einen Unterschied mache; er glaubt auch nicht, daß ich das ernst meine; er hat den Eindruck, daß es mir nur darum ging, über ihn herzuziehen; ich will damit vor ihm vertuschen, daß ich unglücklich bin; das kann ich aber nicht; er sieht es mir an.

– Ich sagte, daß ich nicht unglücklich bin; so glücklich wie er bin ich freilich nicht; er sollte mich soweit kennen, um zu wissen, daß ich auf sein Glück und auf seine Vorstellung von Glück pfeife; nie ist mir etwas mehr auf die Nerven gegangen; sein Glück ist ein Schwindel und er ein Schwindler; er weiß das, ist aber zu feig, sich das einzugestehen; das geht so weit, daß er Angst hat, etwas anderes zu sehen als sich selbst; deshalb ist er dumm und borniert; er hält sich zwar für gebildet, man kann aber mit ihm über nichts reden.

– Trotzdem hat das Gespräch bis zum Abend gedauert. Ich ging mit ihm ins Kino. Während des Films flüsterte er mir zu, daß er für meine Lage Verständnis aufbringt; er wird immer ein offenes Ohr für meine Sorgen haben. Ich dachte mir, der Preis für ein offenes Ohr sind offene Schenkel. Nach dem Kino sagte ich ihm, er soll mich allein lassen. Ich würde sonst Charly holen, damit er ihn verprügelt. Ich habe Charly im Kino gesehen.

– Ich war dumm. Ich hätte meinen früheren Mann bitten sollen, daß er Charly verprügelt. Er hätte es aber nicht getan. – Ich werde Charly sagen, daß er ausziehen soll.

Sie geht in den Schlafraum. Charly schläft bereits.

11

Im Garderobenraum drängen sich die Arbeiter um einen Tisch. Der Alte, der für die Reinigung zuständig ist, versucht die Kollegen wegzuschieben und die Zeitungen, die auf dem Tisch ausgebreitet sind, in Sicherheit zu bringen. Er hat den Auftrag, auf dem Weg zur Arbeit von einer Tabak-Trafik, die für Schichtarbeiter schon um 5 Uhr 30 öffnet, sämtliche Tageszeitungen abzuholen und um 7 Uhr der Direktionssekretärin zu übergeben. Es war seine Gewohnheit, die Titelseiten zu überfliegen. Die Zeitungen aufzublättern, wagte er nicht.

Auf der ersten Seite der »Volksstimme«, dem Zentralorgan der KPÖ, stach ihm eine Überschrift ins Auge, in der das Wort »Zündmaschinenfabrik« vorkam. Es war ein Bericht über die gestrige Betriebsversammlung. In dem Bericht wurde Charly Traktor, mit seinem richtigen Namen, als Antragsteller erwähnt. Vor dem Namen stand »Kollege«. Der Bericht stimmte so genau, daß nur jemand, der bei der Versammlung war, die Redaktion informiert haben konnte.

Der Alte zeigte die Meldung den Kollegen. Sie nahmen ihm die Zeitung aus der Hand. Seinen Einwand, daß die Zeitung Firmeneigentum ist, taten sie damit ab, daß die Direktoren die »Volksstimme« sicher nicht lesen. Dann griffen sie nach den anderen Zeitungen, um nach Meldungen über die Betriebsversammlung zu suchen. Sie fanden keine.

Charly wundert sich, daß die Kollegen sich nicht umziehen, sondern Zeitung lesen. Er ist spät dran. Nicht weil er mit der Straßenbahn gekommen ist – der Kollege, der ihn sonst im Auto mitnimmt, hat Urlaub genommen, um seine Wohnung auszumalen –, sondern weil er auf dem Weg von der Straßenbahnstation zur Fabrik überlegt hat, ob er umkehren und sich krank melden soll.

Er wundert sich noch mehr, als er den »Volksstimme«-Artikel liest. Er hat seinen Namen noch nie gedruckt gesehen. Er fragt, ob er die Zeitung haben kann, er würde sie bezahlen. Der Alte stößt einen Schrei aus. Die Kollegen fragen Charly, ob er die Information an die »Volksstimme« gegeben hat. Er tippt sich aufs Hirn. Wenn der Betriebsrat von der Gewerkschaftlichen Einheit noch im Betrieb wäre, wüßte man, wer es war. Es gibt zwar viele Kollegen, die für die Gewerkschaftliche Einheit stimmen, aber keinen, der sich im Betrieb als Kommunist deklariert. Der Alte sammelt die Zeitungen ein und glättet sie. Während die Kollegen sich umziehen, debattieren sie darüber, wer es gewesen sein könnte. Charly fragt, ob das so interessant ist; die Meldung ist doch richtig; der Kollege hat nichts Falsches weitergegeben.

Die Kollegen meinen, an der Meldung ist nichts auszusetzen, nur Name hätte keiner genannt werden sollen; Charly steht nun als Rädelsführer da. Sie möchten nicht an seiner Stelle sein; er wird noch merken, welche Folgen das hat; er soll sich an den kommunistischen Betriebsrat erinnern: Die Betriebsleitung knöpft sich einen vor und macht ihn fertig. Man kennt das zur Genüge. Sie verwendet dabei nur »erlaubte Mittel«. Die anderen Kollegen haben wenig Möglichkeiten, dem Betroffenen zu helfen.

Charly sagt, das liegt an den Kollegen. Die Kollegen geben ihm zu verstehen, daß ihnen seine Redeweise nicht behagt: Du redest protzig daher; du machst dir falsche Vorstellungen. Charly wird wütend. Sie sollen nicht so tun, als könnte die Betriebsleitung aus der Zeitung etwas Neues erfahren. Die weiß schon längst Bescheid von den paar sauberen Kollegen, die sich als Zuträger betätigen. Darüber soll man sich aufregen. Um ihn brauchen sie sich keine Sorgen zu machen. Die Betriebsleitung kann gegen ihn unternehmen, was sie will.

Die Arbeit beginnt wie jeden Tag um sieben Uhr. Der sozialdemokratische Betriebsrat informiert die Kollegen gruppenweise, damit nicht der ganze Betrieb stillsteht. Das hätte den Charakter einer unangemeldeten Betriebsversammlung. Er berichtet: Ich habe alles aufgeschrieben, die Forderungen, den Beschluß, das Abstimmungsergebnis, und im Sekretariat der Direktion abgegeben. Der Chef war nicht da, die Direktoren waren nicht zu sprechen. Ich habe im Sekretariat einen Brief geschrieben, in dem ich die Unternehmensleitung um eine Stellungnahme bis heute neun Uhr ersuche. Man könne sich das nicht bieten lassen, tagelang auf eine Antwort zu warten.

Der Kollege, der die Geschichte von der FKK-Insel erzählt hat, fragt Charly, ob er weiß, warum der Betriebsrat auf einmal einen so radikalen Ton anschlägt. Charly sagt, ich habe mich das auch schon gefragt. Ich glaube, daß der Betriebsrat für eine konsequente Arbeiterpolitik zu haben ist, wenn er sieht, daß die Kollegen dabei mitmachen. Ich kann mir vorstellen, daß der Betriebsrat dann auch nicht mehr so auf die Partei- und Gewerkschaftsfunktionäre hört.

Der Kollege fragt Charly, ob er das unmöblierte Untermietzimmer, in dem er früher wohnte, aufgegeben hat. Ja, sagt Charly, aus finanziellen Gründen. Es wäre zwar praktisch, ein Zimmer zu haben, in das man gehen kann, wenn man sich mit der Freundin zerstreitet. Aber das kann er sich nicht leisten. Der Kollege fragt, ob dieses Zimmer frei ist. Charly kann es ihm nicht sagen. Als er es aufgegeben hat, ist es sofort weitervermietet worden. »Vielleicht ist es im Augenblick frei.«

Der Kollege sagt, er wird bald ein Zimmer brauchen, da er sich scheiden läßt. Charly erschrickt. Der Kollege wundert sich darüber. Charly sagt, er hat geglaubt, daß er, der Kollege, glücklich verheiratet ist; er habe einmal zugehört, wie er von seiner Frau erzählt hat. Ob er glücklich verheiratet war, meint der Kollege, kann er nicht sagen; es ist gegangen; jetzt geht es nicht mehr. Er ist dahintergekommen, daß seine Frau mit einem anderen herumzieht. Ich kenne ihn nicht. Ich weiß nur, daß er unverheiratet ist und im selben Betrieb wie meine Frau arbeitet.

Charly ist neugierig. Er kann es nicht erwarten, bis der Kollege ausgeredet hat. Er stellt Frage auf Frage. Der Kollege sagt trotzdem das, was er sagen will, und antwortet auf Charlys Fragen nur, wenn sie ihm gelegen kommen. Charly erfährt, daß sich die Frau des Kollegen nicht scheiden lassen will; daß der Kollege seiner Frau, den Ehebruch ausgenommen, nichts vorzuwerfen hat; daß die Frau das Verhältnis zu ihrem Freund aufgegeben hat.

Trotzdem will der Kollege sich scheiden lassen. Charly versteht nicht, wie man so blöd sein kann. Im Betrieb wird vom Vögeln geredet wie vom Kegelscheiben. Wenn aber eine Frau einmal mit einem anderen schläft, dann fällt die Welt zusammen. Der Kollege fragt Charly, ob seine Freundin noch einen Freund hat. Charly sagt, er weiß es nicht; es würde ihn auch nicht kümmern. Der Kollege antwortet, er wird mit Charly weiterreden, wenn er einmal weiß, daß seine Freundin einen Freund hat. Im übrigen läuft alles auf das Finanzielle hinaus. Er könnte es sich gar nicht leisten, getrennt von seiner Frau zu leben. Das Wirtshausleben ist zu teuer. Für sein Kind würde er sorgen, auch wenn er nicht dazu verpflichtet wäre. Er selbst müßte dann auf das wenige, was er jetzt hat, auch noch verzichten.

Obwohl alle wissen, daß der Betriebsrat um eine Stellungnahme für neun Uhr ersucht hat, rechnet niemand damit, daß Punkt neun die Stellungnahme der Unternehmensleitung da ist. Um zehn Uhr stehen noch alle Arbeiter an den Maschinen. Eine halbe Stunde später gibt der Kollege mit den vier Kindern, der gestern den gleichen Antrag gestellt hat wie Charly, die Losung aus, daß um elf Uhr die Maschinen abgestellt werden, wenn bis dahin keine Stellungnahme eingetroffen ist. Die Losung geht von Mund zu Mund.

Der Namenslisten-Betriebsrat gibt eine Gegenlosung aus. Sie ist nicht für den ganzen Betrieb bestimmt. Er geht nur zu jenen Arbeitern, bei denen er Gehör zu finden hofft. Charly schaut auf die Uhr. Es ist Viertel vor elf. Er wundert sich, daß der alte Nazi nicht zum Betriebsleiter läuft, um Meldung zu machen. Er fragt die Kollegen, wo der schwarze Betriebsrat ist. Er ist nirgends zu sehen. Charly überlegt: Der Namenslisten-Betriebsrat betreibt Agitation, um davon abzulenken, daß sein schwarzer Kollege aus der Halle verschwindet, um den Betriebsleiter zu alarmieren.

Charly stellt seine Maschine ab. Er läuft von Kollegen zu Kollegen und drängt sie, die Maschinen abzustellen. Die Kollegen sagen, es ist noch nicht elf, stellen aber trotzdem die Maschinen ab. Charly hat nicht die Zeit, ihnen zu erklären, warum sie die Maschinen jetzt schon abstellen sollen. Er weiß, daß der Betriebsleiter jeden Moment kommen kann und daß er versuchen wird, die Kollegen einzuschüchtern. Er hält es für möglich, daß der Betriebsleiter damit Erfolg hat.

Der Meister ist in das Vertrauen der beiden reaktionären Betriebsräte nicht einbezogen. Er soll Mitglied der SPÖ sein. Er hat dem Verhalten der Arbeiter längst entnommen, daß sie etwas unternehmen wollen, wenn die Stellungnahme der Unternehmensleitung ausbleibt. Er sagte dem Betriebsleiter nichts von seiner Vermutung. Als die ersten Maschinen abgestellt werden, geht er in seine Kanzlei, um nichts sagen zu müssen.

Charly Traktor bittet einige Kollegen, ihm zu helfen, die Maschinen derjenigen Kollegen abzustellen, die weiterarbeiten wollen. Als der Betriebsleiter in die Halle eilt, laufen nur noch drei Maschinen. Drei Kollegen haben sich gegen das Abstellen der Maschinen zur Wehr gesetzt. Die Maschinen laufen leer. Der Betriebsleiter sieht, daß er zu spät gekommen ist. Der schwarze Betriebsrat kommt durch einen anderen Eingang in die Halle. Er schaut auf die Uhr. Es ist zehn Minuten vor elf. Er kann sich die Situation nicht erklären.

Der Betriebsleiter fragt den Namenslisten-Betriebsrat, wer die Weisung gegeben habt, die Maschinen abzustellen. Der Betriebsrat weiß es nicht. Der Betriebsleiter verlangt, daß die Arbeit auf der Stelle aufgenommen wird. Die meisten Kollegen setzen sich auf die Holzkisten, auf denen sie sonst die Mittagspause verbringen. Dem Betriebsleiter bleibt nichts übrig, als sich an den sozialdemokratischen Betriebsrat zu wenden.

Der Betriebsrat kann ihm nur sagen, daß die Belegschaft für neun Uhr eine Stellungnahme zur gestrigen Betriebsversammlung erwartet hat; daß die Stellungnahme noch nicht eingetroffen ist; daß die Kollegen weiterhin warten, aber nicht mehr arbeiten; das hat sich so ergeben; niemand hat das organisiert. Ich weiß nicht, warum Sie mich fragen. Es ist nicht meine Aufgabe, die Kollegen zur Arbeit zu veranlassen. Das ist Ihre Aufgabe.

Der Betriebsleiter geht in die Direktion. Die Arbeiter essen ihre Jause. Die drei Maschinen laufen noch immer im Leerlauf. Nicht einmal die beiden reaktionären Betriebsräte wagen es, die Arbeit aufzunehmen. Charly wundert sich, daß sich der sozialdemokratische Betriebsrat aus der Diskussion der Kollegen, was nun geschehen könnte, heraushält. Er spricht ihn darauf an. Der Betriebsrat weicht aus: Man kann nur warten.

Charly ist anderer Ansicht.

Seit dem Gespräch mit dem Kollegen über die Scheidung ist ihm leichter. Er hat das Gefühl, als hätte er sich über Elfi mit jemandem aussprechen können. Er will die Gedanken an Elfi, die ihn gestern und heute morgen belastet haben, loswerden: Das ist immer das gleiche Sinnieren. Ihm scheint seine Beziehung zu Elfi im Augenblick unwirklich zu sein. Er hat ein Bedürfnis nach handfesten Dingen.

Charly redet so laut, daß die Kollegen sich um ihn versammeln. Wir haben unsere Forderungen an die Unternehmensleitung gerichtet. Deshalb verhandeln wir nur mit der Unternehmensleitung und nicht mit Mittelsmännern. Wir zeigen mit der Arbeitsniederlegung, daß wir uns nicht wie Rotzbuben behandeln lassen. Ich schlage vor, daß wir das auch weiterhin so halten. Der Betriebsleiter ist in die Direktion gegangen. Es ist anzunehmen, daß er uns im Namen der Direktion etwas sagen wird. Ich schlage vor, daß wir das nicht zur Kenntnis nehmen. Wir verhandeln nur mit der Direktion.

Die Kollegen erklären sich durch Zurufe mit Charlys Vorschlag einverstanden. Einige essen ihre Jausenbrote fertig, andere rauchen. Charly ist zu erregt, um essen zu können. Er bittet einen Kollegen um eine Zigarette. Seine Zigaretten hat er im Spind, da er während der Arbeit nicht raucht. Der Betriebsrat fragt Charly, was er davon hält, daß eine Delegation gewählt wird. Es würde keinen guten Eindruck machen, wenn man dann erst streiten müßte, wer gehen soll.

Charly findet den Vorschlag gut. Er hat das Bedürfnis, eng mit dem Betriebsrat zusammenzuarbeiten: Der Betriebsrat hat den nötigen Weitblick.

Charly ist sofort anderer Meinung, als der Betriebsrat es ablehnt, der Belegschaft die Wahl einer Delegation vorzuschlagen und die Wahl zu leiten. Charly zieht an der Zigarette. Sie ist schon so kurz, daß er sich die Finger verbrennt, als er noch einen Zug macht. Charly denkt sich, es sollen ihm alle den Buckel hinunterrutschen.

Es fällt ihm auf, daß die Scheiben so verdreckt sind, daß das Tageslicht kaum durchkommt. Vielleicht müßte das elektrische Licht auch brennen, wenn die Scheiben rein wären; deshalb läßt man sie nicht putzen. Er zählt die zersprungenen Scheiben. Er ist bei zwölf, als ihm das zu dumm wird.

Charly ruft die Kollegen zusammen. Er hält ihnen die Notwendigkeit einer Delegationswahl vor Augen und bittet um Vorschläge. Sechs Kollegen werden vorgeschlagen. Fünf lehnen ab. Charly bleibt über. Er sagt, daß es nicht angeht, daß der Betriebsrat die Wahl zum Delegierten ablehnt. Der Betriebsrat sagt, das ist keine reguläre gewerkschaftliche Aktion. Er will sich aber nicht drücken und die Wahl annehmen; als Privatmann, nicht als Betriebsrat.

Der Betriebsleiter fordert die Arbeiter auf, ihm zuzuhören. Er habe eine Mitteilung der Direktion zu verlesen. Charly geht als erster aus der Halle. Ein Teil der Arbeiter zerstreut sich in der Halle, ein Teil geht ins Freie. Es ist stark bewölkt. Charly ist enttäuscht, daß an der Dunkelheit im Betrieb nicht nur der Unternehmer schuld ist, der die Scheiben nicht reinigen läßt.

Als es regnet, kommen wieder alle Arbeiter in der Halle zusammen. Der stellvertretende Direktor fragt nach dem sozialdemokratischen Betriebsrat. Er übergibt ihm ein Schreiben. Er zitiert den Meister herbei; um einen Zeugen zu haben. Dieses Ritual scheint bei einigen Kollegen Eindruck zu machen. Es wird ruhig. Der Betriebsleiter läßt sich nicht blicken. Der stellvertretende Direktor geht.

Es spricht sich rasch herum, daß die Forderungen abgelehnt wurden. Die sozialdemokratische Fraktion beruft als Mehrheitsfraktion eine Betriebsversammlung ein. Sie findet sofort statt. Der Betriebsrat liest das Schreiben der Unternehmensleitung vor:

Die Forderungen sind doppelt absurd, da sie schon einmal abgelehnt worden sind. Die Betriebsräte haben die Unmäßigkeit der ersten beiden Forderungen – Heizung, Lattenrost – selbst eingesehen. Die Forderung nach Arbeitsschuhen ist nicht endgültig abgelehnt worden. Sie wird noch geprüft.

Es verstößt gegen die demokratischen Spielregeln, neue Forderungen zu stellen, wenn eine Forderung gerade geprüft wird. Die Belegschaft wird aufgerufen, die Arbeit aufzunehmen und sich von jenen Kräften zu distanzieren, welchen es darum geht, mutwillig Unruhe zu stiften und das Verhältnis zwischen Unternehmensleitung und Belegschaft zu trüben.

Der Betriebsrat wird zum Telefon gerufen. Der Gewerkschaftssekretär möchte ihn sprechen.

Charly ergreift das Wort. Dem schwarzen Betriebsrat, der ihn daran hindern will, boxt er in den Magen. Dem Inhalt nach sagt er das gleiche wie gestern. Er stellt den Antrag, von den Forderungen nicht abzugehen und bis zur Erfüllung der Forderungen zu streiken. Der Antrag wird mit Dreiviertelmehrheit angenommen. Charly ist es trotz dauernder Zwischenrufe der beiden reaktionären Betriebsräte gelungen, die Behauptung der Unternehmensleitung, daß die Forderung nach Arbeitsschuhen geprüft wird, als eine der üblichen Lügen hinzustellen.

Der Betriebsrat kommt gerade zurecht, um das Abstimmungsergebnis aufzuschreiben. Er fühlt sich überrumpelt. Andererseits ist er froh, die Beschwichtigungsrede nicht halten zu müssen, zu der ihm der Gewerkschaftssekretär geraten hat. Der Streikbeschluß paßt ihm aber nicht. Er sieht voraus, daß auf Grund des Briefes der Unternehmensleitung, den er für ein Gaunerstück hält, Wirtschaftskammer und Gewerkschaft sich darauf einigen werden, daß der Streik von der Gewerkschaft nicht anerkannt wird. Somit wird der Streik morgen zusammenbrechen. Die Kollegen werden auf die Gewerkschaft wütend sein und die Wut an ihm auslassen, weil er derselben Partei bzw. Fraktion angehört wie der Gewerkschaftssekretär. Ein Teil des Vertrauens, den er sich bei den Kollegen mühevoll erworben hat, wird dahin sein.

Die Arbeiter stehen in Gruppen beisammen. Der Betriebsrat geht von Gruppe zu Gruppe und sagt, daß es höchst unsicher ist, ob die Gewerkschaft sich hinter den Streik stellt. Er will die Kollegen rechtzeitig mit dieser Möglichkeit vertraut machen, damit sie die Nachricht und ihn ihre Wut nicht unvermittelt trifft. Charly stellt ihn zur Rede: Man muß nur entschieden genug zeigen, daß man zu streiken gewillt ist, dann wird die Gewerkschaft den Streik anerkennen müssen. Wenn man nur herumsteht und lamentiert, wird das auf niemanden Eindruck machen.

Auf die Frage, was man anderes tun kann als herumstehen, sagt Charly, bei einem Streik ist es doch so, daß man Tafeln macht; daß man auf die Tafeln »Streik« schreibt; daß man die Tafeln vor den Eingängen zur Halle aufstellt; daß man die Tafeln im Fabriksgelände herumträgt; daß man vor dem Büro der Unternehmensleitung eine Demonstration macht: Es gibt genug zu tun.

Auf die Frage, woher man Tafeln nehmen soll, sagt Charly, man muß sie anfertigen. Auf die Frage, woraus, sagt er, im Konstruktionsbüro gibt es große Papierrollen, er hat das durchs Fenster gesehen; die muß man sich holen. Auf die Frage, wer sie holt, fragt er, wer mit ihm geht. Zwei Kollegen melden sich. Charly fragt die Betriebsräte, ob sie die Hose voll haben. Die Kollegen verlangen von den sozialdemokratischen Betriebsräten, daß sie mitgehen, damit die Sache einen offiziellen Anstrich hat.

Der Betriebsrat erklärt sich bereit, bis zum Eingang des Konstruktionsbüros mitzugehen und eventuell auch die Bitte nach einer Rolle Papier vorzubringen. An einem gewaltsamen Eindringen will er sich nicht beteiligen. Da drei von den vier sozialdemokratischen Betriebsräten mitgehen, schließt sich noch ein Dutzend Kollegen an.

Alle Eingänge des Bürogebäudes sind versperrt. Die Angestellten stehen an den Fenstern. Die Arbeiter machen kehrt. Die Kollegen dringen in Charly, was nun zu machen ist. Einige werfen ihm vor, daß er viel daherredet, aber dabei nicht denkt. Die anderen Kollegen stehen vor der Halle. Die beiden reaktionären Betriebsräte und ihr Anhang lachen, als sie die Kollegen mit leeren Händen kommen sehen. Charly schaut weder nach rechts noch nach links und geht in die Halle.

Was soll er hier tun? Warten, bis alle wieder in der Halle sind und den Vorschlag machen, Papier aus einem Papiergeschäft zu holen? Er würde gern mit der Brechstange, die hier steht, den Eingang verbarrikadieren, um allein sein zu können. Die Kollegen kommen und fragen Charly, wo man Papier kriegen kann. Um irgend etwas zu tun, nimmt er die Brechstange in die Hand. Um ihren Blicken auszuweichen, schaut er an die Wand, an der die Stempeluhr hängt. Die Fragen werden zahlreicher. Er weiß auf keine eine Antwort.

Er schlägt mit der Brechstange auf die Stempeluhr ein. Dann zertrümmert er die Regale, in denen für jeden Kollegen eine Stempelkarte steckt. Hier, schreit er, hier ist Papier genug. Der Betriebsrat nimmt ihm die Brechstange aus der Hand und geleitet ihn in die Garderobe. »Ich werde alles tun, damit die Sache glimpflich ausgeht.« Er rät Charly, nach Haus zu gehen.

Elfi hat im Geschäft viel nachgedacht und die Meinung, die sie gestern am späten Abend von Charly hatte, geändert. Sollte sie recht haben, daß er eifersüchtig ist, so müßte sie ihn darüber aufklären, was zwischen ihr und ihrem ersten Mann am Sonntag gewesen ist und welche Meinung sie von ihrem ersten Mann hat; Andeutungen zu machen und den anderen raten zu lassen, ist kindisch.

Sie freut sich, daß Charly auf der gestrigen Betriebsversammlung seinen Mann gestellt hat. Das müßte für einen, der sonst wenig redet, strapaziös sein, und aus dieser Überanstrengung ist seine Aggressivität zu erklären. Sie ist sicher, daß er auch heute seinen Mann gestellt hat. Sie ist froh, jemanden zum Freund zu haben, der den Kapitalisten nicht aus der Hand frißt. Sie hält es für möglich, daß er heute noch überanstrengter ist. Sie nimmt sich vor, darauf Rücksicht zu nehmen.

Charly liegt auf der Couch. Ihren Gruß erwidert er kurz. Sie fragt, was es heute gegeben hat. Nichts. Sie sagt, sie will nicht in ihn dringen; er soll sich ausruhen; er wird schon Lust bekommen zu erzählen. Sie macht sich in der Küche zu schaffen.

Für Charly ist die Gedankenkette geschlossen:
Elfi trifft sich seit längerem mit ihrem ersten Mann. Sie ist zur Ansicht gekommen, daß ihr erster Mann und nicht Charly der richtige für sie ist. Die beiden wollen wieder miteinander leben. Sie bringt es nicht über sich, Charly grundlos vor die Tür zu setzen. Um ihm die Wahrheit zu sagen, ist sie zu feig. Sie täuscht häufiger als früher seelische Leiden vor, in der Hoffnung, daß es ihm zuviel wird. Als das mißlingt, sieht sie am Sonntag die Möglichkeit, mit einer anderen Taktik zum Erfolg zu kommen.

Obwohl sie früher das Gegenteil gemacht hat, ermuntert sie ihn zu betriebspolitischer Aktivität. Das zu einem Zeitpunkt, da er Zweifel an seiner rednerischen und organisatorischen Fähigkeit bekommt. Er mißtraut ihrer Meinungsänderung, erkennt aber nicht deren Grund. Deshalb ist sein Mißtrauen zu schwach. Er läßt sich von ihr beeinflussen und zeigt bei der Betriebsversammlung eine größere Aktivität, als er vorgehabt hat.

Ihr Plan erfüllt sich. Er geht mit seinen Forderungen und Anträgen so weit, daß er nicht mehr zurück kann. Auch wenn er die Stempeluhr nicht demoliert hätte, wären seine Tage in diesem Betrieb gezählt gewesen. Nun wartet sie, bis er entlassen wird. Sie weiß nicht, wie nahe sie ihrem Ziel ist. Wenn er entlassen worden ist, wird sie sagen, ich habe für dich einen Betrieb gesucht, in dem du Aufstiegsmöglichkeiten hattest. Du hast alles verhaut. Du bist ein Versager. Du kannst gehen.

Er hat sich von ihr ins Verderben hetzen lassen. Daran kann man nichts mehr ändern. Ehe er geht, soll sie aber erfahren, daß er ihr auf die Schliche gekommen ist. Ihrem ersten Mann, der ihr geholfen hat, diesen Plan auszuhecken, wird er auch seine Meinung sagen.

Je öfter Charly sich diese Sätze vorsagt, desto lückenloser scheint ihm die Gedankenkette zu sein. Er geht in die Küche und spult unvermittelt seine Sätze ab. Da er beim Sprechen keine Erregung zeigt, glaubt Elfi, er macht einen Scherz. Sie hebt ihren Rock und fragt ihn, wie ihm ihre neue Strumpfhose gefällt. Er packt sie bei den Schultern, zieht sie in den Wohnraum und wirft sie auf die Couch.

Sie wehrt sich, und er will sie würgen. Er kniet sich über sie, damit sie sich nicht rühren kann. Sie läßt den Kopf zur Seite fallen und stellt sich ohnmächtig, um ihm Schreck einzujagen. Er sagt, er fällt auf ihre Tricks nicht mehr herein. Mit dir habe ich abgerechnet; jetzt sag mir die Adresse deines ersten Mannes. Sie steht im Telefonbuch, sagt Elfi.

Er klettert von ihr herunter, blättert im Telefonbuch, reißt ein Blatt heraus und steckt es zu sich. Er bestellt ein Taxi. Nachdem er sein Hemd zurechtgerichtet und die Jacke angezogen hat, verläßt er die Wohnung. Elfi bleibt liegen.

Charly hat alles Geld, das er besitzt, zu sich genommen. Es ist ein Tausendschillingschein dabei. Er gibt ihn dem Taxifahrer in der Meinung, er kann ihm damit imponieren. Der Taxifahrer hat nicht so viel Wechselgeld. Charly sucht in allen Taschen nach einer anderen Banknote und nimmt dann aus der Hand, in der er seine gesamte Barschaft hält, einen Hundertschillingschein.

Auf dem Türschild steht der Name des Mannes, den Charly sucht. Auf sein Läuten öffnet eine Frau. Sie ist hochschwanger. Charly wird unsicher. Er nennt den Namen des Mannes und verlangt nach ihm. Der Mann kommt und entschuldigt sich, daß er im Schlafmantel ist. Ein Kleinkind schreit, und die Frau läuft in ein Zimmer. Charly kommt sich blöd vor, weil er nichts sagt. Er ist froh, daß die Frau weg ist.

Ich bin der Lebensgefährte von Elfi. Sie hat mir so viel von Ihnen erzählt, daß ich Sie schon lange kennenlernen wollte. Heute habe ich zufällig in der Nähe zu tun gehabt. Ich habe auf gut Glück angeläutet. Ich sehe, daß ich ungelegen komme.

Der Mann zieht Charly ins Vorzimmer und heißt ihn willkommen. Er ruft seine Frau und sagt, das ist eine freudige Überraschung. Charly wird gebeten, im Wohnzimmer Platz zu nehmen. Der Mann entschuldigt sich für einen Moment. Er zieht sich um. Charly fragt, wie das Kind heißt, das die Frau im Arm hält. Die Frau sagt, ihr Mann freut sich schon auf das zweite Kind, das bald zur Welt kommen wird.

Das Kind ist zum Schlafengehen gerichtet. Sie stellt Charly ein Glas und eine Flasche Schnaps hin und ermuntert ihn, sich zu bedienen. Sie bringt das Kind zu Bett. Charly trinkt zwei Gläser hintereinander. Die Frau und der Mann kommen gemeinsam zurück. Er sagt, Charly kommt sehr gelegen. Er hat, wie Charly sicherlich weiß, am Sonntag Elfi nach langem wiedergesehen.

– Sonst bin ich immer unterwegs; das bringt mein Beruf mit sich. Am Wochenende ist ausnahmsweise meine Frau weggewesen. Zufällig waren Sie auch nicht zu Hause. So hat es sich getroffen, daß ich Elfi zum Essen einladen konnte.

– Meine Frau hat mir das schon lange geraten. Sie war neugierig, wie es meiner ersten Frau geht. Sie wissen, wie die Frauen sind. Elfi hat mir viel Interessantes über Sie erzählt, und ich hatte sofort den Wunsch, Sie kennenzulernen.

– Als ich sah, daß Elfi frisch und gesund ist, wußte ich, daß sie sich in guten Händen befindet. Ich bin Ihnen sehr dankbar. Elfi hat nicht die beste Konstitution. Ein empfindungsloser Mensch könnte ihr Ruin sein.

– Ich hatte oft ein schlechtes Gewissen, weil ich mich nicht um sie gekümmert habe. Meine Frau hat immer wieder gesagt, daß ich einen Menschen wie Elfi, der nicht mit beiden Beinen im Leben steht, nicht ihrem Schicksal überlassen darf. Aber Sie wissen, ich muß viel unterwegs sein, und das bißchen Freizeit möchte man mit der Familie verbringen. Nun kann ich aber beruhigt sein.

Die Frau bittet Charly, zum Abendessen zu bleiben. Er sagt, er sollte schon zu Hause sein, Elfi wartet mit dem Abendessen. Er wollte nur einen Blick hereinwerfen, um Bekanntschaft zu schließen. Er wird jederzeit gern kommen, jetzt kann er aber nicht bleiben. Der Mann schlägt vor, Charly soll anrufen und Elfi sagen, daß er später kommt. Die Frau weist ihren Mann zurecht: Man kann niemanden zum Bleiben zwingen.

Charly verabschiedet sich von der Frau. Der Mann zieht sich die Schuhe an. Er will aus dem Automaten Zigaretten holen. Vor dem Haus entschuldigt er sich für das Verhalten seiner Frau: Es ist richtig, daß sie öfter zu ihm gesagt hat, er soll erfragen, wie es Elfi geht; sie will aber, daß er das schriftlich macht, auf keinen Fall telefonisch; deshalb ist sie eingeschnappt, als er vorgeschlagen hat, Elfi anzurufen. Wieso, weiß er nicht. Er fragt, wo Charlys Auto steht. Ich bin mit dem Taxi gekommen. Sie verabschieden sich.

Charly spaziert zum Bahnhof, um am Stehbüfett etwas zu essen. Ihm ist übel. Er vermutet, daß das vom Schnaps kommt, den er auf den leeren Magen getrunken hat. Er ist froh, daß er vor Übelkeit keinen Gedanken fassen kann. Er versucht, sich an die Wörter zu erinnern, die er gerade vor sich hingemurmelt hat. »Ich verstehe nicht einmal mehr das, was ich selbst sage.«

Der Mann geht mit dem Schilling, den er aus dem Zigarettenautomaten zurückbekommen hat, in eine Telefonzelle und ruft Elfi an. Er sagt ihr, daß Charly ihn besucht hat und daß sie einander gut verstanden haben. Sie hat recht getan, Charly einen netten Menschen zu nennen. Er findet ihn auch nett. Er wünscht ihr eine gute Nacht. Er wiederholt zweimal: Gute Nacht. Sie sagt: Aufwiederhören.

Elfi hat versucht, sich auf das Vorgefallene einen Reim zu machen. Nach dem Anruf kennt sie sich wiederum nicht aus. Auf dem Weg vom Telefon zur Couch drohen ihre Beine zu versagen. Sie will nicht schlafen gehen.

– Ich mußte mir schon vorwerfen, Entschlüsse zu spät gefaßt zu haben oder Entschlüsse gefaßt, sie aber nicht in die Tat umgesetzt zu haben. Aber so wie jetzt überhaupt keinen Entschluß fassen zu können, das habe ich mir noch nie vorwerfen müssen.

Als ihr kalt wird, schaltet sie die Heizung ein und nimmt die Decke, die auf dem Fauteuil liegt. Im Morgengrauen schläft sie ein.

13

Bis vier Uhr früh hat Charly Wein getrunken. Von fünf bis sechs trinkt er in einem Morgencafé einen Mokka nach dem anderen. Er hat das Gefühl, davon noch betrunkener zu werden. Um sechs macht er sich auf den Weg in den Betrieb. Er hofft, beim Gehen nüchterner zu werden. Er hat sich die ganze Nacht eingeredet, nicht zuviel trinken zu dürfen, da er im Betrieb eine Rede halten muß, von der alles abhängt. Von seinen jeweiligen Zechkumpanen, die er großzügig aushielt, gefragt, was alles von der Rede abhängt, antwortete er: Alles.

Der Portier verlangt Charlys Betriebsausweis. Charly fragt, wozu. Er müsse alle Ausweise überprüfen. Charly gibt ihm den Ausweis. Der Portier sagt, Charly darf den Betrieb nicht betreten, er ist fristlos entlassen, der Ausweis muß eingezogen werden.

Charly ist froh, seinen Tick, eine Rede halten zu müssen, los zu sein. Er geht ins nächste Gasthaus und zählt den Rest seines Geldes. Er bestellt ein kaltes Schweinernes und ein Krügel Bier. Er hat großen Durst. Er trinkt noch zwei Krügel. Nachdem er gegessen hat, schläft er am Tisch ein. Der Wirt weckt ihn. Charly läßt sich das Telefon zeigen. Er ruft im Betrieb an und verlangt den sozialdemokratischen Betriebsrat.

Der Betriebsrat sagt, es ist höchste Zeit, daß Charly anruft. Die große Frage ist, ob Charly die Fristlose hinnimmt. Wenn ja, besteht die Möglichkeit, daß der Unternehmer keine Anzeige erstattet. Der Schaden, den Charly gestern angerichtet hat, wird auf 50.000 Schilling geschätzt. Das ist das eine.

Das andere ist, daß viele Kollegen gegen die fristlose Entlassung Charlys sind. Sie sagen, der Vorfall, die Demolierung der Stempeluhr, ist nicht in der regulären Arbeitszeit passiert, sondern während des Streiks. Das ist nach dem Recht kein wesentlicher Unterschied. Für die Kollegen aber schon. Sie wollen nicht, daß Charly wegen eines Streikvorfalls entlassen wird. Sie meinen, Charly soll eine Anzeige riskieren, es kann ihm nicht viel passieren. Das Geld soll durch Spendenaktionen und aus Gewerkschaftsmitteln aufgebracht werden. Ob das mit den Gewerkschaftsmitteln sich machen läßt, kann er Charly allerdings nicht garantieren.

Charly sagt, der Betriebsrat soll nicht lange reden. Er geht nicht mehr in diesen Betrieb. Er nimmt die fristlose Entlassung an. Wenn der Betriebsrat sich einsetzen will, daß es zu keiner Anzeige und zu keiner Schadenersatzforderung kommt, ist er ihm dankbar. Den Schaden wird er auf keinen Fall ersetzen. Sollte es zu einer Anzeige kommen, geht er ins Ausland.

Charly zieht sich im Badezimmer aus, er ist aber zu müde, um sich zu waschen. Er legt sich ins Bett und schläft bis vier Uhr nachmittags. Sein erster Blick gilt der Uhr. Er will nicht zu Haus sein, wenn Elfi kommt. Er nimmt das kolorierte Foto von Elfis Tante in die Hand. Er fragt sich, welcher Mensch ihm als Kind am liebsten gewesen ist. Als er sich niedersetzt, fällt das Licht so auf das Glas, das über der Fotografie ist, daß sich sein Gesicht darin spiegelt. »Ein Vollbart würde mir gut passen.«

Er wäscht und rasiert sich. Für eine Nacht muß das Geld noch reichen. Morgen wird er die Abrechnung holen. Er bekommt noch den Lohn für einige Tage. Sonst nichts. Auf der Straße besichtigt er sein kaputtes Auto. Er glaubt nicht, daß er dafür noch viel mehr als 1000 Schilling bekommt. Am liebsten würde er es anzünden. Das Auspuffrohr ist verrostet. Charly bückt sich, um zu prüfen, ob es locker ist. Er glaubt in einem vorüberfahrenden Auto einen Kollegen aus dem Betrieb gesehen zu haben.

Am Steuer des nächsten Autos sitzt der sozialdemokratische Betriebsrat. Die beiden Autos parken vor dem Haus, in dem Charly wohnt. Die Kollegen steigen aus. Insgesamt sind es sechs: der Betriebsrat, der Kollege mit den vielen Kindern und vier Kollegen, die neben Charly gearbeitet haben. Charly versteckt sich hinter seinem Auto. Er macht sich die Hose schmutzig. Das Auto ist lang nicht gewaschen worden.

Ein Kollege geht ins Haus. Er kommt mit der Nachricht zurück, daß niemand da ist. Sie gehen in ein Gasthaus. Charly nimmt an, daß sie auf ihn warten wollen. Er wundert sich. Sie müßten doch damit rechnen, daß er erst in vier Stunden oder in zehn Stunden oder überhaupt nicht nach Hause kommt. Er weiß nicht, daß der Betriebsrat tagsüber fünfmal angerufen hat. Charly hat das Telefon nicht gehört. Der Betriebsrat hat Elfi im Geschäft angerufen. Sie konnte ihm nur sagen, daß Charly auch die Nacht über nicht zu Haus war. Vielleicht sei er abends da. Die Kollegen sollten auf jeden Fall kommen, wenn sie Zeit haben. Sie sei interessiert an der Sache und wäre froh, mit ihnen sprechen zu können.

Charly setzt sich auf den Rücksitz seines Autos. Die Scheiben sind so dreckig, daß er aus der Entfernung nicht gesehen werden kann. Sollte jemand näher herankommen, könnte er vom Sitz rutschen. Als Elfi die Gasse heraufkommt, läuft ein Kollege aus dem Gasthaus. Er kennt sie vom Heurigen. Die anderen Kollegen folgen ihm. Sie mußten erst bezahlen. Elfi gibt jedem die Hand. Sie gehen ins Haus.

Elfi erfährt, was gestern vorgefallen ist. Sie findet Charlys Handlung verständlich. Der Betriebsrat sagt, es freut ihn, daß zwischen ihr und Charly eine solche Übereinstimmung besteht. Wenn eine Übereinstimmung bestehen würde, erklärt sie ihm, wäre Charly gestern abend nicht fortgelaufen. Er kann sich nicht vorstellen, sagt der Betriebsrat, daß jemand für das, was Charly getan hat, mehr Verständnis aufbringen kann als Elfi.

– Ich hätte genauso gehandelt. Ich hätte alles zertrümmert, was sich in diesem Betrieb zertrümmern läßt. Ich verstehe nicht, daß ihr Charlys Beispiel nicht gefolgt seid. Ihr hättet ein Exempel statuieren müssen. Jedenfalls hättet ihr Charly nicht im Stich lassen dürfen. Ich will niemandem einen Vorwurf machen. Aber ich verstehe euer Verhalten nicht. Die Stempeluhr ist doch jedem verhaßt. Ihr hättet euch daran beteiligen sollen, sie zu beseitigen.

Der Kollege, der neben Charly gearbeitet hat und der Elfi vom Heurigen kennt, stimmt ihr zu. Er wirft dem Betriebsrat vor, Charly, der von seiner Tat am meisten überrascht zu sein schien, von den Kollegen isoliert zu haben. Der Betriebsrat habe Charly, der aussah, als würde er unter Schockeinfluß stehen, aus der Halle geführt, ohne ihm die Gelegenheit einer Erklärung zu geben. Der Kollege mit den vier Kindern schüttelt den Kopf. Das ermuntert den Betriebsrat zu einer Erwiderung:

Charly ist nicht in der Lage gewesen, etwas Vernünftiges zu sagen. Der Kollege mit den vier Kindern sagt, darum ist es nicht gegangen. Lassen wir das, sagt der Betriebsrat. Das Problem liegt woanders. Mir kann keiner nachsagen, daß ich ein Befürworter der Stempeluhr bin. Wenn ich dagegen bin, kann ich mich aber nicht im Alleingang daranmachen, sie zu demolieren. Ich kann in der Betriebsversammlung einen Vorschlag zur Beseitigung der Stempeluhr machen, und wenn mein Vorschlag angenommen wird, wird die Mehrheit der Kollegen für diese Sache kämpfen.

Warum hast du den Vorschlag nie gemacht, fragt ein Kollege. Weil es bisher immer wichtigere Dinge zu tun gegeben hat, antwortet der Betriebsrat. Elfi sagt, das ist eine Ausrede. Der Betriebsrat sagt, er ist nicht gekommen, um über diese Nebensächlichkeiten zu sprechen. Ich bin gekommen, um mit Charly zu reden. Die Kollegen glauben mir nicht, daß er mir am Telefon gesagt hat, er nehme die fristlose Entlassung an. Es hängt alles davon ab, ob Charly sich mit der Entlassung einverstanden erklärt oder nicht.

Der Betriebsrat sagt Elfi, was davon abhängt. Er wird mit Charlys Einverständnis der Entlassung zustimmen. Eine Entlassung kann nicht über den Kopf des Betriebsrates durchgeführt werden. Der Betriebsrat bittet Elfi um ein Glas Wasser. Sie bringt jedem eine Flasche Bier. Die Sache ist sehr vertrackt, fährt der Betriebsrat fort. Der Unternehmer verhandelt nur weiter, wenn wir nicht gegen Charlys Entlassung kämpfen. Etliche Kollegen sind gegen die Entlassung, darunter die Kollegen, die hier sitzen.

– Ich bin dafür. Wenn wir dagegen sind und dem Unternehmer in diesem Punkt Schwierigkeiten machen, wird er Charly anzeigen und Schadenersatz fordern. Es handelt sich um einen Betrag von ungefähr 50.000 Schilling. Des weiteren wird der Unternehmer jede Verhandlung über unsere vorgestern aufgestellten Forderungen ablehnen. Mit einem Streik werden wir nichts durchsetzen können. Unser Streik ist heute früh zusammengebrochen, als bekannt wurde, daß ihn die Gewerkschaft nicht unterstützt. Uns wurde gesagt, der Unternehmer ist verhandlungsbereit, wir sollen verhandeln.

– Wir haben heute verhandelt. Die Voraussetzung war, daß die beiden wichtigsten Forderungen, nämlich Heizung und Holzlatten, nicht mehr erwähnt werden. Der Unternehmer will Arbeitsschuhe zur Verfügung stellen. Anspruch auf neue Arbeitsschuhe soll man aber immer erst nach vier Jahren haben. Man hat uns jedoch gesagt, daß wir uns vielleicht auf drei Jahre einigen können. Der Trumpf des Unternehmers ist, daß er die Stunden, die gestreikt wurden, bezahlen will. Er macht also das, was die Gewerkschaft hätte machen sollen.

Der Kollege mit den vier Kindern sagt, daß der Unternehmer dabei ein großes Geschäft macht. Er bezahlt ein paar Stunden und den Schaden, den Charly angerichtet hat, und spielt sich als der große Gönner auf. Er kauft uns damit zwei Forderungen ab, die ihn viel Geld gekostet und uns wirklich etwas gebracht hätten. Der Betriebsrat stimmt dem Kollegen zu. Er habe im Kopf überschlagen, was der Unternehmer mit dieser Verhandlungstaktik herausholt. Elfi fragt, was dagegen zu machen ist.

Ein Kollege, der Charly am meisten zugeredet hat, sich bei der Betriebsversammlung zu Wort zu melden, weil er selbst Hemmungen hatte, bezichtigt den Betriebsrat des abgekarteten Spiels: Der Betriebsrat hat nur gewartet, daß die Entwicklung diese Richtung nimmt. Und jetzt setzt er alles daran, daß diese Richtung von den Kollegen nicht geändert wird. Die Kollegen sind so blöd und lassen sich von ihm einkaufen.

Der Betriebsrat sagt, die Schuld an allem liegt an Charlys undiszipliniertem Verhalten. Der Unternehmer nützt das aus, um die Belegschaft zu erpressen und sie gegen die Betriebsräte auszuspielen. Er würde sich nicht wundern, wenn die beiden reaktionären Betriebsräte nun stärkeren Zulauf hätten.

Der Kollege antwortet, der kommunistische Betriebsrat hätte stärkeren Zulauf, wenn er noch im Betrieb wäre. Der Betriebsrat fragt den Kollegen, ob er die Information über die Betriebsversammlung an die »Volksstimme« gegeben hat. Der Kollege lacht.

Es läutet. Elfi geht zur Tür. Charly tritt ein. Sie sagt, daß Kollegen aus seinem Betrieb da sind. Er antwortet, das ist nicht sein Betrieb. Sie fragt, ob er keinen Schlüssel bei sich hat. Er zieht den Schlüssel aus der Tasche, gibt ihn ihr. Sie fragt, was das soll. »Das sind nicht meine Schlüssel.« Doch, sagt sie, *dieser* Schlüssel gehört dir. Nein, erwidert er, er gehört der Firma. Es ist der Spindschlüssel. Sie legt den Schlüsselbund auf ein Regal.

Charly grüßt die Kollegen und stellt sich ans Fenster. Der Kollege mit den vier Kindern fragt, ob Charly eine Wut hat.

»Auf wen?« Auf uns, sagt der Kollege. Charly schüttelt verständnislos den Kopf. Der Betriebsrat erklärt ihm, warum sie hier sind. Charly wiederholt, was er dem Betriebsrat am Vormittag gesagt hat: Er ist mit der fristlosen Entlassung einverstanden; er geht nicht mehr in diesen Betrieb; er findet es gut, daß der Unternehmer von einer Anzeige und einer Schadenersatzforderung absehen will. Er würde sich aber ohnedies, wie schon gesagt, ins Ausland absetzen, wenn er angezeigt werden sollte.

Der Kollege, der neben Charly gearbeitet hat und den Charly als seinen Freund ansah, fragt ihn, ob es ihm gleichgültig ist, wie es im Betrieb weitergeht. Charly sagt, ja. Der Kollege nennt ihn ein Arschloch. Charly lacht. Du hast recht, sagt er, ich bin ein Arschloch, weil ich für andere den Kopf hingehalten habe. Der Kollege, der Hemmungen beim Sprechen hat, nennt Charly einen Angeber. Der Betriebsrat sagt, da hast du recht. Charly fährt ihn an, er soll das Maul halten, er ist ein feiger Hund, der sich wendet, wie sich der Wind dreht. Der Betriebsrat steht auf und geht.

Die Kollegen stehen auch auf und gehen. Der Kollege mit den vier Kindern sagt, er hat sich nicht gedacht, daß Charly so eine Flasche ist. Charly möchte dem Kollegen, der neben ihm gearbeitet hat, die Hand geben. Aber der Kollege geht, wie die anderen, ohne Charly zu grüßen. Charly wirft die Tür hinter ihnen zu.

Elfi weint. Er schaut sie ratlos an. Sie schreit, er braucht nicht zu glauben, daß sie einen Weinkrampf hat. Er soll sie nicht angaffen; sie weint nicht; ihr rinnen nur die Tränen aus den Augen. Er soll sich anschauen; damit er sieht, was er ist: ein Tölpel vom Land, der besser heute als morgen dorthin gehen soll, woher er gekommen ist. Dort braucht er nur eine Ziege von einer Kuh unterscheiden zu können. Zu mehr reicht sein Verstand nicht. Sonst hätte er mit den beruflichen und dann mit den politischen Möglichkeiten, die sich ihm geboten haben, etwas angefangen. Als sie ausgeredet hat, sind ihre Augen und Wangen trocken.

## 14

Nach zwei Tagen hat Charly Traktor einen neuen Arbeitsplatz. Die Firma stellt Getriebe für die Seilindustrie her; Getriebe für Maschinenanlagen, auf denen Stahlseile gemacht werden. Charly gerät nicht zufällig an diese Firma. Der Betriebsrat von der Gewerkschaftlichen Einheit, der in der Zündmaschinenfabrik war, erzählte Charly, daß er einmal dort gearbeitet hat. – So etwas von einem Betrieb hat er noch nie erlebt, auch nicht in Wien, wo man, durch das Fehlen einer Großindustrie und das Überwiegen mittlerer und kleiner Betriebe, auf allerhand gefaßt sein muß. Er ist aus Linz, seine Frau ist Wienerin. Er würde sofort wieder in die verstaatlichte VOEST zurückgehen.

Der Lohn in der Getriebefabrik liegt über dem Durchschnitt. Das hatte auch den Betriebsrat gereizt. Aber nicht lang. Als Gegenleistung wird von den Arbeitern verlangt: Verzicht auf ihre ohnedies bescheidenen Rechte, Überstundenleistungen je nach Auftragslage. Charly weiß vom Betriebsrat, was das heißt: eine oder zwei Wochen hindurch täglich 14 Stunden Arbeit, einschließlich Samstag und Sonntag. Die wenigen Anzeigen stören den Unternehmer nicht. Die Geldstrafen, die ihm vom Arbeitsgericht auferlegt werden, fallen angesichts der Zusatzprofite, die er gesetzwidrig den Arbeitern abpreßt, nicht ins Gewicht. Charly erhofft sich einiges von diesem Arbeitsplatz.

Nach einer telefonischen Anfrage fährt Charly zu der Firma. Er findet es merkwürdig, daß der heutige Tag, ein Freitag, in derselben Woche liegt wie der Montag, an dem er eine Rede auf einer Betriebsversammlung gehalten hat, wie der Dienstag, an dem er eine Stempeluhr zertrümmert hat, wie der Mittwoch, an dem er fristlos entlassen worden ist, wie der Donnerstag, an dem er die Abrechnung geholt hat. In der Firma tritt er mit hervorgekehrtem Selbstbewußtsein auf. Zu dem Angestellten im Personalbüro sagt er, er weiß nicht, ob der Angestellte der richtige Verhandlungspartner für ihn ist. Er will den Chef sprechen.

Zum Chef sagt er, er ist über die Firma im Bild, und er glaubt zu wissen, welche Art von Arbeitern hier gebraucht wird. Er zeigt seine Zeugnisse von den Kursen vor, erzählt von seiner Praxis und betont, daß er ledig ist; er ist zu jedem Arbeitseinsatz bereit, dreißig Überstunden in der Woche sind ihm nicht zuviel, er bevorzugt Sonntags- und Nachtarbeit; er hat nur ein Interesse, einmal mehr Geld zu haben; der Stundenlohn muß über 30 Schilling liegen; er geht davon aus, im Monat 8000 bis 10.000 Schilling netto zu bekommen; sein erster Eindruck ist, daß man mit dem Chef vernünftiger reden kann als mit dem Angestellten.

Obwohl der Chef sitzt, hat er die Hände am Rücken verschränkt. Man hört, daß er mit einem Schlüsselbund spielt. Er bezeichnet die Arbeiter und Angestellten in seinem Betrieb als Gesindel, das die Firma noch zugrunde richten wird. Außerdem versuche die Gewerkschaft, Spione einzuschleusen. Ihn würde interessieren, ob die Gewerkschaft Arbeitsplätze zur Verfügung stellen kann, wenn die Firma zugrunde gerichtet ist. »Jeder arbeitswillige Mensch wird von mir mit offenen Armen aufgenommen. Für die Leistung, die der Bewerber zu erbringen verspricht, gebührt ihm selbstverständlich der entsprechende Lohn.«

Der Chef versucht herauszubekommen, ob der Lohn wirklich der einzige Grund war, warum Charly von der Zündmaschinenfabrik weggegangen ist; er hat vom wilden Streik gelesen. Charly versucht herauszubekommen, ob der Chef auch der Besitzer ist, und wenn nicht, wer der oder die Besitzer sind. Da keiner einen Schritt weiterkommt, sagt der Chef, es gibt hier kein richtiges Akkordsystem, er läßt aber bei entsprechender Leistung jederzeit mit sich über Prämien reden; der Stundenlohn sagt nichts über das, was ein Arbeiter am Monatsende herausbekommen kann; eine soziale Leistung, die es nicht in jedem Betrieb gibt, ist das firmeninterne Kreditwesen.

Charly erkundigt sich danach. Er erfährt, daß bewährte Mitarbeiter von der Firma einen zinsfreien Kredit bis zu einer Höhe von 50.000 Schilling erhalten können. Charly fragt, wie lang er hier arbeiten muß, um einen solchen Kredit zu bekommen. Der Chef sagt, er gibt seinem neuen Mitarbeiter einen hohen Vertrauensvorschuß. Man kann gleich nach Abschluß des Arbeitsvertrages über einen Kredit sprechen. Charly verläßt die Firma mit 30.000 Schilling in der Tasche. Die Arbeit beginnt um 6 Uhr früh. Montag fängt er an.

»Wegen des frühen Arbeitsbeginns wird es mit Elfi Streit geben. Es wird vielleicht der letzte Streit sein.«

Charly fährt in den 2. Bezirk zu einem Gebrauchtwagenhändler, der ihm einmal von einem Arbeitskollegen empfohlen worden ist. Der Chef der Getriebefirma ist ihm unsympathisch. Das ist gut so, ich werde um so mehr auf der Hut sein, um nicht hineingelegt zu werden. Den Gedanken, von dem Geld eine kleine Wohnung zu kaufen, läßt er fallen. Das heißt allerdings, daß er einen möglichen Streit mit Elfi nicht auf die Spitze treiben darf. Zur Not kann er um diese Jahreszeit auch im Auto schlafen. Das Wichtigste ist also zunächst ein Auto. »Die Zeiten, wo ich hineingelegt worden bin, sind vorbei.«

Er fährt mit dem Autohändler in die Kolschitzkygasse, um sein Auto abzuschleppen. 1000 Schilling werden ihm für das kaputte Auto geboten. Der Gebrauchtwagen, für den er sich entscheidet, kostet 35.000. Ausschlaggebend ist, daß die umgeklappten Vordersitze bequeme Liegen ergeben. Charly zahlt 25.000 Schilling an. Dazu kommen die 1000, die er für sein altes Auto bekommt. Einen Kredit von 9000 Schilling vermittelt ihm der Händler. Der Händler übernimmt die Kosten der Ummeldung. Er kann die Ummeldung aber erst am Montag vornehmen.

In dem Gasthaus, in das Charly einkehrt, gibt es nur bis 14 Uhr warme Speisen. Er bekommt aber noch ein kleines Gulasch. Er ist verwundert, daß er sich mit 5000 Schilling in der Tasche nichts Besseres gesucht hat als dieses Gasthaus. Er fragt sich, ob man aus seiner Haut heraus kann. Aus welcher Haut? Was ist das, ein Arbeiter zu sein? Wird man dazu geboren, sein Leben lang jeden Groschen umdrehen zu müssen? Er erinnert sich an das, was Elfi über die Errungenschaften der Arbeiterbewegung gesagt hat. Er versteht nicht, daß er in der letzten Zeit das Bedürfnis hatte, als Aktivist in der Arbeiterbewegung eine Rolle spielen zu wollen.

Ihm ist aber auch nicht klar, welches Bedürfnis er im Augenblick hat. Beim Nachdenken darüber fällt ihm nur ein, wie er, als er zum erstenmal in Wien war, am Donaukanal auf einer Bank gesessen ist. Er kann sich vorstellen, zu dieser Bank zu gehen, sich hinzusetzen, dem Verkehr zuzuschauen und nichts zu denken. Er erinnert sich, daß er vor kurzem festgestellt hat, zum Nichtsdenken nicht mehr fähig zu sein. »So kann man sich täuschen.« Der Wirt trägt den leeren Teller weg und fragt, wie es geschmeckt hat. Charly bedankt sich für das gute Essen.

Er hat den Entschluß gefaßt, daß es mit ihm anders kommen muß. Er will zahlen, weiß aber nicht, wohin er danach gehen soll. Der Wirt fragt nach Charlys Wunsch. Er bestellt einen halben Liter Wein.

Der Gedanke, daß es mit ihm so werden könnte, wie es früher war, schreckt ihn. Das ist ihm neu. Er denkt darüber nach. Er findet in seiner Erinnerung viel Unangenehmes. Er hat nicht gerade Verlangen danach. Aber wonach *kann* er Verlangen haben?

Das ist es, glaubt er: Er kommt immer in eine Situation, ohne daß er viel dazutun oder viel dagegen machen kann. Er kann vielleicht eine Situation herbeiführen, wenn er aber in ihr ist, kann er nicht bestimmen, wie sie abläuft. Er kann den Arbeitsplatz wechseln, am neuen Arbeitsplatz ist es aber nicht wesentlich anders als am alten. Es heißt nicht nur das zu tun, was ohnedies jeder als notwendig einsieht, es heißt Anordnungen zu befolgen, über deren Sinn oder Sinnlosigkeit man nur mit denen reden kann, die die Anordnungen selber befolgen müssen.

Er fühlt sich betrunken. »Ich kann nach einem Achtel Wein nicht betrunken sein.« Das ist es, sagt er: Ich will an die Arbeit nicht mehr denken. In einem Betrieb ist man eine Null, die nichts zu sagen hat, die keine beruflichen und finanziellen Ansprüche zu stellen hat. Von anderen Ansprüchen mag er gar nicht reden. Er greift in die Tasche und zählt nach, ob die fünf Tausender noch da sind.

Er möchte eine Situation herbeiführen und auch bestimmen, wie sie abläuft. Ich kaufe mir ein Auto und werde damit fahren, wie ich will. Er ruft nach dem Wirt. Der Wirt ist auf dem Häusl, antwortet die Köchin. Und wann werde ich mit dem Auto fahren, fragt er sich. Er weiß, daß er mindestens zwanzig Überstunden in der Woche machen muß, um monatlich 3000 Schilling zurückzahlen zu können. Aber diese Zeit wird ein Ende nehmen. Man muß sich einmal zu einer besonderen Leistung aufraffen, um zu etwas zu kommen. Und dann? Dann wird man sehen, wie weit man gekommen ist. Der Wirt fragt nach Charlys Wunsch. Charly fragt, ob in dieses Lokal auch Huren kommen, schließlich liegt es in der Nähe des Praters. Der Wirt sagt, es kommen schon welche, aber nur ältere und solide Frauen, die anderen wirft er hinaus.

Charly geht durch die Innenstadt zu Fuß nach Hause. Der Wirt hat ihn daran erinnert, daß einer, der was hat, die anderen hinausschmeißen kann. Es ist ihm die Lust vergangen, in den Prater zu gehen und einen Teil seines Geldes durchzubringen. Er kauft sich bei einem Automaten, der neben dem Eingang eines Großkaufhauses steht, ein Eis.

Jeder Gedanke an Elfi ist ihm lästig. Er kann sich nicht vorstellen, was er mit ihr reden soll. In den vergangenen Wochen hat es viel zu reden gegeben, über den Betrieb, über die Kollegen, über die geplante Rede. Tatsächlich, sie haben viel geredet, wenn er sich auch dann, wenn er mit seinen Gedanken nicht zurechtkam, sagte, er kann mit ihr nicht reden. »Darunter habe ich einen Strich gezogen.« Er sagt sich, das geht niemanden etwas an, er will mit niemandem darüber reden, schon gar nicht mit Elfi.

Er hat den Eindruck, anders zu gehen als sonst; er hält die Arme steif, anstatt sie mitschwingen zu lassen. An der Gewohnheit, mit einem Daumen ein Nasenloch zuzuhalten und den Rotz aus dem anderen Nasenloch auszublasen, hält er fest. Im Betrieb ist er davon abgegangen, nachdem einmal ein Kollege ausgerutscht ist. Hinter der Glastür eines Geschäftes stehen zwei Verkäuferinnen, und als er sie anblickt, schauen sie einander an und kichern. Er geht in das Geschäft, und die beiden Verkäuferinnen laufen hinter den Verkaufstisch. Er kauft eine teure Damenhandtasche.

Mit dem Paket unter dem Arm wird er noch unsicherer. Er hat das Gefühl, aus zwei Personen zu bestehen: Die erste Person hat einen Gegner; die zweite Person nimmt die Gestalt dieses Gegners an, um die erste zu provozieren. Als Charly bei der Haustür ankommt, hat er zwei Pakete unterm Arm. Im zweiten ist ein Seidenschal.

Elfi freut sich über die Geschenke. Sie fühlt sich verpflichtet, die Tasche mit einigen Gegenständen zu füllen, um ihre Brauchbarkeit zu demonstrieren. Charly lädt sie zum Essen ein: Wir müssen nachholen, was wir vor Tagen versäumt haben. Er hofft, sagt er, daß die kleinlichen Streitereien ein Ende haben. Sie soll sich doch statt eines grünen einmal einen blauen Lidschatten machen. In der Küche wären neue Vorhänge nicht schlecht. Elfi ist sprachlos. Er kommt herein, denkt sie, und möchte die Dinge regeln wie ein Testamentvollstrecker.

Im Restaurant erzählt er ihr vom neuen Arbeitsplatz, von den Krediten und von dem Autokauf. Sie sagt, sie hat so etwas geahnt, als sie das alte Auto nicht mehr vor dem Haus stehen sah. Er erwähnt, daß die Arbeitszeit um 6 Uhr früh beginnt und daß er viele Überstunden machen wird. Sie sagt, es gibt viele Betriebe, in denen um 6 Uhr früh begonnen wird. »Ich habe neulich gelesen, daß der Lebensstandard vieler Arbeiter auf Überstunden aufgebaut ist.«

Charly möchte Elfi anfauchen. Aber es bietet sich kein Anlaß. Er empfiehlt ihr, zur gebackenen Leber nicht nur Reis, sondern auch Salat zu nehmen. Sie will keinen Salat. Er sagt, das ist dumm von ihr. Sie sei ohnehin so blaß. Wenn er wüßte, wie sehr sie sich zusammennehmen muß, um gegen einen drohenden Schwindelanfall anzukämpfen. Der kalte Schweiß steht ihr auf dem Körper. Nach einem Glas Apfelsaft ist es besser. Er ärgert sich, daß sie keinen Wein mit ihm trinkt.

– Es ist falsch gewesen, mit Elfi essen zu gehen. Ich hätte allein ausgehen sollen. Jetzt, wo ich endlich Geld in der Tasche habe, hätte ich mir wenigstens für heute eine andere Frau suchen sollen. Andererseits ist es nicht schlecht, mit Elfi hier zu sitzen, denn ich muß versuchen, mit ihr ins Reine zu kommen.

Was er sich darunter vorstellt, weiß er nicht. Er hat nicht damit gerechnet, daß Elfi sich weder über den Kredit, noch über den frühen Arbeitsbeginn, noch über die Überstunden, die er zu machen haben wird, aufregt.

Wenn er etwas sagt, greift sie es auf, damit das Gespräch nicht abreißt. Das Problem, das sie beschäftigt, zerlegt sie in zwei Teile. Der eine Teil ist, daß sie es richtig findet, daß sowohl sie als auch Charly tun und lassen können, was sie wollen.

Ganz gleich wie er dreinschaut, sie versucht ihn freundlich anzuschauen.

Der andere Teil ist, daß sie es nicht richtig findet, darüber, was sie tun und lassen, nicht zu reden. Dieser Vorwurf, denkt sie, trifft auch mich. Sie weiß, daß das Nichtreden von ihr und Charly nicht Absicht ist, sondern Unfähigkeit. Sie weiß es seit mehreren Tagen. Sie wußte vorher von dieser Unfähigkeit nichts. Sie fiel ihr erst auf, als sie anfing, sie zu überwinden.

Aus der Erfahrung dieser Tage schließt sie, daß man miteinander nur reden kann, wenn man auch über sich reden kann; daß man über sich nur reden kann, wenn man auch über die Lage, in der man ist, zu reden versteht. Durch die Gespräche über den Betrieb und über das Geschäft, in dem sie arbeitet, sah sie sich in einem Zusammenhang, den sie »größeren Zusammenhang« nannte. Seitdem sieht sie auch einen Zusammenhang zwischen sich und Charly.

Sie war dadurch nicht glücklicher, aber sicherer. Sie glaubte, das Charly zu verdanken. Von seinem Problem, sich über seine Lage klar zu werden und darüber zu reden, wußte sie nichts.

Sie weiß aber, daß die Unfähigkeit zu reden, die er jetzt an den Tag legt und mit der er sie ansteckt, ein Rückfall ist. Und sie glaubt zu wissen, daß er diesen Rückfall absichtlich herbeiführt.

Was er daherredet, kennt sie. Sie antwortet auf eine Frage von ihm: Ich weiß nicht (wie das Kind ihres ersten Mannes mit Vornamen heißt). Sie kennt das nicht von ihm, sondern von anderen Männern: dieses Wiederkäuen von Illusionen; diese Träume vom Glück, die von den Kapitalisten verkauft werden. Sie erschrickt, als sie merkt, daß sie das zu sich sagt und zu Charly nicht sagen kann. Er ärgert sich, daß ihm die Rechnung, die der Ober bringt, zu hoch vorkommt.

## 15

Am Montag, dem ersten Tag am neuen Arbeitsplatz, vereinbart Charly, daß er in dieser Woche jeden Tag bis 18 Uhr arbeitet. Den Samstag und Sonntag will er frei haben. Der Angestellte im Lohnbüro tut zwar, als hätte er Bedenken, sagt aber, ihm ist es recht. Für die Überstundeneinteilung ist hier nicht nur der Meister, sondern auch ein Angestellter des Lohnbüros zuständig, der zugleich die Personalangelegenheiten über hat. Der Angestellte fügt hinzu, daß Charly mit dieser Überstundenleistung auf knapp 7000 Schilling netto im Monat kommt. Charly möge bedenken, daß davon 3000 Schilling an Kreditrückzahlung einbehalten werden.

Charly spricht von einem Irrtum: Mit einem Stundenlohn von 35 Schilling und mit 20 Überstunden in der Woche komme ich auf 10.000 Schilling, mit Zulagen auf mehr. Da müßten doch ungefähr 9000 Schilling überbleiben. Der Angestellte ersucht Charly, ihn nicht bei der Arbeit aufzuhalten: Sie haben mit dem Chef selbst einen Stundenlohn von 30 Schilling vereinbart, was ohnedies die obere Grenze für einen Hilfsarbeiter ist; Zulagen gibt es nicht, nur Prämien, und die schwanken je nach der Leistung der einzelnen Arbeitsgruppen. Charly will den Chef sprechen. Das ist nicht möglich, sagt der Angestellte, und außerdem zwecklos; der Chef ist noch immer wütend, weil Sie am Freitag bei ihm eingedrungen sind.

Es ist für Charly schwer, Kontakt zu den Kollegen zu finden. Er möchte jemandem sagen, wie man ihn hineinzulegen versucht, und daß er sich das nicht gefallen lassen wird.

Die ersten zehn Werkstücke, die er zu bearbeiten hat, liegen bereit. Das ist ein Entgegenkommen, weil er zum erstenmal hier ist. Die anderen Werkstücke muß er selbst zur Maschine bringen.

Ein Teil der Kollegen rennt immer herum. Es scheint keine Arbeitsvorbereitung oder sonstige Arbeitsorganisation zu geben. Jeder Kollege in der Gruppe, der Charly zugeteilt ist, hat nur die eine Sorge, daß die anderen Kollegen das, was sie zum Weiterarbeiten brauchen, möglichst bald irgendwo in der Halle oder auf dem Werksgelände finden. Zeitverluste, die durch das Suchen nach Werkzeug und Werkstücken auftreten, wirken sich auf die Prämie aus.

Am Montag abend holt Charly sein Auto ab. Am nächsten Tag fährt er damit zur Arbeit. Er kann nun eine Stunde länger schlafen.

Ständig hört man irgendwelche Namen. Wenn ein Kollege etwas sucht und dabei von einem Kollegen, der weiter entfernt arbeitet, Hilfe erhofft, geht er selbstverständlich nicht den ganzen Weg bis zu diesem Kollegen, sondern ruft ihm zu. Ein Name kommt Charly bekannt vor. Nachdem er ihn einige Male gehört hat und herausgefunden hat, wer diesen Namen trägt, spricht er den Kollegen an. Er fragt ihn, ob er mit einem Mann verwandt ist, der hier einmal arbeitete und später in einer Zündmaschinenfabrik Betriebsrat war. Der Kollege nickt. Er sagt, das ist mein Bruder, und wendet sich wieder der Arbeit zu. Charly wird von den Kollegen aus seiner Gruppe zur Arbeit gerufen.

In der Pause fragt Charly den Kollegen, ob er die Adresse seines Bruders weiß. Der Kollege sagt ihm die Telefonnummer. Charly schreibt sie auf. Dann bedankt er sich zweimal. Der Kollege scheint taub zu sein. Charly fragt ihn, ob er etwas gegen seinen Bruder hat. Was soll ich gegen ihn haben, fragt der Kollege zurück. Er beißt in sein Brot und sagt, wer so lange hier arbeitet wie ich, der hat gegen jeden etwas. Aber es wird nicht mehr lang dauern, dann bin ich mit meinem Haus fertig, und dann gehe ich von hier weg.

Charly erzählt seinen Kollegen davon, und es gelingt ihm endlich, mit ihnen ins Gespräch zu kommen. Er erfährt, daß fast alle Kollegen in diesem Betrieb durch Firmenkredite oder andere Kredite, für die die Firma bürgt, verschuldet sind. Wer sich darauf einläßt, sagen sie, kommt nicht so schnell heraus. Jeder hat sich anfangs vorgenommen, nur einen Kredit zu nehmen. Aber wenn man etwas gekauft hat, entstehen dadurch sofort wieder neue Kosten, und das geht immer so weiter.

Ihm ist nicht klar, sagt Charly, warum der Chef das macht. Ihnen ist das längst klar. Die Kollegen erklären ihm, daß der Chef der Konkurrenz überlegen ist, weil er die Termine genau einhält. Die Termine kann er einhalten durch die irrsinnigen Überstundenleistungen. Um die Arbeiter dazu zu bekommen, verleitet er sie vorher zum Schuldenmachen. Ein normaler Mensch würde hier nicht arbeiten. Charly soll gar nicht erst beginnen, ihnen die Ohren vollzujammern über die Zustände in diesem Betrieb. Ihm ist es noch möglich wegzugehen, und er soll es besser heute als morgen tun. Charly sagt ihnen, daß es ihm nicht mehr möglich ist.

Am Freitag kommt er um 19 Uhr nach Haus. Elfi liegt auf der Couch. Er geht auf Zehenspitzen, um sie nicht zu wecken. Auf dem Teppich liegt eine offene Tablettenschachtel. Charly hebt sie auf. Er will sehen, was für Tabletten es sind. Er kennt Elfis verschiedene Tabletten so weit, um daraus schließen zu können, was ihr fehlt. Sie hat in der letzten Zeit keine Tabletten genommen.

Es sind Schlaftabletten. Er macht sich Vorwürfe: Wenn ich um 1/2 5 aufstehe, wird sie munter und kann nicht mehr einschlafen; nun ist sie so erschöpft, daß sie mit Hilfe von Tabletten den Schlaf nachholen muß. Er macht auch ihr Vorwürfe: Ich bin jeden Abend um 9 ins Bett gegangen, weil ich todmüde war; sie hätte das auch tun sollen.

Die Tablettenschachtel ist leer. Er rüttelt Elfi. Dann umfaßt er ihr Handgelenk, um den Puls zu fühlen. Er horcht, ob ihr Herz klopft. Er merkt keinen Pulsschlag und hört das Herz nicht klopfen. Vielleicht bin ich zu ungeschickt. Er verständigt die Rettung. Der Sanitäter erlaubt ihm, sich im Rettungswagen neben die Tragbahre zu setzen. Charly fragt ihn, wie es um Elfi steht. Sie ist noch am Leben, erhält er zur Antwort.

Nach zweistündigem Warten auf dem Gang des Krankenhauses sagt ihm eine Schwester, daß Elfi durchgekommen ist. Er fragt, was Elfi fehlt. Jetzt nichts mehr. Er fragt, was ihr gefehlt hat. Die Krankenschwester erkundigt sich, wer er ist. Er nennt seinen Namen. Sie will aber nicht wissen, wie er heißt, sondern in welchem Verhältnis er zu Elfi steht. Er denkt nach. Ich bin ihr Lebensgefährte. Selbstmordversuch mit einer Überdosis Schlafmitteln, sagt die Schwester; die Dosis hätte zweimal zum Sterben gereicht.

Charly erkundigt sich, wann Elfi aus dem Krankenhaus entlassen wird. Nicht vor drei Wochen, ist die Antwort; an sich könnte sie morgen oder übermorgen das Spital verlassen, aber nach einem Selbstmordversuch muß man in psychologische Behandlung. Psychologisch, sagt Charly zu sich, das ist das Wort, das mir vor zwei Wochen nicht eingefallen ist.

Vor Montag kann er sie nicht besuchen. Er soll aber morgen ihre Toilettesachen herbringen. Charly fährt mit der Straßenbahn nach Haus. Er ist erleichtert. »Wer hätte es für möglich gehalten, daß auch ich einmal Glück habe.«

Bevor er die Schuhe auszieht, sucht er alles zusammen, von dem er annimmt, daß Elfi es brauchen kann. Er gibt die Sachen in eine Reisetasche. Obenauf legt er die neue Handtasche und den Seidenschal. Er möchte wissen, wie viele Tabletten in der Schachtel waren. Er findet die Schachtel nirgends. Er kann sich das nur so erklären, daß die Sanitäter sie mitgenommen haben. Er sperrt die Wohnungstür ab und zieht die Schuhe aus. Vor dem Badezimmerspiegel spannt er seine Muskeln. Die Eierspeis brennt an. Er kratzt sie aus der Pfanne in den Abfallkübel. Auf das Butterbrot, das er schon gestrichen hat, legt er Wurst und Käse. Er stellt sich vor, wie es wäre, wenn er mit seinem Lohn auch noch Kinder zu versorgen hätte. Der Kollege, der auf der Betriebsversammlung gesagt hat, was er im Monat für seine Kinder braucht, hatte nie Butter auf dem Brot. Er stellt sich vor, wie das wäre, wenn er und Elfi Kinder hätten. Vielleicht ginge er dann jetzt nicht mit dem Brot in der Hand auf und ab, sondern würde bei Tisch sitzen und mit den Kindern reden. »Der Selbstmordversuch der Mutter, das wäre ein ideales Gesprächsthema.«

Charly bringt es nicht fertig, sich niederzusetzen. Er möchte mit jemandem reden. Er starrt auf den Fauteuil. Er kann sich nichts Schlimmeres vorstellen, als hier zu sitzen und zu räsonieren. Doch, er kann sich viele Dinge vorstellen, die schlimmer sind. Nach einer Flasche Bier merkt er, daß er müde ist. Man ist ein Arbeitstier, denkt er, man arbeitet bis zum Umfallen. Da kann passieren, was will, man fällt einfach um.

Nachdem er am Samstag vormittag die Reisetasche im Krankenhaus abgegeben hat, ruft er seinen früheren Kollegen, den kommunistischen Betriebsrat, an. Die Nummer hat er von dessen Bruder bekommen.

Der Kollege hat in der Zündmaschinenfabrik als Dreher gearbeitet und war dort Betriebsrat von der Fraktion der Gewerkschaftlichen Einheit. Charly war in die Kündigungsgeschichte des Kollegen verwickelt. Er erinnert sich aber nicht nur daran. Er hört noch, wie der Kollege in einem Streitgespräch über die Verhältnisse in den sozialistischen

Ländern sagte, er ist hier in Österreich Kommunist, hier kennt er die Verhältnisse aus eigener Erfahrung, und auf Grund dieser Erfahrung ist er Kommunist geworden und nicht auf Grund von Erzählungen über andere Länder.

Der Kollege erinnert sich sofort an Charly. Ich habe in der Zeitung von deiner Initiative gelesen. Ich weiß auch ungefähr, wie alles ausgegangen ist. Selbstverständlich, auch ich würde dich gern treffen. Es ist nur blöd, daß bei uns zu Haus gerade ein Durcheinander ist. Beide Kinder haben die Röteln. Charly schlägt ein Gasthaus als Treffpunkt vor. Er hört im Hintergrund die Stimme einer Frau. Der Kollege sagt, meine Frau meint, daß kein Durcheinander ist. Charly soll am Nachmittag kommen.

Er kocht mittags Kartoffeln und bratet einen Leberkäs. Mit seinem Auto ist er zufrieden. Nur die Kurvenlage ist schlecht. Er geht nicht gleich in das Haus, in dem der Kollege wohnt. Es ist noch früh. Charly kauft in einer Konditorei Schokolade für die Kinder.

An der Wohnungstür springt ihm ein Hund hinauf. Der Kollege erklärt Charly, warum die Küchentür nicht ganz aufgeht. Die Kühltruhe verstellt den Platz. Seine Frau versucht mit Hilfe der Kühltruhe, sich gegen die Teuerung zu helfen. Sie stellt die Kaffeemaschine auf.

Was sich bis zur Entlassung Charlys in der Zündmaschinenfabrik abgespielt hat, ist schnell erzählt. Der Kollege zeigt sich verständnisvoll, er ist dabei aber ein wenig mißtrauisch. Charly ist froh, daß der Kollege keine Fragen stellt und ihn nicht unterbricht. Als er von der Getriebefabrik erzählt, von den Krediten und vom Autokauf, wird der Kollege unruhig. Er fragt Charly, warum er nicht schon in der vorigen Woche angerufen hat. Charly erzählt, wie er zur Telefonnummer gekommen ist.

Die Kinder sitzen in Pyjamas im Wohnzimmer, essen die Schokolade, die Charly gebracht hat, und schauen sich im Fernsehen einen Kinderfilm an. Als die Frau sich an den Tisch setzt, findet Charly den Mut, von Elfis Selbstmordversuch zu erzählen. Sie fragt, was in letzter Zeit zwischen ihnen war, und nachdem sie es erfahren hat, sagt sie Charly auf den Kopf zu, daß er an dem Selbstmordversuch die Schuld trägt. Der Mann stimmt ihr zu.

Charly fragt, wie sie das sagen können. Weil wir ähnliche Situationen durchgemacht haben, antwortet die Frau.

Charly versteht das nicht. Der Kollege sagt, auf die Geschichte mit der Stempeluhr anspielend, er hat auch einmal geglaubt, als ihm alles zum Hals heraushing, er muß zuschlagen. Aber die Lage ist für die anderen Arbeiter nicht besser; sie wollen auch zuschlagen. Wenn einer etwas unternimmt, ohne sich abgesprochen zu haben, kann er nicht mit der Solidarität der anderen rechnen.

Ihre Freundin, sagt die Frau, hat sich mit Ihnen solidarisiert, und Sie haben sie hängen lassen. Sie haben sich in den Kopf gesetzt, allein etwas zu erreichen, und jetzt sitzen Sie im Dreck. Ihre Freundin hat besser erkannt als Sie, daß man als Arbeiter nur zusammen mit der Arbeiterklasse etwas erreichen kann.

Woher sie das weiß, fragt Charly. Aus Erfahrung, sagt die Frau. »Sie sind doch nicht viel älter als ich.« Ich bin viel mit Kollegen und Kolleginnen beisammen, sagt sie, da erfährt man viel. Wir treffen uns auf Versammlungen, bei Diskussionen, bei Veranstaltungen der Gewerkschaftlichen Einheit und der Partei.

Der Kollege ist über seine Frau ungehalten. Er sagt, Charly hat im Augenblick andere Sorgen. Nein, sagt sie. Charly findet, daß sie recht hat.

Ihm gefällt das Stück Holz, das an der Wand hängt und auf dem zwei Birken aufgemalt sind.

Sagen Sie, was Sie denken, sagt sie. Ich finde, daß Sie recht haben, sagt er; aber was Sie sagen, ist mir zu wenig. Ich bin keine Revolutionärin, antwortet sie. Wenn Sie ein Revolutionär werden wollen, habe ich nichts dagegen.

Der Kollege hat auf einem Zettel eine Rechnung aufgestellt. Ich kenne einen Autohändler, sagt er. Wenn er dir das Auto um 30.000 Schilling abnimmt und ein anderes um 10.000 gibt, hast du 20.000. 4000 müßtest du selbst aufbringen. Dann bleibt ein Rest von 15.000. So viel bekommst du als Kleinkredit von jeder Bank; wenn es sein muß, gehe ich als Bürge. Du kündigst am Montag und zahlst der Firma und dem Autohändler den Kredit zurück. Die 15.000 kannst du in einem Jahr zurückzahlen.

Charly nimmt den Bleistift und überprüft die Rechnung. Die Frau sagt, wichtiger ist es, daß ich mit dem Arzt im Krankenhaus rede. Wir müssen Elfi möglichst bald herausbekommen.

Der Kollege sagt, er arbeitet jetzt in einer Waggonfabrik.

Dort wird ein Dreher gesucht. Das Zeugnis vom Kurs würde vollauf genügen. Charly wäre eine Verstärkung. Er selbst kann sich nicht um alle Kollegen gleichzeitig kümmern. Er braucht einen Vertrauensmann.

Charly ist verlegen. Die Frau ermahnt ihren Mann, Charly nicht mit solchen Dingen zu belasten; er soll erst seine Angelegenheiten in Ordnung bringen. Charly sagt, er ist nicht in der Partei. Aber du bist bei der Gewerkschaft, sagt der Kollege.

– Du siehst die Dinge richtig. Das habe ich gleich bemerkt, als du in die Zündmaschinenfabrik gekommen bist. Das ist schon viel. Aber du hast für das, was du erkennst, nicht die richtigen Wörter. Die richtigen Wörter kann man sich leicht aneignen; den richtigen Blick bekommt man nicht so leicht.

Am frühen Morgen des Sonntags träumt Charly, daß Elfi neben ihm liegt. Er erwacht und kann nicht mehr einschlafen. An arbeitsfreien Tagen schaut er nach dem Wetter, ehe er aufs Klosett geht.

Er fährt mit dem Auto ins Überschwemmungsgebiet am Donauufer. Er nimmt das Buch mit, das ihm der Kollege geliehen hat.

Im Überschwemmungsgebiet geht er deshalb so gern herum, weil es ihm den Eindruck einer großen Ebene vermittelt. Nur wenn der Wind geht, hat er das Gefühl, daß der Spaziergang wirklich ein Spaziergang ist. Er versucht einige Male, eine Zigarette anzuzünden. Jedesmal bläst der Wind das Zündholz aus. Er kauert sich zusammen, um zum Anzünden einen Windschatten zu haben. Er setzt sich ins Gras und raucht. Der Boden ist warm. Das Buch heißt »Handbuch für Arbeiter und Angestellte«. Er liest:

Aus den unmittelbaren Lebensbedingungen heraus entwickelt der Großteil der Industriearbeiter ein spontanes Klassenverhalten und einen »Klasseninstinkt«. So weiß jeder Arbeiter unabhängig von seiner politischen Einstellung, daß man gegenüber dem »Kalkulator« die Reserven nicht offenlegt, oder daß man sich gegen Akkordkürzungen zur Wehr setzen muß, wobei es darauf ankommt, zusammenzuhalten. Komplizierter wird es, wenn es darauf ankommt, z.B. sogenannte Beteiligungspläne der Unternehmer zu durchschauen und dagegen die richtigen Argumente zu finden; noch komplizierter bei vielen politischen und ideologischen Fragen. Instinktiv erfassen viele Kollegen, wer zur eigenen Klasse gehört und wer nicht, aber allein aus dem richtigen Instinkt heraus ist es nicht möglich, die richtigen Argumente zu finden.

Charly denkt nach, ob diese Sätze auf das hinauslaufen, was der Kollege zu ihm gesagt hat. Er hat das Holzbild mit den beiden Birken vor Augen. Er wird ein Bild ins Zimmer hängen, bevor Elfi nach Hause kommt. Er kann sich allerdings nicht vorstellen, was das für ein Bild sein soll. Eine Fotografie wäre besser. Er kann sich vorstellen, was auf der Fotografie zu sehen sein soll. Das kommt wahrscheinlich auch billiger. Er wird sich erkundigen, ob und wo es so etwas zu kaufen gibt.

»Wenn der Kollege es nicht weiß, wird er jemanden wissen, an den ich mich wenden kann.«

Er liest im Stichwortverzeichnis das Wort »Sozialpartnerschaft« und sagt, wenn ich das nur höre. Er schaut, was ihn am Bein sticht. Es ist eine ausgetrocknete Distel. Er bricht einen Grashalm ab, steckt ihn zwischen die Zähne und zerbeißt ihn. Er zielt mit dem Mund auf seinen Schuh und spuckt Stück für Stück aus.

# HARRY
## CHARLY TRAKTORS SOHN

Ich gebe Ihnen einen Rat: Schreiben Sie dieses Buch nicht.

Das ist keine Art, jemanden zu begrüßen, ich weiß. Aber wenn ich es nicht gleich sage, finde ich dazu vielleicht keine Gelegenheit mehr, heute abend. Denn Sie – wenn Sie erst einmal loslegen! Und es könnten Wochen vergehen, bis sich wieder eine Gelegenheit ergibt.

Passen Sie auf, Ihre Jacke. Ich würde Sie nicht über den Sessel hängen, der Boden ist frisch geölt. Geben Sie her, dort ist ein Haken.

Gemütlich finden Sie es hier?

Ich nicht. Nein, da haben Sie mich falsch verstanden, das ist nicht mein Stammlokal. Wie kommen Sie darauf? Ein Vorstadtgasthaus, eines von vielen im 10. Bezirk, laut, stinkend, und besonders laut, wie Sie hören, am Samstag abend. Diese alten Männer. Sie überschreien einander, als könnten sie ihren Geruch übertönen. Den Uringeruch. Und am Schanktisch die jungen Alkoholiker. Sie saufen sich lieber jetzt schon kaputt.

Ich weiß, Sie haben Verständnis für diese Leute. Weil Sie nicht zu ihnen gehören. Aber ich gehöre zu diesen Menschen, und deshalb habe ich kein Verständnis für sie. Ich gehe hierher, weil man hier gut und billig ißt. Aus keinem anderen Grund.

Ach, wegen der halben Stunde. Ich bin es gewohnt, daß Sie zu spät kommen.

Nein, das ist kein Vorwurf, das ist eine Feststellung, ein Vorwurf wäre fehl am Platz. Sie sind es schließlich, der nie Zeit hat. Und außerdem, es ist kurzweilig, auf Sie zu warten. Sich vorzustellen, daß Sie vom Schreibtisch nicht wegkönnen, weil Sie einen Einfall haben. Vielleicht sogar einen brauchbaren. Oder daß eine wichtige Besprechung Sie aufhält.

Ich kenne auch niemanden außer Ihnen, der Besprechungen hat. Sie schauen mich ungläubig an. Vom Sehen kenne ich solche Leute, aber nicht persönlich. Vom Sehen natürlich, ich habe schon in vielen Betrieben gearbeitet. Dort sitzen ein paar bei Besprechungen und arbeiten nie, die andern arbeiten immer und gehen nie zu sowas. Bei Ihnen ist das anders, ich weiß, Sie arbeiten in keinem Betrieb.

Sie finden, daß ich heute anders bin als sonst? Spitz und aggressiv? Das finde ich auch. Aber keine Sorge, ich will Sie nicht vertreiben. Schließlich habe ich Sie hierhergebeten.

Ob Sie jetzt hier sitzen?

Ich verstehe Ihre Frage nicht. Ach so. Weil ich behauptet habe, Sie hätten nie Zeit.

Bitte, wenn Sie unbedingt darüber reden wollen.

Das ist eben mein Eindruck: Als Schriftsteller können Sie frei über Ihre Zeit verfügen. Einerseits. Andererseits haben Sie keine Zeit. Also verfügen Sie über gar nichts.

Im Ernst. Das ist keine Übertreibung. Immerhin beobachte ich Sie schon lang genug. Doch. Das ist das richtige Wort. Beobachten.

Und das Ergebnis? Die Ergebnisse wollen Sie wissen? Ein paar habe ich schon genannt. Daß Sie das Buch über mich nicht schreiben sollen. Daß Sie keine Zeit haben. War noch etwas? Wie bitte?

*Meine* Zeit?

Keine schlechte Frage. Ich habe viel Zeit. Völlig unabhängig, ob ich arbeite, wie gerade in dieser Woche, ob ich im Krankenstand bin oder arbeitslos. Sicher, Sie haben recht, das Zeithaben ist eine Sache der Fakten. Aber auch eine des Gefühls. Würde ich sechzehn Stunden arbeiten und acht Stunden schlafen, dann hätte ich nicht das Gefühl, viel Zeit zu haben. Nach acht Stunden Arbeit aber ist das Loch bis zum nächsten Arbeitsbeginn groß genug. Da kann dieses Gefühl sich ausbreiten. Ein blödes Gefühl.

Nein, seien Sie mir nicht böse, darüber möchte ich jetzt nicht sprechen. Auch nicht über die Zeit. Wir haben uns lang genug damit aufgehalten. Außerdem sagte ich schon: Es macht mir nichts aus, daß Sie eine halbe Stunde zu spät gekommen sind.

Endlich bringt er den Wein. Mein Mund ist schon ganz trocken vom Reden. He, Wirt, die Speisekarte können Sie ruhig hierlassen. Wir suchen später was aus. Also Prost. Schmeckt er Ihnen? Nein?

Der Rotwein ist hier nicht zu trinken, glauben Sie mir. Und einmal einen Weißen, davon werden Sie nicht sterben.

Und davon auch nicht, auch wenn das Sie betrifft, das alles hier. Könnten Sie Ihre Tabakdose einstecken? Besser, ich lege gleich den ganzen Packen Papier auf den Tisch, so finde ich leichter, was ich brauche. Sie haben recht: Das sind meine Beobachtungen. Nein, nicht die, die ich gemacht habe, nur die niedergeschriebenen. Und hier ist der Anfang.

Sie erinnern sich. Vor einem Jahr, fast auf den Tag genau. Am 8. Dezember war es. Wir gehen aus dem Spital. Ich frage Sie, ob Sie mich im Auto ein Stück mitnehmen. Sie nicken. Und hören nicht mehr damit auf. Wir überqueren die Straße, erreichen den Gehsteig. Ich kann das nicht mehr mitansehen, mache ein paar schnelle Schritte und gehe vor Ihnen her.

Was steht hier noch? Schnee.

Sie müssen wissen, ich habe nur einzelne Wörter aufgeschrieben damals, weil ich keine Übung im Schreiben hatte.

Schnee.

Sie erinnern sich. Es war ein früher und strenger Winter, und es muß morgens gewesen sein, als er über Wien hereinbrach. In der Nacht ging ich noch auf trockenen Straßen nach Haus. Der Schnee war am Unfall also nicht beteiligt.

Dann, am Tag danach, lag er einen halben Meter hoch, jedenfalls links und rechts vom Gehsteig. Der war freigeschaufelt, nicht ganz, aber doch so, daß wir nebeneinander Platz gehabt hätten. Ich gehe, wie gesagt, vor Ihnen her.

Wohin? Ich hatte keine Ahnung, wo das Auto stand. Egal. Irgendwann wird er mit dem Kopfnicken aufhören, und ich werde neben ihm gehen. Oder er wird mir sagen, wenn ich die falsche Richtung nehme.

Wie meinen Sie? Warum ich erst mittags im Spital aufgetaucht bin? Und nicht gleich nach dem Unfall oder wenigstens in der Früh?

Weil ich geschlafen habe. Ein Schlaf, sag ich Ihnen, wie eine Ohnmacht. Bei meinen Eltern. Ich bin nicht zu ihnen gegangen, ich bin dort gelandet.

Vorläufig nenne ich sie noch so: Eltern. Weil ich es Ihnen gegenüber immer so gehalten habe. Warum, darauf komme ich noch.

Wie Sie wissen, passierte der Unfall in der Nacht. Das Auto flog aus der Kurve, und ich lag auf dem Boden. Vielleicht war ich eine Zeitlang bewußtlos.

Ich merke, wo ich bin, im Gras, im Dreck, ich schaue mich an, zerrissen, zerkratzt, ich schaue mich um – das gibt's nicht, kein Auto hier, es kann doch nicht verschwunden sein.

Am übernächsten Tag bin ich deswegen zum Unfallsort gegangen. Ich habe es gesehen, hinter der Böschung, an einem eisernen Mast ist es auseinandergebrochen.

In der Unfallsnacht, ich schaue mich also um, sehe nichts, denke mir, er wird doch nicht ohne mich weitergefahren sein. Den ganzen Abend, die halbe Nacht haben wir die wildesten Fahrten unternommen, unzählige Kilometer auf kurvenreichen Straßen außerhalb der Stadt, denke ich mir, er kann mich doch nicht auf der Rückfahrt sitzenlassen, mitten in der Stadt, und das letzte Stück ohne mich fahren.

Ich gehe ein paar Schritte, da finde ich ihn.

Komm, steh auf, das Auto ist weg, wir müssen zu Fuß weiter.

Andreas sagt, ich kann nicht, meine Füße.

Sind sie gebrochen?

Nein, ich spüre sie nicht.

Gut, sag ich, dann trage ich dich.

Als ich ihn aufheben will, schieben mich zwei Männer zur Seite: Ich soll ins Rettungsauto steigen. Sie legen Andreas auf die Tragbahre, ich warte, bis sie mir den Rücken zukehren, dann laufe ich weg, laufe, so schnell ich kann, spüre Schmerzen, in den Rippen, in der Schulter, außerdem kann ich den Kopf nicht drehen. Deshalb schaue ich mich auch nicht um, als ich eine Polizeisirene höre. Aha, die wollen mich einfangen und ins Rettungsauto stecken. Ich versuche, schneller zu laufen, solche Angst habe ich vor dem Spital, aber ich kann nicht, die Schmerzen, ich werde langsamer, ich gehe nur noch, immer langsamer, wie angenehm, ich brauche nur langsamer zu werden, und die Schmerzen lassen nach.

Die Angst, sie ist ein korruptes Gefühl – ist Ihnen das schon aufgefallen? Man sagt, daß man sich vor etwas ängstigt, und vor lauter Angst verschweigt man, wovor man sich wirklich fürchtet. Ich habe vor den Ärzten Angst und nicht vor dem Spital. Wenn ihnen schon Andreas in die Hände gefallen ist, darf wenigstens ich nicht gefaßt werden. Jemand muß ihm doch helfen, ihn schützen vor den Ärzten, dachte ich mir damals.

Gestern, als ich Andreas besuchte, war Dr. Tsang bei ihm, der Chinese, er erzählte von einem westdeutschen Arzt, einem Freund, der, statt wie üblich Geschäftskünstler, ein Heilkünstler wurde, in Ulm, ein Heilkünstler wie Tsang. Es kann keine Woche her sein, Tsang hatte die Nachricht eben von der Frau des jungen Arztes erhalten. Wegen einer Kleinigkeit begab er sich ins Spital, Blinddarm, auch im Spital war niemand der Ansicht, daß es sich um mehr als um eine Kleinigkeit handelte. Nach drei Tagen war er tot. Ermordet, sagt Tsang. Ermordet, sagt auch die Frau aus Ulm. Was das Gericht sagen wird – mich interessiert das nicht. Bei jemandem wie mir würde ein Gericht gar nicht erst bemüht werden. Deshalb kein weiteres Wort über Ärzte.

Zurück zur Polizei. Man fing mich nicht ein und steckte mich nicht ins Rettungsauto. Ich bin ihnen entwischt, dachte ich, wie gut, daß ich trotz der Schmerzen gelaufen bin, wie gut, daß ich nicht aufgegeben habe. In Wirklichkeit wird es so gewesen sein, daß niemand sich auch nur im mindesten um mich gekümmert hatte. Die Rettungsmänner nicht und auch nicht die Polizisten.

Der Gedanke, ihnen entwischt zu sein, weil ich nicht aufgegeben hatte, beflügelte mich derart, daß ich weiterhastete, auch dann noch, als ich merkte, daß ich in die falsche Richtung unterwegs war. Auf dem richtigen Weg hätte ich bereits zu Haus sein müssen, in meinem Untermietzimmer im 10. Bezirk. So aber durchquerte ich das ganze Viertel, gelangte nach Meidling, stand schließlich vor dem Haus, in dem meine Eltern wohnen, den Schlüssel hatte ich bei mir, schlich in mein früheres Zimmer und fiel ins Bett. Jetzt wissen Sie, warum es Mittag wurde, bis ich mich im Spital nach Andreas erkundigte.

Da der Portier des Unfallkrankenhauses langmächtig in der Kartei blätterte, war ich mir sicher, ich würde von ihm eine Auskunft bekommen. Doch er schickte mich weiter, in den letzten Stock, zur Intensivstation.

Heute erscheint es mir unglaubhaft. Mir kam das Wort zwar bekannt vor, ich wußte aber nicht genau, was eine Intensivstation ist. Ich wollte mir darunter unbedingt etwas vorstellen, schließlich hielt Andreas sich dort auf. Und wo er sich aufhielt, was würde da schon sein. So schlimm konnte es ihn nicht erwischt haben. Er hatte normal mit mir geredet, nicht wie jemand, der unter Schmerzen leidet. Nach Stürzen bei Motocross-Rennen war er ärger zugerichtet, Sie wissen es. Er hat nur gesagt, daß er die Beine nicht spürt. Deshalb dachte ich mir, intensiv, das ist sicher gut, sie werden ihn rasch zusammengeflickt haben. Vielleicht kann er mit mir nach Haus gehen.

Vor der Intensivstation ließ man mich gar nicht ausreden. Ich wurde gefragt, ob ich mit Andreas verwandt sei. Wie in einem Amt, du fragst was ganz Einfaches, und sie antworten mit einer unsinnigen Frage. Es war aber doch nicht wie in einem Amt. Ich erhielt weder Auskunft noch Einlaß.

Eines stand fest: daß ich das Spital nicht verlasse, ohne zu wissen, wie es Andreas geht. Weggehen kommt nicht in Frage. Den ganzen Weg zu Fuß, für nichts und wieder nichts, durch den verdammten Schnee. Vielleicht verirrt sich doch noch ein Schneepflug in diese Gegend, vielleicht fährt später doch wieder eine Straßenbahn, dachte ich, als ich auf der Bank vor der Intensivstation saß. Und wer weiß, woran ich noch gedacht hätte, um mich abzulenken von meiner Besorgnis.

Doch nun kamen Sie, das erleichterte mich. Wie ein Verrückter stürmten Sie in die Intensivstation. Sofort wurden Sie abgefangen. Sie nannten Ihren Namen. Man schob Sie zurück. Sie nannten noch einmal Ihren Namen und setzten ein »Doktor« voran. Höflich und beschwichtigend redete man auf Sie ein.

Einen Augenblick, das muß ich mir notieren:

Doktor. Meine Meinung dazu werde ich Ihnen ein anderes Mal sagen.

So wie Sie gekommen waren, gingen Sie auf dem Gang hin und her, wie ein Verrückter. Nun war es keine Erleichterung mehr, Sie hier zu sehen. Ich stand von der Bank auf und ging ebenfalls hin und her, kreuzte sogar Ihren Weg, doch das war sinnlos. Sie nahmen überhaupt nichts wahr, auch mich nicht. Also sprach ich Sie an.

Ob Sie schon etwas wissen.

Und daß ich dabei war beim Unfall. Dabei? fragten Sie. Im Auto?

Sie schauten mich fassungslos an.

Später erst verstand ich: Einer, der dabei gewesen ist – und nun steht er unversehrt hier.

Sie durften eintreten, ich setzte mich wieder auf die Bank. Als Sie herauskamen, weinten Sie. Da traute ich mich nicht zu fragen. Weint er, dachte ich mir, weil sein Sohn einen Unfall gehabt hat, oder weint er, weil es so schrecklich ist, was er erfahren hat. Verhext dieses Spital, wieder eine Frage mehr und wieder eine Antwort weniger.

Als die Lifttür sich öffnete, stiegen Sie nicht ein, Sie gingen die Stufen hinunter, aber nur ein paar, blieben stehen, starrten nach oben, durch mich hindurch, ich glaubte schon, Sie würden wieder zurückgehen. Während ich Ihnen folgte, Stockwerk für Stockwerk nach unten, und es nicht wagte, Sie anzusprechen, bekam ich eine Wut auf Sie. Vor dem Spital endlich warteten Sie auf mich.

Er ist gelähmt.

Gelähmt, dachte ich, was heißt das. Gelähmt und Andreas, das kann nichts miteinander zu tun haben. Ich kenne ihn doch.

So unrecht hatte ich gar nicht.

Erst als wir durch den Schnee wateten, in der Kälte, ging es mir in den Kopf. Im Auto wurden Sie mitteilsamer. Ein Wirbel gebrochen, Querschnittslähmung, ein Brustwirbel, zum Glück kann er die Arme bewegen. Haben Sie mit ihm geredet? Ist er bei Bewußtsein?

Sie starteten den Motor, und wir dürften gleichzeitig bemerkt haben, daß Schnee auf der Scheibe lag, jedenfalls stiegen wir gleichzeitig aus. Ich wollte auf meiner Seite den Schnee mit den Händen wegwischen, doch er war angefroren. Sie taten sich leichter, Sie hatten einen Schaber. Da ich mich nicht nützlich machen konnte – Ihnen bei der Arbeit nur zusehen, das wollte ich nicht –, las ich den Firmennamen, der in großen Buchstaben auf den Schiern stand, auf dem Dach des Autos. Ein entsetzlicher Gedanke: Nicht gehen können.

Unvorstellbar. Aber gelähmt sein – ist das nicht noch schlimmer als nicht gehen können?

Während der Fahrt wiederholte ich meine Fragen.

Ob er etwas gesagt hat. Ob Sie mit ihm geredet haben.

Sie seien in der Steiermark gewesen, Schi fahren. In der Früh habe das Spital Sie telephonisch verständigt.

Ob Sie mit ihm geredet haben! Ja. Und schon versagte Ihre Stimme. Nun wußte ich es. Und schämte mich, Sie so gedrängt zu haben, und bat Sie, mich aussteigen zu lassen.

Ich hatte es geahnt: Andreas will so nicht leben.

Sie fragten nach meinem Namen. Harry, sagte ich.

Da Sie mich mit Du ansprachen, nannte ich nur den Vornamen.

So haben wir uns kennengelernt.

Ich kannte Sie freilich schon seit Jahren.

Wieso erschreckt Sie das? Ach so, es wundert Sie nur.

Ja. Seit Jahren. Warum ich Ihnen das verschwiegen habe? So kann man es auch nennen, verschweigen. Ich habe es nie so genannt. Ich habe Ihnen einiges, ja, einiges! nicht erzählt. Aus gutem Grund. Nicht um Ihnen etwas zu verschweigen, sondern um mich vor Ihnen zu schützen.

Ja, das habe ich behauptet: aus gutem Grund. Sie brauchen es nicht zu wiederholen, ich bestreite es nicht. Ich bestreite nur, daß jetzt der richtige Zeitpunkt ist, Ihnen meinen guten Grund zu nennen. Ihre Ungeduld hält uns mehr auf, als sie uns weiterbringt.

Wir sind noch immer im Dezember 81. Die Tage nach dem Unfall.

Ich habe mir notiert: Die Knie zittern.

Nein, tut mir leid, diese Notiz gehört noch zu dem Tag, an dem wir uns im Spital begegnet sind.

Am Tag danach, oder war es der übernächste, jedenfalls in den Tagen danach habe ich mir notiert: Die Seele zittert.

Wie einfach sich das anhört. Aber schauen Sie, hier, alle diese Notizen, die ich durchgestrichen habe. Sie haben sich nicht als zutreffend erwiesen, doch sie gehören dazu. Zuerst: Das Herzflattern. Ich führte es auf die Aufregung zurück. Dann: Das Stechen in der Lunge. Die Furcht vor einer schweren Krankheit, die nach dem Herz nun auch die Lunge erfassen würde, hielt mich die ganze Nacht wach.

Nach wenigen Stunden Schlaf am Vormittag fühlte ich mich wieder intakt, auch dann noch, als beim Zubereiten des Frühstücks die Dinge vor meinen Augen verschwammen. Ohne Panik tastete ich mich rückwärts zu einem Sessel, schloß die Augen und erklärte mir die Reaktionen des Körpers als Unfallsfolge. Die abgeschürfte Haut war noch nicht verkrustet, von den blauen Flecken begannen erst einige, sich ins Grüne zu verfärben, die Rippenprellungen machten mir zu schaffen.

Ich öffnete die Augen, um eine Notiz zu machen. Aber welche? Ein kleines Flackern in den Augenwinkeln war zum Glück noch vorhanden. Ich notierte: Die Augen zittern.

Die Augen, nein, da war mehr. Ich konnte nicht, wie ich das vorhatte, meine Notizen in Ruhe prüfen, ich konnte das Stück, das ich vom Brot abgebrochen hatte, nicht in Ruhe essen, der Aufruhr in mir hatte keineswegs nachgelassen, er hatte sich verteilt, war nicht lokalisierbar, und ich empfand ihn auch nicht mehr als Folge der Verletzungen. Als wäre das die letzte Möglichkeit, etwas aufzuschreiben, notierte ich hastig: Die Seele zittert. In der Eile ist mir nichts Besseres eingefallen.

Ich war in diesen Tagen völlig auf Sie angewiesen, ich durfte ja nicht in die Intensivstation. Doch alles, was ich von Ihnen erfuhr, war nichtssagend.

Mich interessierte nicht, wie es Andreas ging, wie sein Zustand war. Genauer: Es gab nichts, das mich mehr interessierte. Nur wollte ich es nicht mit Ihren Worten hören. Ich hätte es auch nicht mit den Worten eines Arztes hören wollen. Sondern von Andreas. Damit hätte ich etwas anfangen können.

Deshalb bat ich Sie, mir mitzuteilen, was er gesagt hatte. Sie taten es in Ihrer Sprache. Sie konnten nicht anders. Seitdem weiß ich, daß Sie eine andere Sprache sprechen als Ihr Sohn. Niemand spricht die gleiche Sprache wie der andere, ich weiß. Aber nicht jede Sprache ist grundverschieden von der anderen.

Nie zuvor war ich derart hilflos gewesen. Ein Freund wird aus dem Verkehr gezogen. Die Mauern zwischen ihm und mir sind höher als Spitalsmauern sein können.

Diese Frage kann nur von Ihnen kommen. Selbstverständlich ist mir klar, daß jemand mit einer so schweren Verletzung ins Spital muß. Darum geht es nicht.

Ich saß daheim, redete mit mir statt mit ihm und wußte nicht, was er dachte.

Wie kann man erahnen, was jemand in einer solchen Situation denkt. Und dennoch mußte ich immer wieder versuchen, mir vorzustellen, was sich in seinem Kopf abspielte. In dem hinten abrasierten Kopf, wie Sie mir geschildert haben, mit der genähten Platzwunde. Dabei kam ich nicht weit.

Er spürt die Beine nicht, daraus schließt er, daß sie gelähmt sind. Die Ärzte werden sagen, sie wissen nicht, wie sich das entwickeln wird. Sie werden ihm verschweigen, was sie Ihnen gesagt haben: Daß es vielleicht eine kleine Hoffnung gibt. Daß es wahrscheinlich keine Hoffnung gibt.

Regungslos liegt er im Drehbett, Tag und Nacht, einmal den Kopf nach unten, einmal nach oben, und denkt an die Möglichkeit, wie es sein wird, wenn sich nichts entwickeln sollte. Nie wieder gehen. Was er sich dazu denkt, hat er Ihnen schon am ersten Tag gesagt, noch halb in Ohnmacht: Nein. Würde er mir etwas anderes sagen? Sicher nicht. Und doch wäre es nicht dasselbe. Er hätte es mir gesagt, ich hätte ihn verstanden, im Unterschied zu Ihnen, und er müßte es fortan nicht immer nur sich selbst sagen. Immer denselben Gedanken.

Was heißt Gedanke. Damit rechnen müssen, mit achtzehn Jahren, nie wieder gehen zu können. Allenfalls der Anfang eines Gedankens ist das. Einen Schritt weiter, und das Leben stürzt zusammen. Wie soll er das allein aushalten.

Doch ich konnte nichts tun. Und bald verlor ich den Mut, mir das Grauen seiner Lage vorzustellen. Ein Abklatsch konnte das nur sein.

So verfiel ich auf Sie. Auf Ihre Sprache. Die nicht die Ihres Sohnes ist, und nicht meine. Doch vertraut ist sie mir inzwischen geworden, ich gebe es zu.

Und mich begann zu interessieren, was mir bislang gleichgültig war.

Wie, fragte ich mich, ist mein Vater mit Ihnen zurechtgekommen?

Sie haben richtig gehört: mein Vater. Ach, nun geht das Fragen wieder los. Sie haben, zehn Jahre ist es her, ein Buch über meinen Vater geschrieben.

Ich sehe, Sie nehmen mir diese Formulierung nicht übel. Sie lassen sie einem Laien durchgehen. Aber ich bin kein Laie mehr. Seit ich selbst schreibe, weiß ich, daß ein Schriftsteller nie *über* etwas schreibt.

Warum fragen Sie, ich habe es eben gesagt: Ich schreibe, seit gut einem halben Jahr. Ihnen das zu verschweigen, wie Sie sich ausdrücken, war selbstverständlich, ich habe es allen verschwiegen, auch Andreas, auch den anderen Freunden, nur Evi nicht. Sie hat alles gelesen, diese Notizen und die gesamten Aufzeichnungen hier.

Doch Evi ist tot, man hat sie erschlagen. Seitdem gibt es niemanden, der liest, was ich schreibe. Ja, erschlagen, warum sollte ich davon abgehen? Das ist kein Verdacht, das ist Gewißheit. Gedungene Mörder haben es getan. Ich deutete schon einmal an, wenn Sie sich erinnern, daß alles, was darüber in den Zeitungen stand, eine Lüge war.

Warum ich das immer nur andeute? Ich habe meine Gründe, und einer davon ist, daß ich nicht auch erschlagen werden will. Das kann ich Ihnen gern versprechen. Es wird sich gar nicht vermeiden lassen, daß ich davon erzähle.

Heute, auf dem Weg hierher, hatte ich zum erstenmal die Idee, ob nicht Sie in Zukunft derjenige sein könnten, der meine Sachen liest. Vielleicht keine schlechte Idee.

Ich bin mir gegenüber sehr mißtrauisch, müssen Sie wissen. Ich habe Sie heute aus einem bestimmten Grund hierher gebeten. Um mit Ihnen abzurechnen. Ja. Ich habe nie ein anderes Wort dafür gehabt.

Erst auf dem Weg ins Gasthaus fragte ich mich: Mit ihm abrechnen, ist das wirklich der Grund? Zweifellos. Ist es aber der einzige? Oder tische ich ihm das alles auch deshalb auf, damit er sich für meine Geschichten interessiert? Damit ich wieder einen Leser habe?

Das wird sich im Lauf des Abends entscheiden. Ich werde jedenfalls mit nichts hinter dem Berg halten, nur um Sie als Leser zu gewinnen. Und vielleicht gehen wir auseinander und sehen uns nie wieder.

Sie haben also dieses Buch über meinen Vater geschrieben. Ich wußte davon, lange bevor ich Andreas kennenlernte. Andreas: ein Freund, und ist zufällig der Sohn eines Mannes, der über meinen Vater geschrieben hat. Ich habe es Andreas nie erzählt. Zufall, das sagte auch mein Vater. Irgendein Arbeiter, nicht einmal ein Spezialist, ein angelernter Arbeiter. Kein Aufsteiger, kein Arbeiterführer, auch wenn er das gern geworden wäre, und kein Verräter.

In dem Buch komme ich, wie Sie wissen, nicht vor. Wahrscheinlich hat der Vater mich gar nicht erwähnt. Wir haben nie viel miteinander zu tun gehabt. Ich bin sein unehelicher Sohn, nicht bei ihm aufgewachsen, auch nicht in dieser Stadt. Erst spät habe ich ihn kennengelernt, habe zeitweise bei ihm und seiner Frau gewohnt. Auch da haben wir nebeneinander hergelebt. Ich würde, wenn ich meine Geschichte jemand anderem erzählte als Ihnen, meinen Vater so wenig erwähnen wie er mich.

Oder vielleicht doch? Ich glaube inzwischen nicht mehr, daß Sie zufällig auf ihn gestoßen sind. Ich glaube das nicht mehr, seit Sie vor einem halben Jahr die Absicht geäußert haben, ein Buch über mich zu schreiben. Das kann kein Zufall sein. Es gibt, vermute ich, auch in der Wirklichkeit, und nicht nur in der Literatur, literarische Figuren. Menschen, die sich Geschichten ausdenken, sie aber nicht niederschreiben, sondern sie leben wollen.

Mein Vater war so ein Mensch. Seit Sie das Buch über ihn geschrieben haben, ist er es nicht mehr.

Immerfort saß ich in meinem Zimmer, ging nicht zur Arbeit, meldete mich nicht krank, rief dort nicht an, das ist für mich nichts Außergewöhnliches, Sie wissen es, und immer, wenn ich annahm, daß Sie im Spital waren, fuhr ich auch dorthin, die Straßen waren geräumt, die Straßenbahn verkehrte wieder. Tag für Tag meine Fragen nach Andreas. Und Ihre Antworten.

Ich ärgerte mich nicht einmal mehr über Sie – so sehr gehörten wir bereits zusammen. Das ließ mich an meinen Vater denken, dessen Lebensinhalt es war, sich über Sie zu ärgern. Was mußte ich mir an Flüchen und Verwünschungen alles anhören.

Das habe ich ihn auch gefragt. Warum er mich anjammert und nicht Sie.

Dem noch *ein* Wort sagen? Der soll sich trauen, mir unter

die Augen zu kommen, hat er gesagt, Seite für Seite würde ich ihm sein Buch in den Mund stopfen, damit er dran erstickt. Damit er sich bei niemandem mehr einschleichen kann.

Ich Idiot, hat er gesagt, auf alle seine Fragen bin ich eingegangen, selbst wenn er mich über meinen Geschlechtsverkehr ausgefragt hat. Und was hat er daraus gemacht? Ein Buch, in dem bestenfalls die halbe Wahrheit steht.

Nicht einmal mein Name stimmt. Charly Traktor nennt er mich, nur weil die Kinder mir im Dorf, als ich selbst noch ein Kind war, diesen Spitznamen gegeben haben. Niemand hat mich hier je so gerufen. Niemand in Wien weiß davon. Meinen wirklichen Namen aber unterschlägt er. So mit dem Namen eines Menschen Schindluder zu treiben. In hundert Jahren passiert das höchstens einmal, und dann ausgerechnet mir.

Wieviel Zeit ich für diese Gespräche geopfert habe. Und die Gegenleistung? Ein Buch, das ich keinem zu lesen geben kann. Es findet sich kaum ein Satz, den ich nicht richtigstellen müßte. Und wer weiß, vielleicht würden auch meine Bekannten auf die Idee kommen, mich Charly Traktor zu nennen. Und ich hätte wieder den Spottnamen von früher.

Den Spott habe ich ohnedies. Warum hätte ich damals den Kollegen im Betrieb nicht erzählen sollen, daß ein Buch über mich geschrieben wird? Ich konnte den Skandal ja nicht ahnen. Und als es erschien, mußte ich Gründe erfinden, warum es nicht erschienen sei. Und mußte Witzeleien ertragen und mich einen Angeber schimpfen lassen.

Was Schriftsteller sich heutzutage herausnehmen. Daß er Personen erfindet, die es in meinem Leben nicht gibt, davon rede ich gar nicht. Und soll er meinetwegen hier etwas auslassen, dort etwas dazudichten. Aber mich halbieren, buchstäblich halbieren. Macht der aus meinem Leben einen Lebenslauf. Hat er denn kein Hirn. Aus einem Leben wie meinem. Zur Arbeit gehen, nach Hause gehen, zu Bett gehen. Das ist kein Lebenslauf, das ist ein Teufelskreis. Und soweit fürs Leben noch Platz ist, besteht es darin, daß ich mir den Kopf zerbreche, wie ich aus dem Teufelskreis herauskomme. Ausgerechnet das hat er unterschlagen.

Einmal im Monat, wenn wir uns getroffen hätten. So aber sind wir Woche für Woche beisammen gesessen. Und wie gern ich es getan habe. Obwohl mir jedesmal der Kopf geraucht hat. Denn keiner meiner Gedanken sollte verlorengehen.

Was ich weiß, ist schließlich nicht wenig. Allein, wie man einen Aufstand macht. Immerhin habe ich das ausprobiert, in den Betrieben, in denen ich gearbeitet habe. Es ist zwar nie was draus geworden, aber das kann man von ersten Versuchen nicht erwarten. Dennoch, ich habe gelernt, wie man etwas verändern kann. Und wenn nur die Arbeitsbedingungen besser werden. Das ist mir schon einmal gelungen.

Doch das alles ist ein Schmarren im Vergleich dazu, was noch zu machen wäre. Dummerweise läuft mir die Zeit davon. Damit habe ich nicht gerechnet. Meine Gegner, sogar die Zeit zwingen sie auf ihre Seite. Ich habe die Zeit für neutral gehalten, dummerweise. Tatsächlich aber läuft sie mir davon, und mit ihr die Arbeitsplätze.

Was ist dann noch zu verbessern in einem Betrieb?

Oft habe ich meine Kollegen dazu gebracht, sich mit mir zur Wehr zu setzen, damals, vor zehn Jahren. Die Zeit spielte keine Rolle, in Ruhe konnten wir eine Sache vorbereiten. Und damit auch der letzte begreift, worum es geht, haben wir einmal eine Aktion sogar aufgeschoben.

Heute müßte alles so rasch geschehen, daß kaum mehr etwas geschieht. Ganz unmöglich, jedem Kollegen alles zu erklären. Die Fabrik kann inzwischen abgerissen werden. Und auf dem Grundstück wird ein Haus der Begegnung gebaut, in dem wir Arbeitslose uns Vorträge anhören dürfen. Vorträge über den Sinn des Lebens.

Deshalb habe ich ihm meine Gedanken anvertraut. Damit er sie aufschreibt und drucken läßt. Damit ich die Bücher verteilen kann. Damit meine Gedanken rechtzeitig unter die Leute kommen.

Aber er hat das boykottiert. Und mich außerdem betrogen. Wenn er wenigstens meinen richtigen Namen verwendet hätte, die Journalisten würden nur im Telefonbuch nachschlagen brauchen. So aber blieb ich unauffindbar.

Zwar ist das Buch in den Augen meines Vaters ein Mist – aber immer noch knüpft er Hoffnungen daran. Einmal in die Öffentlichkeit kommen. Und da das von allein nicht geschieht, die Überlegung, er selbst sollte den ersten Schritt tun. Dabei aber die Furcht, daß sich niemand an das Buch erinnert und keiner seinen Fall aufgreift.

Ob es ein Fall ist, interessant genug, um aufgegriffen zu

werden, darf man ihn nicht fragen. Das fragt er sich selbst nicht. Nur immer das Gefasel von der Öffentlichkeit, als wäre sie das bessere Leben. Erschütternd.

Ja, das nehme ich ihm übel. Schließlich ist er immer noch ein mutiger Gewerkschaftler, läßt sich von niemandem kaufen, stur wie eh und je kandidiert er mit seiner Namensliste, und die Kollegen halten zu ihm. Doch Biß hat er keinen mehr.

Und ich? Sagen Sie es ruhig. Mein Vater hat jedenfalls einmal gekämpft. Das meinen Sie doch?

Es führt zu nichts, glauben Sie mir, mich mit meinem Vater zu vergleichen. Ich lebe in einer anderen Welt. Er fordert Gerechtigkeit ein, ich verzichte darauf. Ich werde sie mir eines Tages nehmen. Das habe ich schon gelernt: Von denen etwas einzufordern, die taub sind, das macht nur heiser.

Großmaulig finden Sie mich? Macht nichts. In einem Land, in dem keine Auseinandersetzungen mehr stattfinden, bedeutet es gleich viel, ob man das Maul aufreißt oder nicht. Das Echo darauf, wo ist es? Es hat sich längst auf sein Altenteil zurückgezogen.

Verstehen Sie jetzt, warum ich meinem Vater aus dem Weg gehe? Kindisch finden Sie das?

Möglich, daß ich nun, mit meinen 25 Jahren, jene Kindheit auslebe, die ich nicht hatte. Dagegen spricht, daß ich jetzt schon mehr begreife, als er je begreifen wird.

So dumm wie mein Vater war ich nicht einmal als Kind. Wahrscheinlich ist er zu frei aufgewachsen. Das dürfte sein Unglück gewesen sein.

Was ist daran nicht zu verstehen?

Frei und wild. Haut und Knochen, verkrustet von Dreck, von den Nachbarkindern gemieden, niemandem zugehörig, seine Mutter hatte nicht die Zeit und schon gar nicht die Kraft, sich um ihn zu kümmern, für die Magd hieß es rund um die Uhr zur Stelle zu sein: für den Bauern, ich kenne das Schwein, auf seinen Feldern und in seinem Bett.

Der Misthaufen war für meinen Vater der Kindergarten, der Wald die Schule, jene Tage ausgenommen, an denen der Gendarm ihn von zu Haus abholte und zur Schule brachte. So lernte er den Zwang erst später kennen, als etwas, das dazukam zum Leben, und von dem er wohl meinte, es ließe sich ohne weiteres abschütteln.

Sie haben in dem Buch beschrieben, wie gern er dreingeschlagen hat, und ich habe ihn vor mir gesehen: mit seiner Faust, das Glas splittert und das Holz, die Stechuhr in Trümmer – und wie er fassungslos dasteht. Soviel Kraft, und wie wenig sie ausrichtet.

Distanzieren? Wenn Sie diesen Eindruck haben – der ist falsch. Ich distanziere mich nicht von meinem Vater, schon gar nicht von seiner Sache.

Ich will nur sagen, daß für mich von Anfang an alles anders war als für ihn. Zwang ist für mich von Geburt an etwas Vertrautes. Ich habe das meiner Mutter zu danken.

Ohne Ironie sage ich das.

Nein, danke. Behalten Sie die zweite Speisekarte. Die sind nur außen verschieden, es steht in jeder das gleiche.

Ich will Ihnen nichts ausreden – wenn Sie unbedingt einen Schweinsbraten wollen, bitte. Wahrscheinlich glauben auch Sie, daß das einfache Essen in einfachen Gasthäusern besonders gut schmeckt. Ein weitverbreiteter Irrtum. Englisches Gemüse schlage ich vor. Schließlich sind Sie heute mein Gast. Gut ist auch der Karfiol. Dazu vielleicht ein Stück Rindfleisch. Nein, keinen Tafelspitz. Das ist keine Speise, sondern ein Tischgespräch. Gut, zweimal Beinfleisch, Herr Wirt, und noch einen Liter.

Wie das war mit meinem Vater und meiner Mutter? Eine dumme Geschichte. Er durfte mich zeugen, und damit war, zu seinem Schmerz, seine Aufgabe erfüllt.

In seiner Kindheit und Jugend, soviel wissen Sie ja, kam er kein einziges Mal aus dem Dorf hinaus. Doch schon die erste Gelegenheit, eine Bahnfahrt nach Wien zu einer Behörde, nutzte er, um Reißaus zu nehmen. Länger als ein Jahr ließ er sich im Dorf nicht blicken, auch bei seiner Mutter nicht.

Erst als er einige Geldscheine in der Hosentasche hatte, tauchte er wieder auf. Um damit vor den Dörflern zu prahlen. Und um Nachschau zu halten, ob die junge Frau immer noch etwas für ihn übrig hatte.

Sie war in dem Herbst, in dem er wegging, zugezogen, der Arbeit wegen, Sekretärin im Gemeindeamt. Schreibkraft, sagte man im Dorf.

Vielleicht war das eine Jahr zu wenig für sie, um heimisch zu werden. Jedenfalls, sie zeigte sich meinem Vater immer noch gewogen. Der Ausflug ins Dorf hatte sich also gelohnt, schon deswegen, weil ihn dort einmal jemand mochte. Außerdem durfte er mit ihr schlafen.

Sie ist seine erste Frau gewesen, hat er mir anvertraut.

Ob er ihr erster Mann war, wissen wir beide nicht. Doch war er ihr letzter, vermutlich. Ich traue mich zu sagen: Ich weiß es.

Solange ich bei ihr lebte, merkte ich nie etwas von Männerbekanntschaften.

Und nachher?

Wie soll ich das sagen. Wäre ich nicht fortgegangen von daheim, ich wäre verrückt geworden. Zwei leben so viele Jahre mit der Meinung, vom selben zu reden. Bis sich alles als Mißverständnis erweist. Wir redeten vom selben, doch sie meinte den Himmel und ich die Hölle.

Männerbekanntschaften. In dem Heim, in dem meine Mutter untergebracht ist, geistig krank, sind Männerbekanntschaften ausgeschlossen.

Nach dem Glück, das er bei ihr gefunden hatte, beeilte sich mein Vater, sie wiederzusehen. Für ihn gab es keinen Zweifel, und noch heute geht er davon nicht ab, mit dieser Frau an der Seite würde er nicht ein ganzes Jahr brauchen, um die Taschen mit Geld zu füllen. Mit ihr würde er die Welt einreißen.

Daß er nicht ins Dorf zurück wollte, war kein Hindernis. Sie hatte diesen Posten nur angetreten, weil Gleichwertiges in der Bezirksstadt, aus der sie stammt, nicht zu bekommen war. Nun verfügte sie schon über Praxis, jede Bank in Wien würde sie nehmen.

Beim dritten Besuch begann das Unglück. Dieser Satz stammt von meinem Vater.

Er fand ihre Tür verschlossen, nur ein Brief für ihn steckte dort. Er schrieb aus Wien, schlug eine Abtreibung vor.

Sie antwortete, es war der erste und letzte Brief, den sie ihm schickte.

Mein Vater ist der Ansicht, so klein und gebrechlich diese Frau ist, es steckt etwas Tollkühnes in ihr.

Nie wieder, schrieb sie, werde er sie zu Gesicht bekommen, auch das Kind nicht. Schreiben könne er sich sparen, sie werde nicht antworten. Auf Unterstützung verzichte sie, sie brauche von niemandem auch nur einen Schilling.

Mein Vater sieht die Sache falsch. Ich sagte Ihnen, wie es um ihn steht, eine kämpferische Natur, kann sich nicht ausleben und versinkt in Selbstvorwürfen. Er glaubt, er habe sie mit dem Vorschlag, abzutreiben, verletzt. Unsinn. Schließlich nahm er in vielen Briefen den Vorschlag zurück, machte alle möglichen anderen, den Heiratsvorschlag auch noch Jahre nach meiner Geburt.

Was er durch mich erst erfuhr: Sogar in meinen Dokumenten gilt er als unbekannt.

Ich war siebzehn damals. Es war im selben Jahr, in dem ich erfuhr, wer mein Vater ist und wo er lebt. Im Zorn hatte meine Mutter es preisgegeben, zornig, weil ich meiner Wege ging. Anstatt zumindest das eine Jahr noch zu bleiben und das Gymnasium abzuschließen.

Sie können sich denken, mit welchem Gefühl ich nach Wien fuhr. Einem fremden Mann sagen, daß er einen Sohn hat. Daß ich der Sohn bin. Ich stellte mir vor, wie blöd er schauen würde. Fand aber auch mich blöd, weil ich eine solche Situation herbeiführte. Die Wirklichkeit übertraf das noch an Lächerlichkeit.

Harry, sagte er, gut, daß du da bist. Ich stand in der Tür und hatte den Mund noch nicht aufgemacht. Komm herein, Elfi kocht uns einen Kaffee.

Einige Male in jedem Jahr war der Vater ins Dorf gefahren, um mich zu sehen, aus einem Versteck oder aus sicherer Entfernung. Denn in meinen ersten Lebensjahren sah er mich nie anders als in Begleitung der Mutter.

Erst als ich zur Schule ging und später, als ich mit dem

Autobus zum Gymnasium fuhr, hatte es mein Vater leichter. Der Bus sei ihm der liebste Beobachtungsposten gewesen. Beobachtungsposten hat er gesagt. Einmal habe er sich sogar neben mich gesetzt, aber nur ein einziges Mal. Es sei ihm nicht gelungen, mich in ein Gespräch zu verwickeln. Was ihn nicht verwundert habe. Ich sei auch den Mitschülern gegenüber nicht gesprächig gewesen.

In meiner Natur konnte das nicht gelegen sein. Sie sehen, wie mir das Mundwerk geht. Allerdings nicht immer. Es bedarf einer Vorbereitung, eines Vorsatzes zumindest.

Für heute bin ich gut vorbereitet. Schon deshalb, weil ich nicht will, daß Sie mit dem Gefühl weggehen, ich würde Ihnen aus einer Laune heraus raten, das Buch über mich nicht zu schreiben.

Was Sie nicht wissen: Die Wortkargheit, die dem Vater im Autobus auffiel, war Teil meiner Lebensweise. Sie war ein Teil meiner Erziehung.

Ich bin in zwei Sprachen aufgewachsen.

Die eine verwendete ich, wenn ich mit meiner Mutter beisammen war, die andere war bestimmt für den Umgang mit Fremden.

Sie finden, das klingt nach Konspiration? Nicht schlecht.

Was meine Mutter wollte, war nicht konspirativ, sondern klar und einfach. Sie wollte, daß ich überlebe. Daß die Bedingungen dafür nicht günstig waren, brachte sie mir ruhig und liebevoll bei.

Du stehst allein in der Welt.

Es war gewiß nicht der erste Satz, den sie mich lehrte, aber der erste, den ich begriff.

Warum schütteln Sie den Kopf? Sie dürfen nicht glauben, meine Mutter sei sektiererisch gewesen oder habe in einem fort mit ihrem und meinem Schicksal gehadert. Oder ich hätte unter ihr zu leiden gehabt. Im Gegenteil.

Schimpfen lag ihr nicht. Wenn ich die Hose zerriß, wurde sie eben genäht. Und über Unvermeidliches zu jammern, lag ihr schon gar nicht. Verwandelte der Regen die Dorfwege in Morast, wurden eben Gummistiefel angezogen.

Ich versichere Ihnen, auch wenn sie über den Tod mit mir sprach, tat sie das so selbstverständlich, daß ich mich nie ängstigte.

Jeder Mensch, sagte sie, könne jeden Augenblick sterben. Auch sie. Und dann hätte ich keinen Rückhalt mehr. Aber auch so würde ich keinen Rückhalt haben. Sie sei nur eine kleine Angestellte. Ich müsse mir selbst weiterhelfen. Davon sollte ich ausgehen.

Eine Eigenart hatte sie, ich will das nicht verschweigen. Die Welt, das Leben, der Tod, das waren für sie Alltagswörter.

Die Welt kennenzulernen, ist kein Kunststück. So redete sie. Du wirst sie kennen, doch du wirst keinen Nutzen davon haben. Du weiß jetzt schon, daß Hühner Eier legen. Doch dieses Wissen, verschafft es dir ein Huhn oder ein Ei?

Und stelle Fremden keine Fragen. Das hörte ich oft von ihr. Man hält dich für dumm, jedenfalls für unwissend, und nützt das aus. Oder man wird mißtrauisch.

Ich habe in all den Jahren im Gemeindeamt keine Fragen gestellt, sagte sie. Nicht zu den gefälschten Belegen, nicht zu den überhöhten Rechnungen, nicht zu den verschwundenen Unterlagen. Nur so bekommt man Einblick.

Oder aber man sagt dir die Wahrheit, weil man weiß, daß du damit nichts anfangen kannst. Frage doch den Bauer, warum die Hühner Eier legen. Er wird dir antworten: Damit ich die Eier verkaufen kann. Nützt dir diese Wahrheit etwas?

Suche selbst die Antwort, oder frage mich, und wir suchen gemeinsam.

Gemeinsam. Dieses Wort pflanzte sie mir ein. Ob es Wurzeln schlug, war dem Zufall überlassen. Denn tagsüber mußte die Mutter zur Arbeit, eine Nachbarin nahm mich in Obhut.

Warum grinsen Sie? Obhut. Gut beobachtet. Die gewählte Ausdrucksweise, und vorher in meine Notizen geschielt. Weil ich mich in freier Rede so nicht ausdrücken könnte. Ich will mich nicht auf meine Zweisprachigkeit ausreden. Die Sache liegt einfacher. Ich bin kein Redner.

Gemeinsam. Das Hoffnungswort der alleinstehenden, berufstätigen Mutter.

Mein Problemwort im Kindergarten.

Mit wem gemeinsam hätte ich dort das Klo suchen sollen? Die Kindergartentante fragen? Eher hätte ich in die Hose gemacht.

Sie hatte mir alles gezeigt, damit ich mich zurechtfinde. Fast alles. Die Garderobe, den Waschraum, den Ausgang in den Garten.

Und wenn du aufs Klo mußt, sag es.

Was glaubt die? Daß sie mir den Pimmel halten muß, damit ich in die Muschel treffe?

Ich schlich hinaus, entdeckte die Küche, nur nicht das Klo. Und schiffte in eine Ecke des Waschraums.

Wo ich gewesen sei. Auf dem Klo.

Brav.

Das breiteste Brav von den vielen, die ich an diesem Vormittag einheimste. Ein ruhiger Bub. Klug und anstellig. Das falsche Lob, wie gut paßte es hierher. Alles war neu, alles war fremd. Insbesondere die vielen Spielsachen. Die andern Kinder hatten ihre Not mit mir. Jedes Spielzeug, das mir in die Quere kam, stellte ich zurück ins Regal.

Gespielt wird dort, viel gespielt. So hatte die Mutter mir den Kindergarten schmackhaft gemacht.

Ich räumte unentwegt die Sachen weg, damit Platz wäre zum Spielen.

Mittags wurde die Urinlacke entdeckt. Eben überlegte ich, wie man den Täter wohl finden würde, da war der Fall schon geklärt. Drei Kinder kamen in Frage, ich wurde nicht verdächtigt. Tränen sah ich, konnte nicht hinschauen, hörte Schluchzen und wartete, daß endlich auch ich gefragt werde. Nein, nur diese drei, und die wurden nicht gefragt, sie wurden bezichtigt.

Da sie die Tat nicht zugaben, schimpfte sie die Tante wegen ihres schlechten Charakters.

Und meine Mutter nicht hier. Sofort muß sie kommen. Das muß sie sehen. Ob man sie nicht anrufen könne? Nein, sie werde mich nach der Arbeit abholen, ganz gewiß.

Daran zweifelte ich nicht, darum ging es nicht.

Nichts sei ihr so zuwider, hatte die Mutter einmal gesagt, wie ein schlechter Charakter.

Ich hatte mir darunter nie etwas vorstellen können, bis zu diesem Augenblick. Vielleicht konnte sie sich auch nichts darunter vorstellen. Nun hätte sie Gelegenheit dazu. Was sie dann sagen würde.

Sie haben recht. Das Einfachste wäre gewesen, ich hätte die Tat zugegeben. Das Einfachste. Noch einfacher freilich, die Tante hätte alle Kinder gefragt. Damit hatte ich gerechnet. Und damit, daß sich niemand melden wird. Auch ich nicht. Und damit, daß niemandem etwas passiert, wenn sich niemand meldet.

Nein. Die Jahre im Kindergarten, daß die keine schöne Zeit waren, wie kommen Sie darauf? Immerhin lernten wir, einander auszuspielen. Ein paar waren dabei im Vorteil. Denen machte es nichts aus, jeden Morgen die Lebertrankugel zu schlucken. Für die andern bedeutete Lebertran: täglich ein Brechreiz. Und immer wieder der Versuch, die ekelhafte Kugel hinterm Rücken der Tante aus dem Mund zu fischen und verschwinden zu lassen. Und immer wieder die scharfen Augen der paar Eifrigen und die frohe Meldung an die Tante.

Es hieß also üben, daheim. So drastisch konnte man die Gefahren der Kinderlähmung gar nicht schildern, daß ich eine zweite Kugel geschluckt hätte.

Üben, mit einer kleinen Glaskugel. Sie so im Mund behalten, daß niemand sie bemerkt. Aber nicht in der Mundhöhle, wo die Zunge anstreifen und den Lebertran schmecken kann. Hinter der Unterlippe, das erweist sich als bestes Versteck. Und üben, mit der Kugel im Mund zu sprechen.

Am nächsten Tag die Uraufführung. Warten auf den absolut sicheren, unbeobachteten Augenblick, dann die Lebertrankugel aus dem Mund und in den Hosensack.

Sogar auf dem Heimweg den richtigen Augenblick abwarten, dann die Kugel nicht auf den Weg werfen, sondern ins Gebüsch. Jeder Passant könnte sonst mein Delikt der Kindergärtnerin zutragen, jede Passantin der Mutter.

Und mit Spannung die andern beobachten. Wie helfen die sich. Endlich, wenn auch nach Wochen, doch einer weniger, den es vor Brechreiz schüttelt. Wie hat er das gemacht.

Und der Wunsch, dem Buben, der gegenüber wohnt, einen Tip zu geben. Mit dem habe ich einen Staudamm gebaut, bis spät in den Abend, in der Biegung des Baches. Er sei schuld, daß es so spät geworden ist, hat er meiner Mutter erklärt, er habe die Schläge der Kirchturmuhr falsch gezählt.

Trotzdem, angesichts der Tante, die in dieser Sache keinen Spaß versteht: Ob er mich nicht doch verraten wird?

Dennoch ein Versuch: Graust dir nicht?

Nein. Ich tu nur so.

War er am Ende gerissener als ich? Schluckte den Lebertran gar nicht und spielte den Ekel? Besser, nicht mit ihm drüber reden. Und mit der Mutter selbstverständlich auch nicht.

Eine neue Selbstverständlichkeit. Und Rachepläne schmieden.

Wenn wir zeichnen mußten, zum Glück nicht oft – ich haßte sie schon, diese Häuser und Bäume und Sonnen –, setzte ich mich mit Vorliebe neben einen hartgesottenen Lebertranschlucker, den eifrigsten Zuträger.

Ich tat es nicht hinterm Rücken der Tante, ich benötigte sie als Zeugin, als Zeugin meiner Unschuld. Zuwarten, bis er sich auf sein Meisterstück konzentrierte. Eine kreisrunde Sonne vorzuweisen, darin bestand sein Ehrgeiz.

Ich ließ meinen Bleistift zu Boden fallen, bückte mich, die Sonne war im Entstehen, ich wußte den Blick der Tante auf mir ruhen. Als ich mich dann aufrichtete, stieß ich mit dem Kopf gegen seine Hand. Schon ging es los, das Geschrei über mich, über den verpfuschten Kreis. Die Tante wies ihn zurecht und bestätigte, als Augenzeugin, meine Unschuld.

Boshaft nennen Sie das?

Ihre Sprache, lieber –. Entschuldigen Sie, beinahe hätte ich gesagt: lieber Freund. Ich bin schon ein wenig betrunken. Ihre Sprache ist eine Nachkriegssprache, die der Psychologie. Eine, die nicht mehr zutrifft. Es kann Ihnen doch nicht entgangen sein, daß man heutzutage wieder offen spricht, offen vom Krieg spricht. Herr Wirt, eine Flasche Mineralwasser. Ich möchte nüchtern bleiben. So nüchtern zumindest, daß Sie nachher nicht sagen können: Der ist betrunken gewesen.

Ihre Lehrer waren vermutlich alte Nazis. Nicht alle, das ist klar.

Deshalb Ihre Erziehung in dieser Sprache.

Sie sehen keinen Zusammenhang? Endlich. Endlich sehen Sie einmal keinen Zusammenhang.

Ausgerechnet dort nicht, wo er ins Auge springt. Der letzte große geschichtliche Zusammenhang, wenn Sie die Übertreibung gestatten. Die alten Nazis konnten in der neuen Demokratie die alte Sprache nicht mehr sprechen. Die Verhältnisse lagen nicht mehr offen zutage. Also mußten die Nazis sich mit der Sprache der Psychologie tarnen. Und haben sie euch, den Jungen, beigebracht. Aber heutzutage: Ob boshaft oder nicht, wie Sie gefragt haben, das kümmert nur noch Ihre Generation. Wir wurden bereits im Kleinkrieg ausgebildet.

Ja, Kleinkrieg. Ich habe es nicht nötig, mich sprachlich

zu tarnen. Krieg der Kinder untereinander, nach der Anleitung der Tante.

Dessen Regeln zu erlernen, fiel mir nicht schwer. Sich täglich daran zu halten, war aufreibend. Hört sich lustig an, die Geschichte mit der Lebertrankugel, weil man vergißt, daß Geschichten, die in der Wirklichkeit spielen, nicht einmalig sind, daß sie sich wiederholen, Tag für Tag, ohne Routine leider.

Einmal unkonzentriert sein, konnte bedeuten, ertappt zu werden. Unabsehbar die Folgen. Ich wäre nicht *einmal* beim Schwindeln erwischt worden, ich wäre *der* Schwindler gewesen. Einer, den man fortan nicht aus den Augen lassen würde, wenn Lebertrankugeln ausgegeben werden. Und was dann? Ich habe an eine Flucht ins Ausland gedacht. Nie wieder habe ich so oft an Flucht gedacht wie damals.

Was ich noch fürchtete: meinen guten Ruf zu verlieren. Bei der Tante gut angeschrieben zu sein, war mir wichtig. Das, hoffte ich, würde das Risiko mindern. Wie gut ich tatsächlich bei ihr angeschrieben war, wußte ich nie.

Anderen Kindern jedenfalls zeigte sie mehr Zuneigung. Das kränkte mich.

Als die Mutter mir erzählte, was sie von der Tante Gutes über mich gehört hatte, brach ich in Tränen aus. Die letzten Tränen für lange Zeit. Sie lobt mich, klagte ich, doch sie mag mich nicht. Die Mutter war ratlos. Einzelheiten wollte sie hören, um sie mit der Kindergärtnerin zu bereden, doch ich konnte keine nennen. Es ging nicht um Einzelheiten, es ging darum, daß sie mich nicht mochte.

Wieder hieß es lernen.

Ich beobachtete die Kinder, denen die Tante besonders zugetan war. Das habgierige Mädchen. Alle Puppen raffte es in seine Arme, keine wollte es hergeben. Jeden Tag gab es deswegen Streit.

Den Hund, wie wir ihn nannten. Schon beim Ausziehen in der Garderobe kroch dieser Bub auf allen vieren, als suchte er etwas. Wir wichen sicherheitshalber zurück, doch einen schnappte er immer und biß ihn in die Wade, nicht fest, doch das Geplärr daraufhin gehörte zur Tagesordnung wie das Tischgebet.

Das Mädchen, das gern sang. Es gefiel mir, ich trieb mich oft in seiner Nähe herum. Es merkte sich die Liedertexte nicht, dennoch sang es aus vollem Hals.

Diesen Kindern gehörte ihre Zuneigung. Lange verstand ich das nicht, und was ich beobachtete, half mir nicht weiter.

Bis mir ein Licht aufging. Wie hatte ich übersehen können, daß diese Kinder ihrerseits der Tante zugetan waren?

Zuneigung auf Gegenseitigkeit. Da konnte ich nicht mithalten. Frei und ungezwungen. Sie sehen, ich habe diese Wörter doppelt unterstrichen.

Frei und ungezwungen mit dieser Frau reden, ihr sagen, was man auf dem Herzen hatte, damit sie ihre kindlichen Antworten geben konnte.

Ich war dazu schon deshalb unfähig, weil ich an Fremde keine Fragen richtete. Und ungefragt selten den Mund auftat.

Meine Sache war es, zu antworten. Das kostete einige Anstrengung. Um antworten zu können, mußte ich etwas wissen, etwas und noch etwas und immer mehr. Unmöglich für ein Kind. Also herausfinden, mit welchen Fragen zu rechnen war. Die Antworten darauf konnte ich mir nicht zurechtlegen, als Unwissender mußte ich sie mir erarbeiten.

Dabei kam mir zugute, daß die Mutter jede freie Minute darauf verwandte, mit mir zu lernen. Ich war unersättlich, mitunter machte sie nicht weiter vor Erschöpfung, während ich noch mit gespitzten Ohren dasaß und mit enttäuschtem Gesicht. Ihre Erschöpfung, die fürchteten wir beide. Stumm saßen wir dann einander gegenüber, kein Wort mehr war möglich.

Warum seltsam? Eine seltsame Art von Mutterliebe? Jeder gibt, was er hat und wovon er glaubt, daß es von Nutzen ist. Die Mutter gab mir ihr bißchen Wissen, nicht zu meinem Schaden.

Als die Kindergartentante uns ihre Hand hinstreckte und fragte, wie viele Finger wohl daran seien, brauchte ich weder hinzuschauen noch zu zählen. Weshalb ich sah, daß sie die eine Hand nie hinstreckte, ohne sich mit der andern am Kinn zu kratzen. Jedesmal. Und mir war klar: Würde ich sie fragen, warum sie sich am Kinn kratzte, ich würde keine Antwort erhalten.

Auch sexuell war die Tante eine Enttäuschung. Beim Turnen rollte ich in ihre Nähe, um einen Blick unter ihren Rock zu werfen. Eine Frau in einer weißen Unterhose kannte ich schon von daheim.

Unermüdlich erkundigte sich die Mutter nach meiner Entwicklung. In sich gekehrt sei ich, erfuhr sie, aber klug. Das »aber« von damals habe ich noch im Ohr.

Etwas altklug freilich. Die Mutter triumphierte. Offenbar konnte ich ihr nicht altklug genug sein. Das erste Mal, daß wir feierten. An Geburtstagen hieß es bei uns, du hast Geburtstag, nicht, wir feiern deinen Geburtstag.

In der Konditorei nahmen wir Platz, ermunterten einander mit Blicken, so zu tun, als wäre das unsere Welt, aßen ein Eis, ein richtiges, sagten wir, eins im Becher.

Das wiederholte sich Jahr für Jahr, am Schulschluß, am Zeugnistag.

Im Unterschied zum ersten Mal waren wir am Schulschluß nicht allein in der Konditorei, auch andere Volksschüler kehrten mit ihren Müttern ein. Doch nur auf unserem Tisch lag kein Zeugnis. Hier herrschte Verlegenheit. Um uns herum waren sie ausgelassen, wir aber wußten nicht, was wir feiern sollten. Außerdem aßen wir ungern Eis, es schmolz schneller, als wir es löffelten. Betreten rührten wir in der farbigen Soße. Schade ums Geld, dachte ich. Während die Fleischhauersgattin jubelte, daß ihr Sohn nur einen Dreier hatte. Worauf die Kaufmannsgattin ihre Tochter halsen mußte, denn in deren Zeugnis gab es gar keinen Dreier.

Wir setzten dazu an, gaben uns Mühe. Doch übers Zeugnis, über die Schule ein Wort zu verlieren, gelang uns nicht. Seit Weihnachten stand schon fest, daß ich Klassenbester war. Daran änderte sich bis zum Schulschluß nichts. Nicht in der ersten Klasse der Volksschule, nicht in der letzten.

Ja, ich war ein Musterschüler. Sie tun, als würde ich das erfinden, um Sie zu ärgern.

Warum ich damit jetzt erst herausrücke? Haben Sie mich jemals danach gefragt?

Ihre Fragen zielten immer auf das, was Sie als Antwort hören wollten. Ich hätte Sie korrigieren sollen? Nein. Mir hat es Spaß gemacht, wie Sie sich verrannten. Und es war lehrreich.

Sie hatten vor, ein Abenteuerbuch zu schreiben, mit mir als einem modernen Abenteurer. Abenteuerbuch, das haben Sie nicht gesagt? Aber abenteuerliches Leben. Wie oft haben Sie davon gesprochen. Ich ließ Sie reden, bis ich der Meinung war, nun habe das Mißverständnis den Höhepunkt erreicht.

Auch wenn Sie aus der Haut fahren: Ich war ein Musterschüler. Und alles, was man war, steckt drinnen in einem. Vielleicht deshalb mein Widerwillen gegen Abenteurer. In meinen Augen sind sie das Lebenselixier für Leute, die unter Routine leiden. Die das Gefühl haben, nichts mehr zu erleben. Abenteurer werden scheinbar beneidet, in Wahrheit liebt man sie. Und wissen Sie, warum? Wegen der Routine, die im Abenteurertum steckt. Damit habe ich nichts zu schaffen. Mein Leben ist kein Abenteuer, es ist ein Versuch.

Ob das eine Art Weltanschauung ist? Meinen Sie das im Ernst? Ja?

Wenn, dann ist es das Gegenteil davon. Weltanschauung, was soll ich damit, bin ich ein Gangster oder ein Bettler?

Das verstehen Sie nicht? Vielleicht verstehen Sie etwas anderes: In diesem Land, wie Ihnen hoffentlich aufgefallen ist, gehören Weltanschauungen zu den Grundnahrungsmitteln. So erbarmungslos rächen sich Revolutionen.

Welche? Ja, das fragt man sich. Die ausgebliebenen, natürlich. Das Bürgertum hat sich nicht vom Feudalismus befreit, die Arbeiterschaft nicht vom Bürgertum, und beide zusammen nicht vom Faschismus. Eine glänzende Tradition, finden Sie nicht? Und eine ebenso glänzende Gegenwart. In einer Feudaldemokratie. In einer Schicksalsgemeinschaft, in der das Leben darin gipfelt, dem Schicksal ein Schnippchen zu schlagen.

So, jetzt lege ich diese Seite weg. Ich hatte die feste Absicht, keine längeren Passagen aus meinen Notizen vorzulesen.

Wie bitte? Feste Absicht?

Ah, ich verstehe Ihren Spott.

Man soll eine Absicht nicht überfordern und eine feste Absicht aus ihr machen, Sie haben recht. Phrasen halten nie, was sie versprechen. Ich weiß das. Dennoch habe ich das Studium erst nach einem Jahr abgebrochen. Das war ein Fehler.

Wie es auch falsch war, mich nicht allein abzusetzen. Ich sagte den Mitschülern, was ich vorhatte: die Mittagsrast zu nützen, um hinüberzulaufen zu dem kleinen See und zu baden. Die Rast während des Schulausflugs, ein Ausflug auf den Berg, bei großer Hitze. Ich war mit der Mutter schon einmal dort gewesen, die einzige Erhebung in diesem Hügelland. Ich kannte den See. Wir wären lieber ins Schwimmbad gegangen, der Lehrer auch. Doch kurzfristig das Ausflugsziel ändern, stand nicht in seinem Ermessen.

Ein paar folgten mir, einer sprang mit großem Anlauf ins Wasser und tauchte nicht mehr auf. Der Lehrer kam am nächsten Tag nicht zur Schule, ich sah ihn nie wieder. Es tat mir leid um ihn.

Drei Jahre fast war er mein Lehrer gewesen, im Juni geschah der tödliche Unfall, wenige Wochen vor Schulschluß, gerade in einer Zeit, in der ich mich mit dem Lehrer besonders gut verstand. Der Kampf um bessere Noten, von den Eltern ausgelöst, war voll entbrannt. Daß ich das Schuljahr bereits abgeschlossen hatte und gelangweilt vor mich hindöste, dankte mir der Lehrer wortlos und freundlich.

Ich besuchte die Volksschule viel lieber als den Kindergarten. Dort zählte die Leistung, die Noten.

Wie kommen Sie auf Unternehmerjargon?

Ach so. Ich höre das nicht zum erstenmal. Es ist eine bestimmte Sorte von Leuten, die Anhäufung von Kapital und Anhäufung von Wissen in einem Atemzug nennt. Die unter Wissen das verstehen, was Geld abwirft. Daß die, um von ihrer Schande abzulenken, abfällig vom Wissen sprechen, ist selbstverständlich.

Ob ich Sie damit meine? Das können Sie sich aussuchen.

In der Volksschule, um das noch zu sagen, tauchte kein einziges Mal die Frage auf, ob der Lehrer mich mochte. Eine Erlösung. Für andere eine Qual. Im Kindergarten dazu angehalten, sich einzuschmeicheln, scheiterten sie in der Schule, vor allem im Rechnen, an den falschen Ergebnissen. Deswegen bezeichnen sich so viele als mathematisch unbegabt. Diese drei Jahre waren eine gute Zeit, ein Fernkurs, für mich die ideale Form des Unterrichts, hätte nicht angenehmer sein können.

Einklang. Was meinen Sie damit?

Vielleicht ist es wirklich zum Lachen. Wie ausgerechnet ich mit Leistung in Einklang zu bringen sein sollte.

Der Augenschein gibt Ihnen recht. Ich auch – weil der Wirt das Essen bringt. Warum sollten wir beim Essen streiten.

Herr Wirt, ich habe keinen Erdäpfelsalat bestellt.

Was heißt: Ja. Erdäpfel als Beilage und als Salat? Halten Sie mich für blöd? Fahren Sie ab damit.

Danke, die Belehrung, wie ich mit dem Wirt umzugehen habe, können Sie sich sparen. Der ist ein gerissener Hund. Immer wieder versucht er es bei mir. Ich weiß nicht warum. Vielleicht wegen meiner alten Klamotten und meiner Stoppelglatze. Jedenfalls, seine Reste aus der Küche lasse ich mir nicht andrehen.

Mahlzeit.

Ich und Leistung. Ausgerechnet ich. Wo ich doch hin und wieder vom Krankengeld lebe, ohne krank zu sein. Und ein paar Wochen, manchmal, von der Arbeitslosenunterstützung.

Denken Sie doch einmal nach. Worauf sonst, wenn nicht auf Wissen, hätte ich setzen können? Ein uneheliches Kind in einem Dorf, die Mutter das Mädchen für alles im Gemeindeamt, mit einem Lohn – der Bürgermeister ließ mehr an Trinkgeld im Wirtshaus, als sie am Ersten heimbrachte.

Den Betrag zählen, Monat für Monat, gehörte zu meinen Rechenübungen. Andere Kinder hatten keine Ahnung, wieviel der Vater oder die Mutter verdiente, ich wußte das auf den Groschen genau. Vor allem im Subtrahieren erwarb ich eine unerhörte Fertigkeit. Lohn minus Miete, minus Strom, minus Brot, minus Butter. Und bald stieß ich bis zur höheren Mathematik vor. Wahrscheinlichkeitsrechnung. Das Ganze, versuchsweise, minus ein Paar Schuhe. Bleibt dann noch genug zum Leben?

Ich hätte mir sagen müssen: Es bleibt zu wenig. Richte es dir in dem Zuwenigen ein. Doch das vermied ich.

Wie ich es auch vermied, in den Spiegel zu schauen. Ich wußte, es war zum Heulen. So dünn, so schwach. Doch ohne Spiegel, wenn ich an mir hinunterschaute, die Muskeln anspannte, die ich nicht hatte: keine Spur von Schwäche. Mit jedem Bauernburschen nahm ich es auf. In Gedanken.

Zum Glück gab es leichtere Gegner, Buchstaben und Zahlen, Wörter und Rechnungen. Ihnen war ich auf jeden Fall gewachsen. Das gab mir Vertrauen. Das war meine Leistung.

Was heißt: damals? Was glauben Sie, wie ich gelebt habe, nachdem ich von meiner Mutter weggegangen war? Glauben Sie, ich habe mich von meinem Vater aushalten lassen?

Jedes Stück Brot habe ich mir selbst verdient, als Lehrling, als Abendschüler, als Student. Und nun selbstverständlich auch. Daß das keine Leistung ist, müßten Sie mir erst beweisen.

Nicht jetzt. Ja, ich gebe zu, es ist einseitig, das Gespräch. Ich verspreche Ihnen, es nicht unnötig auszudehnen.

Einseitig. So war auch meine erste Liebe. Sie erinnern sich, der Lehrer verschwand aus dem Dorf. Die neue Lehrerin, wir waren zehn Jahre alt, in der letzten Klasse, sie war viel zu jung und viel zu schön. Zu schön für das Dorf, zu jung für mich.

Ich wurde frech, auf eine Weise – ach, ich sage einfach, auf meine Weise. Ich wurde frech mit Umsicht.

Das ist das verdammte Wort. Umsicht. Zweisilbig, aufregend. Und wie oft habe ich es verflucht wegen seiner Einsilbigkeit.

Ich war, wie üblich, dem Unterricht voraus und festigte bei der neuen Lehrerin meinen Ruf. Den Vorsprung verschaffte ich mir nur noch hin und wieder mit Hilfe der Mutter. Dank der Schulbücher konnte ich eigenmächtig vorgehen, immer eigenmächtiger.

Die Lehrerin gefiel mir von der ersten Minute an. Endlich hatte es nicht nur einen schulischen Nutzen, daß ich mich nicht auf den Unterricht konzentrieren mußte. Ich bewunderte ihre Schönheit. Den Mittelscheitel mit der Stirn darunter. Das lange glatte Haar, schwarz neben dem blassen Gesicht. Den geschminkten Mund.

Ich schaute sie an, ich fixierte sie. Dennoch dauerte es Tage, bis sie bemerkte, daß meine Aufmerksamkeit ihr galt und nicht dem Unterricht. Überraschend, wie sie wohl dachte, stellte sie mir eine Frage. Ich hatte damit gerechnet. Kaum hatte sie ausgeredet, überraschte ich sie mit der Antwort. Sie war verblüfft.

Ich wollte sie aber nicht verblüffen, ich wollte ihr gefallen.

Ihr unbedingt zu gefallen, wochenlang lief ich mit diesem Wunsch herum. In einer Unterrichtspause verließ mich der Verstand. Am Fenster lehnte sie, träumte hinaus, aufreizend, und ich stürzte auf sie zu.

Zum Glück wich sie erschrocken zurück. Was willst du? Darauf war ich nicht vorbereitet. Nichts.

Die Mutter fragte mich, ob ich krank sei.

Ich fuhr sie an. Du mit deinen dummen Fragen.

Nun weiß sie Bescheid, die Lehrerin, dachte ich, nun weiß sie, daß ich sie liebe.

Ich verfolgte sie nicht mehr mit meinen Blicken. Statt dessen zeichnete ich sie, daheim, ich, dem jede Zeichenstunde eine Pein war, zeichnete wollüstig die Lehrerin, nackt, mit einem roten und einem schwarzen Stift, jedesmal neu, jedesmal in einer anderen Stellung.

Dabei fischte ich den Schwanz aus der Hose, und sobald die Lehrerin es sich bequem gemacht hatte auf dem Papier, machte ich es mir auch bequem und rieb den Schwanz, bis sich vorne ein Tröpfchen zeigte. Ein Tröpfchen, das sich zu einem Faden verlängern ließ, bis zum Tisch, bis zur Zeichnung, bis zur Geliebten.

Daß sie sich in der Wirklichkeit so zierte, ging mir allmählich auf die Nerven. Wenn sie mich schon nicht mitnimmt zu sich nach Hause, könnte sie mich doch besuchen. Die Mutter kommt erst um fünf von der Arbeit. Wir würden uns ausziehen und aufs Bett setzen, ich würde ihr mein Tröpfchen zeigen, und sollte sie auch etwas vorzuzeigen haben, mir könnte es recht sein.

Was wäre dabei. Ich würde sie nicht in Verlegenheit bringen, würde sie nicht fragen, ob sie mich liebt.

Ihr schreiben. Ich traute mich nicht. Ich werde mir das nie verzeihen.

Daheim wurde ich der Zeichnungen überdrüssig, in der Schule wurde ich frech. Ich gab falsche Antworten, sie merkte die Absicht, die Mitschüler merkten die Absicht, sie lachten. Die Lehrerin schüttelte den Kopf. Ich trieb es weiter so, nicht zu oft, um meine Noten nicht zu gefährden, wartete, bis sie mich ermahnen würde. Doch sie schaute mich nur traurig an. Ich war entsetzt.

Anstatt glücklich zu sein, waren wir beide traurig.

Ich gab keine dummen Antworten mehr, bezweifelte aber, damit etwas gutmachen zu können.

Die Turnstunden machten der Lehrerin am meisten Spaß, vorturnen an den Geräten, die Ballspiele mit uns, Wettlauf im Freien.

Ob ich mich dabei hervortun sollte? Ob das etwas nützen würde? Ich war ängstlich an den Ringen, wenn der Kopf nach unten hing, langsam beim Laufen, kein Ballkünstler.

Verbissen trainierte ich. Turnen an der Teppichstange, Waldläufe, bei jedem Ballspiel mitmachen, ein anstrengendes Programm. Doch ich wußte, wofür.

Als sie uns davonsprintete wie gewöhnlich und sich umblickte, sah sie die anderen etliche Meter zurück. Ich aber war ihr auf den Fersen. Zum Glück lächelte sie mich an. Ich hatte sie versöhnt.

Es war Zeit, daß wir uns wieder vertrugen. Der Schulschluß stand bevor, drei aus der Klasse, darunter mich, zog sie an manchen Tagen nach dem Unterricht zur Seite, um uns Dorfkindern eine Vorstellung zu geben, was uns im Gymnasium erwartete. Nicht von *einem* Lehrer werdet ihr dort unterrichtet, sondern abwechselnd von mehreren.

Wie schön, dachte ich, mehrere Lehrerinnen.

Mehrere waren es dann auch. Schön waren sie nicht. Außerdem nannten die Lehrer sich Professoren. In Wirklichkeit aber waren sie Lehrkräfte.

Woher sie ihre Kraft bezogen, sagten sie uns am ersten Tag. Das Gymnasium ist keine Pflichtschule. Wer es besucht, tut das aus freien Stücken. Weil er begabter und intelligenter und fleißiger ist als ein Pflichtschüler. Trifft das aber nicht zu, werden wir ihm vor Weihnachten raten, die Schule zu verlassen.

Eine lange Zeit bis dahin. Ich wartete geduldig. Ich wußte, daß ich nicht begabter, intelligenter und fleißiger war als meine Mitschüler, die nicht ins Gymnasium gingen. Im Gegenteil. Mir war aufgefallen, daß einige von ihnen sich für das eine oder andere Fach interessierten. Mich hatte nie etwas interessiert. Das Gymnasium war eine Idee der Mutter.

So klein machte ich mich in den Monaten des Wartens, daß ich während mancher Stunden das schöne Gefühl hatte, nicht vorhanden zu sein. Vielleicht würde man mich nicht wegschicken, weil man mich übersah.

Autobushaltestelle. Warum habe ich mir »Autobushaltestelle« notiert. Ach ja. Eine Nebensächlichkeit, sie ist rasch erzählt.

Der Weg von der Haltestelle zum Gymnasium. In der Früh fand ich ihn immer, doch mittags, auf dem Rückweg, verlief ich mich zweimal und versäumte den Bus. Eine Stunde später ging der nächste, ich setzte mich auf die Schultasche und wartete, keinen Schritt rührte ich mich von der Haltestelle weg. Um mich nicht zu verirren.

Ein Vorwand. Man konnte sich zwar verlaufen in der Stadt, aber nicht verirren. Dazu war sie zu klein. Ein Dorf, das sich mit einigen Amtsgebäuden den Respekt einer Stadt verschaffen wollte, Dorfbewohner, die, als Städter verkleidet, die Sparkasse verließen, als hätten sie einen Kredit erhalten, tatsächlich aber nur ein Werbegeschenk in der Hand trugen, Geschäfte, deren Auslagen mit Küchenkram vollgeräumt waren, jedes zweite in der Hauptstraße hieß Eisenhandlung und bot ausschließlich Geschirr an.

Zweimal in jedem Jahr fuhr meine Mutter dorthin, einmal begleitete ich sie, nur einmal, so enttäuscht war ich von der Stadt. Nun mußte ich sie mir jeden Tag ansehen. Daß der Weg von der Haltestelle zur Schule nur durch die halbe Stadt führte, machte es nicht leichter.

Ihr zu entkommen, war unmöglich. Würde man mich vom Gymnasium verweisen, müßte ich in die Hauptschule wechseln. Und die befand sich ebenfalls in der Stadt. Deshalb entschloß ich mich, im Gymnasium zu bleiben, unabhängig davon, wie die Lehrer über mich urteilen werden.

Ein weitreichender Plan, er erstreckte sich über das ganze Schuljahr. Die Verzweiflung der Mutter über die schlechten Noten in den ersten Monaten berührten mich so wenig wie die Grobheiten des Englischlehrers. Das Englisch, das er sprach, wäre von einem gutwilligen Engländer bestenfalls als Wiener Dialekt identifiziert worden. Mein Problem mit dem Englischen waren Schwierigkeiten mit diesem Dialekt. Die Mutter hatte mich in der Hochsprache erzogen beziehungsweise in dem, was sie dafür hielt.

Ebenso wenig berührte mich die vorweihnachtliche Empfehlung des Klassenvorstands, wegen ungenügender Leistungen die Schule zu verlassen. Ich war einer Methode auf der Spur, wie ich überleben könnte. Saß ich daheim über den Heften und Büchern, dachte ich nicht mehr an die Professoren und die Schulstadt, und tatsächlich, mir wurde nicht mehr schwarz vor den Augen, ich konnte wieder lesen, rechnen, lernen. Abermals halfen die Schulbücher mir weiter. In ihnen stand, umständlich genug, worum es ging. Ich ließ mich nicht auch noch von der pädagogischen Umständlichkeit der Lehrer irritieren.

Das geplante Ziel verfehlte ich dennoch. Am Ende des ersten Schuljahres befand ich mich nicht unter den Besten – wie dann wieder, in den Jahren danach.

In der vierten Klasse brach die Feindseligkeit noch einmal offen aus. Jene Lehrer, die mich anfangs für einen Dorftrottel gehalten hatten, merkten entsetzt, daß ich tatsächlich einer sein mußte. Im andern Fall hätten mich die jahrelangen Gehässigkeiten zermürben müssen.

Die anderen, nach und nach zum Einlenken bereit, waren wütend, da ich ihre Anbiederungen zurückwies. Nur mit

Blicken. Meine Augen eigneten sich nicht fürs Zuzwinkern. Ich vergaß nicht, wie der Klassenvorstand seine Fingernägel betrachtet und dabei »Mangelware« gesagt hatte. Facharbeiter seien heutzutage Mangelware. Und dann mich anschaute. Ich nickte ihm verständnisvoll zu. Dennoch wechselte er nicht den Beruf.

In der Oberstufe resignierten die Lehrer. Daß ich nicht mitarbeitete, mich an Diskussionen nicht beteiligte, abgesehen von meinem Erstaunen, daß es dümmere Themen gab, als Lehrer dumm sein konnten, daß ich mich bei Prüfungen kurz faßte und mich, wenn es sein mußte, auf meine schriftlichen Arbeiten berief, nahmen sie nun kommentarlos hin. Sie säuberten gern, doch nur, wenn es leicht ging. Um den Widerstand, der ihnen entgegengesetzt wurde, unter allen Umständen zu brechen, dazu fehlte es ihnen damals noch an Fanatismus. Ich war tatsächlich entschlossen, die Schule durchzustehen.

Wir werden, verkündete man uns, bald zur geistigen Elite des Landes gehören. Die armen Menschen im Dorf, dachte ich. Sie haben keinen Einblick. Ich werde ihnen von der geistigen Elite erzählen.

Ob ich diesen Vorsatz ausgeführt habe? Nein. Sie meinen, es sei noch nicht zu spät? Es ist viel zu spät. So naiv bin ich nicht mehr. Mich interessieren jetzt die Täter und nicht die Helfershelfer.

Auf jeden Fall war die sechste Klasse für mich der Anfang des Endes.

Ich schuf mir einen Freund. Das klingt komisch, ich weiß. Eine andere Möglichkeit, an das Mädchen heranzukommen, sah ich nicht, an das Mädchen mit den Stöckelschuhen, den geschminkten Augen, mit den farbigen Pullovern. Jeden Tag trug sie einen anderen. In der Pause standen die beiden beisammen, und nach der Schule ging er mit ihr weg.

Aufgefallen war sie mir schon früher. Daß ich nun nur noch Augen für dieses Mädchen hatte, lag an meiner Freundin, genauer gesagt, an deren Mutter. Ein halbes Jahr waren wir unzertrennlich, trieben uns mit Vorliebe im Stadtwald herum, soweit ihre Zeit und der Autobusfahrplan es zuließen. Wenn ihr Vater nicht daheim war, durfte sie bis neun wegbleiben. Mein letzter Autobus fuhr um halb neun. Zu früh für mich, wenn ich hoffte, diesmal würde es über einen Kuß hinausgehen. Zu spät, was meinen Hunger betraf. Da ich außer einem Jausenbrot den ganzen Tag nichts zu essen hatte, quälte er mich manchmal so sehr, daß ich auf die Liebe pfeifen wollte. Doch ich lernte ihn mit den Zigaretten meiner Freundin zu unterdrücken. Sie rauchte nicht, weil sie Hunger hatte, sie rauchte aus Angst.

Den Vater, der in einer Tischlerei arbeitete, schilderte sie als einen bärenstarken und obendrein flinken Mann. Er sei ihr nicht erst einmal nachgerannt, durch die Gärten hinter dem Mietshaus, und habe sie verprügelt. Vor ihm müßten wir uns in acht nehmen. Als wir ihm an einem Nachmittag begegneten, es war zu spät, ihm auszuweichen, kam er auf mich zu, begrüßte mich wie einen alten Bekannten und klopfte mir auf die Schulter. Die Tochter übersah er. Sie hatte recht, ein brutaler Mann.

In Wirklichkeit fürchtete sie sich vor der Mutter. Ich hatte noch nie mit einem Mädchen geschlafen, war also selbst nicht darauf aus, daß wir einander überstürzt näherkamen. Von der Entdeckung, was ein Kuß sein konnte, war ich ohnedies wochenlang benommen. Dann die entblößten Brüste. Und zu entblößen hatte ich auch etwas. Wie sie damit umging, wundert mich heute noch – besser als ich.

Ihr jedoch zwischen die Beine zu greifen, war ein Elend. Ich kaufte ein Präservativ. Das sei nicht das Problem. Ich stahl in der Buchhandlung eine Broschüre über Verhütungsmethoden. Das sei nicht das Problem. Was dann?

Die Mutter darf es nicht wissen. Braucht sie auch nicht.

Sie würde es sofort sehen. Mit einem Blick. Sie stehe jedesmal im Badezimmer, wenn ich dusche.

Ein Badezimmer habt ihr?

Sie ließ sich von dem Unsinn nicht abbringen. Um mich abzulenken, schwärmte sie von Nietzsche. Entgegen meiner Vermutung gab es von dem keine Platten, sondern Bücher. Ihr zuliebe las ich eins. So kam ich zur Philosophie.

Wie ich Ihnen gesagt habe: Ich hielt die Augen offen. Das auffällige Mädchen. Je länger ich es beobachtete, desto sicherer war ich mir, es würde sich nicht so dumm anstellen. Erst aber mußte ich mich mit ihrem Freund anfreunden. Zum Glück ging er in meine Klasse.

Er hatte mit den meisten Kindern von reichen Leuten gemeinsam, daß die Eltern ihn mit den Lehrern zusammen von Schulstufe zu Schulstufe schoben. Doch im Unterschied zu den andern bildete er sich darauf nicht auch noch etwas ein. Ein ausgezeichneter Schifahrer war er, das hatte ich beim Schikurs beobachtet, sofern ich nicht damit beschäftigt war, die Bindung meiner Leihschier zu reparieren. Und ich hatte ihn für einen Tolpatsch gehalten. Wahrscheinlich wegen seines runden, glatten Kindergesichts. Dennoch, er schien kein unüberwindliches Problem zu sein. Das Mädchen eher. Arrogant. Wie ich damit zurechtkomme.

Ich tauschte meinen Platz, setzte mich in seine Nähe, gab ihm die Mathematikhausübungen zum Abschreiben, steckte bei der Schularbeit nicht nur dem Nachbarn, sondern auch ihm die Lateinübersetzung zu. Der Erfolg blieb nicht aus, bei ihm nicht und nicht bei mir. Immer öfter gesellte ich mich zu ihm, wenn er in der Pause mit dem Mädchen auf und ab spazierte.

Eine Mathematikschularbeit stand bevor, er brauchte unbedingt eine positive Note. Wir könnten miteinander lernen, schlug er vor und lud mich zu sich ein. Zu Fuß war es weit, er klemmte meine Schultasche auf den Gepäckträger und schob sein Rad neben sich her. Daß er nicht zuerst das Mädchen heimbegleitete, war für mich eine Enttäuschung. Das Haus eine Sensation.

Es liegt am südlichen Stadtrand. Wenn Sie in diese Gegend kommen, schauen Sie sich's an, ein barockes Herrenhaus inmitten eines Gutshofes, das schönste Gebäude weit und breit.

Seine Mutter galt als die bekannteste Architektin der Stadt. Es gab sonst keinen, fand ich heraus. Was im Augenblick wichtiger war: Sie rauchte eine Zigarette nach der andern, die verschiedensten Sorten lagen auf dem Zeichentisch. Das sei ihr Atelier. Meinetwegen. Was ich mich fragte: Ob sie mir wohl, wenn mich nachmittags der Hunger plagt, ein paar Zigaretten überläßt?

Die Frage erübrigte sich, da ich zum Essen eingeladen wurde. In diesem Haus würde ich nicht wohnen wollen. Es dürfte früher ein Gasthaus mit Fremdenzimmern gewesen sein.

Im Unterschied zu seiner Mutter hatte der Vater Manieren. Er stellte sich vor. Meine Vermutung über das Haus bestätigte sich. Wir nahmen nicht in der Küche, sondern im Gastraum Platz. Folglich mußte das Essen serviert werden. Ich bedauerte die Familie, daß sie sich, trotz einer Architektin, nicht praktischer einzurichten wußte. Eine andere Vermutung bestätigte sich nicht. Die Frau, die das Essen auftrug, war keine Kellnerin.

Der Freund und die Mutter beteiligten sich nicht an dem Gespräch, das ich mit dem Vater führte. Ich empfand das als unhöflich. Eines mußte ich ihnen dennoch zugute halten: Über Tischsitten wußten sie halbwegs Bescheid, wenn sich auch keiner so gerade hielt wie meine Mutter.

Daß ich hier saß, ging auch auf den Vater zurück, daran gab es keinen Zweifel. Er beklagte sich über die Lehrer, besonders über den Nachhilfelehrer. Er verstünde den Sohn nicht zu motivieren. Vielleicht würde es mir gelingen. Nichts leichter als das, sagte ich. Er schaute mich groß an.

Eines machte ihm noch mehr Sorgen als die Lernschwierigkeiten des Sohnes: daß ihm das Gut zu wenig Zeit für die Jagd ließ. Er habe ohnedies schon die Hälfte seines Landes verpachtet. Wie hier gewirtschaftet werde, nach großväterlichen Methoden, mache keinen Spaß. Ein Agraringenieur gehöre her.

Die Architektin ließ die Suppe stehen und bat um die Erlaubnis, rauchen zu dürfen. Da niemand etwas sagte, erteilte ich sie ihr. Und löffelte den Teller leer. Der Mann schob seine Suppe wütend beiseite. Ein Vater daheim, das würde mir noch fehlen. Mir reichte, daß die Mutter immer aufsässiger wurde. Wenn ich mit dem letzten Bus kam, und wenn sie das Essen zum dritten Mal aufwärmte.

Immer noch war Wut in seinen Augen, doch der Stimme merkte man nichts an. Sein Sohn tendiere leider zur Medizin. Was das heißen mochte. Ich hatte auch den Eindruck, der Freund sei nicht gesund. Derart rote Backen, das sah nach zu viel Blut aus.

Wohin ich tendieren würde?

Nirgendwohin. Sicherheitshalber faßte ich mich kurz. Mir fehle nichts, hätte ich beinahe gesagt.

Wenn wir schon nicht in der Küche aßen, würden wir zumindest dort lernen.

Ich gewöhnte mich daran, daß sich in diesem Haus alle meine Vermutungen als falsch erwiesen. Das Zimmer des Freundes war größer als unsere Wohnung. Dreitausend Kilo Kohlen, schätzte ich, allein um diesen Raum zu heizen. Er war stolz auf seine Plattensammlung. Mich interessierte auch der Plattenspieler nicht, mir gefielen die beiden Boxen. Er bezeichnete sie als den wunden Punkt. Es gebe bessere.

Wir stellten die Sessel so, daß wir, wie in der Schule, nebeneinander sitzen konnten. Er versuchte, mich zum Komplizen zu machen. Das verstehe kein Mensch, sagte er und warf die Mathematikhefte auf den Tisch. Ich widersprach ihm. Das verstehe jeder Trottel. Und löste im Handumdrehen ein Beispiel, das ich schon daheim gerechnet hatte. Beim nächsten stockte ich, ich kannte mich nicht aus. Das versuchst du nun allein. Es dauerte eine Zeit, dann hatte er das Beispiel gelöst. Dumm war er nicht.

Dennoch, nach zwei Stunden hatte ich den Eindruck, allein doppelt so schnell durch den Stoff zu kommen. Zur Dauereinrichtung würde ich das gemeinsame Lernen nicht machen. Ich irrte mich.

Um fünf kam das Mädchen, es war hier wie zu Hause. Eine Art zu leben, ja, das hatten die beiden. Ich beneidete sie. Meine Freundin in unserer Wohnung. Warum war das unvorstellbar. Da ich keine Antwort fand, legte ich mir eine zurecht. Sie müßte erst mit dem Autobus ins Dorf fahren.

Bald hatte ich neben den beiden nichts mehr zu reden. Sie waren sich uneins, sie hatte Schwierigkeiten mit Bruckner, er nicht. Ich witterte eine Chance, spitzte die Ohren. Zuerst herauskriegen, wo der Kerl wohnt. Vielleicht war er schwächer als ich. Ihm eine herunterhauen, und sie hätte Ruhe vor ihm. Das müßte ihr imponieren.

Zu meiner Enttäuschung kam heraus, daß dieser Bruckner nicht mehr lebte. Ich fühlte mich machtlos, hörte zu und dachte an gar nichts mehr. Doch als ich merkte, daß der Streit um Musik ging, setzte ich mich kundig zurecht. Der Freund, ermuntert von meinem Interesse, holte eine Platte von Bruckner. Selbstverständlich komme es ihm auch auf meine Meinung an. Er setzte die Nadel nicht an den Rand der Platte, sondern auf eine, wie er sagte, typische Stelle. Meine Meinung? Ich müsse leider zum Autobus.

Wir lernten weiterhin miteinander. Auf die Schularbeit bekam er eine bessere Note als ich, so stand ihm heuer einmal keine Nachprüfung in Mathematik bevor. Seine Eltern nützten die seltene Chance und verreisten mit ihm wegen des fernen Ziels schon eine Woche vor Schulschluß. Besser hätten sie mir den Nachhilfeunterricht nicht lohnen können.

Nun begleitete ich das Mädchen Tag für Tag nach Hause. Zu mehr war sie nicht zu bewegen, was ich ihr nicht übelnahm. Die Ferien standen bevor, es lag viel Zeit vor uns. Der letzte Schultag: Ich wollte mich mit ihr verabreden, sie verabschiedete sich nur. Sie verreiste ebenfalls.

Dazu paßte der Brief, den meine Freundin mir im Vorbeigehen zusteckte. Ich sei ein Schwein, war der ganze Inhalt. Und auf einem eigenen Blatt, als sei das nicht nur für mich bestimmt, ein langer Exkurs über wahre und falsche Liebe. Im übrigen sei sie froh, von hier wegzukommen. Sie fahre zu Verwandten.

Ich fuhr mit dem Autobus ins Dorf. Hier war es anders als in der Stadt, hier merkte man den Ferienbeginn nicht daran, daß man verreiste, sondern daß Urlauber kamen. Geduldig wartete ich im Schwimmbad. Es könnte nicht schaden, ihnen ein wenig Bräune vorauszuhaben.

Die Fotos, die mir die Mädchen geschenkt haben. Wenn Sie das interessiert. Zum Teufel, wo sind die. Ich werde sie schon noch finden.

Die eine jedenfalls, die Jüngere, hat mir beigebracht, wie's geht. Dieses Wissen gab ich an die Ältere weiter. Die Frage, wahre oder falsche Liebe, stellte sich nicht, da die beiden nicht gleichzeitig im Dorf Urlaub machten und nach vierzehn Tagen ins Ruhrgebiet zurückfuhren.

Wie meinen Sie? Das weiß ich bis heute nicht, warum unser Dorf im Ruhrgebiet so bekannt ist.

Im Herbst stolzierte ich durch das Klassenzimmer als jemand, der viel herumgekommen war. Für die Feriengeschichten des Freundes hatte ich kein Ohr, er mußte sie anderen erzählen. Meine behielt ich für mich.

Nichts deutete darauf hin, daß nicht alles so weitergehen würde wie bisher. Meine Freundin erklärte, sie habe es nicht so gemeint, der Freund bewachte das Mädchen auf Schritt und Tritt, der Lateinlehrer leitete die Republik Österreich von der römischen Republik ab, der Biologielehrer sich von Gott, der Deutschlehrer die Literatur von Heinrich Waggerl, der Philosophielehrer den Tod vom Leben und der Turnlehrer unsere Atemnot vom Rauchen. Während ich den Umstand, daß mir alles zum Hals heraushing, von gar nichts ableitete. Mir genügte, daß es so war.

Der Vater des Freundes bat um eine Aussprache, im Kaffeehaus. Lobenswert, wie ich seinen Sohn motiviert hätte. Heuer wolle man es gar nicht so weit kommen lassen, bis an den Rand einer Nachprüfung. Der Nachhilfelehrer habe einiges Geld gekostet, es sei nicht einzusehen, warum ich leer ausgehen solle. Noch dazu, da meine Mutter nicht mit Reichtümern gesegnet sei.

Nein, sagte ich.

Er war entzückt von meiner Anständigkeit. Und überzeugt, es würde sich eine Regelung treffen lassen.

Die Einladungen des Freundes, mit ihm zu lernen, schlug ich aus, auch hatte ich keine Lust, ihn, wie er sich ausdrückte, einfach nur zu besuchen. Ins Halbjahreszeugnis bekam er nicht nur in Mathematik, sondern auch in Latein ein Nichtgenügend. Ich entging in Philosophie diesem Schicksal nur knapp. Schuld waren ein paar unzusammenhängende Sätze von Nietzsche, die aus mir unbekannten Gründen den Lehrer mehr ärgerten als die Löschblätter, die ihm um den Kopf flogen.

Das sprach sich bis zu meiner Freundin herum, und wir machten wieder unsere Ausflüge in den Stadtwald. Sie zu küssen, ich traute meinen Sinnen nicht, war noch immer unvergleichlich. Ich mochte sie, daran hatte sich nichts geändert. Leider auch sonst nichts.

Der Vater des Freundes wählte den indirekten Weg. Ohne mein Wissen setzte er sich mit meiner Mutter ins Einvernehmen.

Am Sonntag holte er uns mit dem Auto ab, wir saßen an einem festlich gedeckten Tisch. Die Architektin gab sich nicht die geringste Mühe, ihr Mißvergnügen zu verbergen. Umso leutseliger wandte sich ihr Mann an mich.

Warum hast du das nicht gleich gesagt. Daß du zur Bodenkultur tendierst.

Nie zuvor hatte meine Mutter mich mit den Augen um etwas gebeten. Ein Blick, der ins Herz traf, so fremd war er mir, so verpflichtend war er. Ich konnte nicht anders, als ihr den Gefallen zu tun. Ich widersprach nicht.

Wie ich dich kenne, fuhr der Gutsbesitzer fort, wirst du das Studium in Rekordzeit schaffen. Er drängte mir ein Glas Wein auf. Ich schaute der Architektin zu, wie sie sich eine Zigarette anzündete. So ein Miststück. Anstatt mir eine Zigarette anzubieten, zur Beruhigung, genoß sie es, wie ich mich unter der Zudringlichkeit ihres Mannes wand.

Rücksichtslos auch meine Mutter. Wir sprechen vom Studium an der Hochschule für Bodenkultur, sagte sie und holte meine Aufmerksamkeit zum Gutsbesitzer zurück. Er prostete mir zu.

Du bist dann Agraringenieur und übernimmst diesen Betrieb. Bis dahin kennst du ihn. Ich werde die Pachtverträge kündigen. Dann wird wieder mehr Land da sein. Man muß nur wissen, daß sich jemand darum kümmert.

Ich suchte nach einem Einwand. Es gibt sicher genug andere, ich meine, Agraringenieure.

Nein. Ich kann nicht jeden Schnösel nehmen. Das hier ist uralter Familienbesitz, in den muß man hineinwachsen.

Auf der Rückfahrt saß meine Mutter wieder neben ihm, langsam fuhr er durch das Dorf, die Leute drehten sich nach uns um. In der Küche setzte sie sich auf die Kohlenkiste und lächelte vor sich hin. Ich meinte, sie sei mir eine Erklärung schuldig. Gut, wenn sie glaubte, sie müsse meine Geduld auf die Probe stellen, ich hatte Zeit. War das überhaupt ein Lächeln. Oder war es Müdigkeit. Sie hatte zum Essen zwei Gläser Wein getrunken, vielleicht war sie davon benommen.

Ja, dachte ich, das mache ich jetzt, ich gehe ins Gasthaus und betrinke mich. Ich bat sie um Geld, was ich sonst nur tat, wenn es anders nicht ging. Sie griff in die Geldbörse. Hundert Schilling. War sie verrückt? Empört warf ich den Schein auf den Tisch, dabei rutschte das Tischtuch zu Boden. Ich ließ es liegen.

Kerzengerade über die Felder, bis zum Nachbardorf, und zurück, in der Dunkelheit, ging ich denselben Weg. Ich rief mir die Geschehnisse dieses Tages in Erinnerung, eines nach dem andern, in der Absicht, sie dann allesamt aus dem Gedächtnis zu streichen. Um so tun zu können, als sei nichts gewesen. Mutter würde froh darüber sein.

Sie lag mit Magenkrämpfen im Bett, ich erschrak, ich hatte sie noch nie krank gesehen, nur erkältet, erkältet waren wir beide das halbe Jahr, wir mußten mit dem Brennstoff sparen. Ob ich den Arzt holen soll. Nein, es sei nur das reichliche Essen von mittags. Der Kamillentee, den ich kochte, half nach einiger Zeit.

Du darfst mir keine Schande machen.

Guten Gewissens nickte ich, schließlich hatte ich einen Schlußstrich gezogen unter den heutigen Tag.

So eine Chance bekommst du nie wieder im Leben.

Wie dumm von mir, ich hatte nicht begriffen, worauf sie hinaus wollte, wie unverzeihlich dumm, ich hätte sie unterbrechen sollen.

Ich habe es gewußt, fuhr sie fort, wer so ist wie wir, bekommt eines Tages vom Leben eine Chance.

In der Küche, in meinem Bett, zog ich die Decke über den Kopf und weinte besinnungslos. Warum – das Wort dafür fand ich erst im Morgengrauen. Verrat.

Sie brauchen sich nicht zu entschuldigen, fragen Sie nur.

Ach so.

Nein. Wenn ich schweige, heißt das nicht, daß mir Ihre Frage unangenehm ist. Ich weiß nur nicht, ob Sie meine Antwort verstehen. Es ging nicht, wie Sie sagen, um einen Punkt, der mit der Mutter zu klären gewesen wäre. Über Verrat kann man nicht sprechen. Über Verrat kann man nur mit jemandem sprechen, der verraten worden ist. Und der den Verrat niemandem in die Schuhe schiebt.

Nur mit Evi konnte ich darüber sprechen. Sie hatte auch vom Leben eine Chance bekommen, in der Gestalt eines Mannes, der ein Friseurgeschäft besaß. Sie habe ihre Eltern nicht wiedererkannt. Nun seien sie untröstlich. Wenn der Verräter nicht weiß, daß er Verrat begeht, hat Evi zu mir gesagt, dann lauf um dein Leben. Kein Tag, an dem ich mir nicht wünsche, daß sie ständig um ihr Leben gelaufen wäre.

In jener Nacht, in der ich das Wort »Verrat« fand, verlor ich meine Zweisprachigkeit. Die Sprache, der ich vertrauen konnte, gab es nicht mehr. Und mit dem, was von ihr übrigblieb, schlug ich zu: Ich empfahl dem Leben, sich seine Chance auf den Hut zu stecken.

Vielleicht liegt es an der Art meiner Entschlüsse:

So rabiat ich sie fasse, so zaghaft führe ich sie aus. Mit dem Gutsbesitzer brach ich durchaus nicht von einem Tag auf den andern. Zu dem Übereinkommen, später bei ihm als Agraringenieur einzutreten, gehörte auch, ab sofort den Nachhilfeunterricht für seinen Sohn aufzunehmen.

Da ich ihn, wie mir nachgesagt wurde, motivieren konnte, warum nicht auch mich selbst. Ich forderte eine Bezahlung, die mir angemessen schien, also eine zu geringe. Der Gutsbesitzer tat bestürzt, doch ausdrücklich nicht wegen des Geldes, und er drohte, mir bei Gelegenheit seine Auffassung von Charakterstärke nahezubringen.

Für den Freund war nun nicht nur Mathematik etwas, das kein Mensch verstand, sondern auch Latein. Diesmal ließ ich ihm seine Meinung, und so konnten wir uns Dingen widmen, für deren Lösung es kein Lösungsheft gab. Vor allem wollte ich Genaueres über sein Verhältnis zu dem Mädchen wissen. Sie komme aus einem musikalischen Haus. Das war mir zu wenig. Die Tips, welche Musik dort bevorzugt werde, erhalte er von seiner Mutter. Das reichte mir noch nicht. Er würde sie lieber woanders treffen als hier, doch sie wollte nicht. Das war etwas mehr. Sie sei sehr sensibel, mitunter schäme er sich seiner groben Hände, und er scheue sich, sie anzufassen. Das reichte mir.

Sein Vater kannte keine Scheu. Er kam mit der frohen Nachricht, nun sei auch sein Freund, der Schuldirektor, davon unterrichtet, daß in meiner Person ein junger Mann heranwächst, der ein Ziel vor Augen hat. Wie respektvoll von nun an die Lehrer damit umgingen, daß ich nichts mehr lernte, erstaunte mich. Der Klassenvorstand gab mir sogar einen freundschaftlichen Rat. Es sei eine Irrmeinung, daß man ewig von der Substanz zehren kann. Ich war ganz seiner Ansicht. Von »ewig« konnte nicht die Rede sein.

Als der Freund anderntags hinunterging in die Küche, um Tee für uns zu kochen, fragte ich das Mädchen, ob es etwas dagegen habe, es dürfe mich nicht mißverstehen, ich würde ja nur fragen. Mit einer Umständlichkeit, als wollte es sich einen Scherz mit mir erlauben, legte es die Arme um meinen Hals, und wirklich, ich durfte das Mädchen küssen. Die Zähne tat es jedoch nur so weit auseinander, daß ich meine Zungenspitze daran wundscheuerte. Immerhin war es einverstanden, am nächsten Tag mit mir in den Stadtwald zu spazieren.

Wie sie sich dort an mich preßte, empfand ich als so aufregend, daß ich sie meinerseits umarmte, so fest ich konnte, dennoch hatte ich das Gefühl, ihrem Temperament nicht gewachsen zu sein. In meiner Verlegenheit öffnete ich die Hose. Sie streifte sie mit einem Ruck bis zu den Knien hinunter. Wir ließen uns auf den Waldboden fallen, sie lag auf mir, wetzte herum, so quirlig, daß ich ihre Bluse nicht öffnen konnte.

So geht das nicht, sagte ich, um mir eine Pause zu verschaffen, in der ich mich von der Hose, die mich um die Knie fesselte, befreien wollte. Sie schien nicht zu hören. Ich versuchte mich aufzurichten, sie ließ es nicht zu, ich wollte den Zweig entfernen, der mich am Hintern drückte, sie duldete nicht, daß die Hände sich einmischten, ihre nicht, meine nicht.

Auf einmal rief sie nein und wälzte sich auf die Seite. Wir benehmen uns wie die Tiere. Ich zog die Hose hinauf, so blieben wir liegen. Nein, dachte ich, nicht wie die Tiere.

Und wußte nicht, was ich mir damit angetan hatte. Wie die Tiere. Von diesem Augenblick an haßte ich Vergleiche.

Ich verließ den Stadtwald, ich verließ die Schule, ich verließ das Dorf.

Die Tage nach dem Unfall.

Ein etwas großer Sprung, meinen Sie? Nein. Ich habe Evi damals schon gekannt. Eine lange Beziehung?

Nein. Gar keine. Ich liebte sie. Deshalb war es auch nicht so wichtig, sie immer zu verstehen.

Eines aber hätte ich doch gerne gewußt: Warum sie nichts und niemanden haßte.

Ich mochte sogar die Art, wie sie sich über mich lustig machte. Doch diesmal tat sie es zu einem schlechten Zeitpunkt. Wie schön, spottete sie, daß du häuslich geworden bist. Am liebsten hätte ich sie wegen dieser Bemerkung hinausgeworfen, doch ich hatte nicht mehr die Kraft dazu.

Am Tag zuvor war Andreas mit dem Hubschrauber von Wien in die Steiermark transportiert worden, in ein Rehabilitationszentrum für Querschnittsgelähmte. Sie folgten ihm mit dem Auto, Weihnachten stand bevor, Sie beabsichtigten, bis Neujahr bei Andreas zu bleiben. Daß ich nun ohne Nachricht war, ohne jede Verbindung zu ihm, darauf kam es nicht mehr an. Auch so fühlte ich mich am Ende.

Die vorangegangenen Tage hatten mich kaputtgemacht, die Tage, an denen ich Andreas besuchen durfte, in dem Spitalzimmer, in das er nach einer Woche Intensivstation verlegt worden war.

Seine Hoffnung. Zuerst machte sie es mir leicht: Ich brauchte ihm nur zuzustimmen. Dann machte sie mich krank. Gibt es sie, oder klammert er sich an etwas, das er sich einbildet? Über vieles redeten wir, was mir jedoch wirklich am Herzen lag, blieb übrig für daheim, für die Selbstgespräche. Ich verwünschte sie schon.

Seit dem Tag nach dem Unfall lebte ich ohne Verbindung zu Evi und den Freunden. Das einzige Lebenszeichen, das sie von mir erhielten, war die falsche Nachricht, Andreas dürfe auch jetzt keinen Besuch empfangen, nur mich lasse man ausnahmsweise für ein, zwei Minuten zu ihm.

Ich ärgerte mich, immer dieselben Sätze, wenn ich allein war: Abgesehen davon, daß du nicht leben willst mit gelähmten Beinen, versteh mich richtig, davon sehen wir einmal ab. Und denken uns trotzdem ein Leben aus.

Weiter kam ich nicht, wie schon vor zwei Wochen, als ich mir für ihn Gedanken machte. Er ist es, der gelähmt ist, und nicht ich. Dieser Gedanke blockierte alles.

Warum ich mich nicht Ihnen anvertraut habe?

Sie hätten nicht die Ruhe gehabt, mir zuzuhören. Sie verfügten über andere Möglichkeiten als ich, Sie liefen der Hoffnung nach und konsultierten Ärzte im In- und Ausland. Ich war froh darüber. Wie mich auch Andreas' Hoffnung freute.

Und mit Evi reden?

Sie kennen Sie nur flüchtig, ich weiß. Kein Grund, sich zu entschuldigen. Als wir erst kurz beisammen waren, dachte ich, das sei eine, die wüßte alles besser. Das einzige Mal, daß ich mich derart getäuscht habe. Es war nämlich so: Sie wußte, wie soll ich das sagen, sie wußte alles anders.

Häuslich sei ich geworden, spottete sie, als sie mich in dem elenden Zustand antraf.

Begreifst du denn nicht: Bis jetzt war er wenigstens in Wien. Nun ist er zweihundert Kilometer weg von uns.

Es wird sich ein Weg finden, gab sie zur Antwort. Aber der führt bestimmt nicht durch dein Zimmer.

Sie sei wieder umgezogen, beim Koch wohne sie jetzt, dessen Großmutter sei ins Altersheim gegangen. Eine richtige Wohnung, ob ich mir das vorstellen könne, drei Zimmer. Eins davon bewohne sie. Heute werde gefeiert, sie sei hier, um mich zu holen.

Sie hielt mir den Anorak hin. Außerdem sei sie gekommen, weil sie Lebensmittel einkaufen müsse und Getränke, sie brauche jemanden, der ihr tragen helfe.

Ich verstehe Ihre Frage nicht. Ob wir nicht miteinander gelebt haben? Ach so, Sie meinen »wohnen«, wenn Sie »leben« sagen.

Ich kann mit einem zweiten nicht in einem Zimmer wohnen, unmöglich. Darin unterschied ich mich von Evi, unterscheide ich mich von meinen Freunden. Die wohnen manchmal, und nicht immer nur aus Not, zu viert, zu fünft in einem Raum. Die Anzahl der Leute – das ist es nicht, was mich hindert, mir nachts eine Matratze aus der Ecke zu holen und mich dazuzulegen. Die Unordnung treibt mich weg. So lang kann der Weg nach Haus nicht sein, daß ich ihn nicht in Kauf nehme, zu Fuß, mitten in der Nacht. Die Unordnung sei es, hatte ich geglaubt.

Bis Evi, es war das erste und das letzte Mal, eine Woche lang bei mir wohnte. Danach packte sie ihre Sachen und ging, ohne Vorwürfe. Am Tag danach, auf einer Parkbank, umarmten wir uns wieder unbeschwert. Du kannst keine Ordnung halten, behauptete sie.

Die wenigen Dinge, mit denen sie bei mir eingezogen war, fanden sogleich ihren Platz, das bestreite ich nicht. Dennoch, für mich war es ein Chaos. Evis Haarbürste vor allem war mir ein Dorn im Aug. Am ersten Tag schon hätte ich sie am liebsten in den Mistkübel geworfen.

Sie legte sie aufs Fensterbrett, und dort blieb sie auch, außer wenn sie sich das Haar bürstete. Öffnete ich das Fenster, um den Zigarettenrauch hinauszulassen, mußte ich zuerst die Bürste wegräumen, wollte ich es schließen, lag sie schon wieder dort. Sie müssen wissen, das Öffnen und Schließen des Fensters ist lebenswichtig in diesem kleinen Zimmer. Nach drei Zigaretten erstickt man darin. Und es liegt so ideal, an der Kreuzung zweier Hauptstraßen, daß man das Fenster nur so lange offen lassen darf, bis die Abgase sich im Zimmer breitmachen. Deshalb die erschwingliche Miete.

Am dritten Tag fand ich überhaupt nichts mehr.

Beinahe wären wir uns zu nahe gekommen, sagte Evi auf der Parkbank. Beinahe. Doch das Unglück war nicht eingetreten, und wir konnten wieder lachen. Deine Haarbürste, sagte sie, allein die könnte einen um den Verstand bringen. Erstens verwendest du sie nicht, du könntest sie genausogut im Schrank aufbewahren. Aber nein, sie muß auf dem Waschtisch liegen. Und bevor du dich wäschst, legst du sie auf die Kohlenkiste, bevor du einheizt, legst du sie auf den Tisch, bevor du ißt, gibst du sie ins Schuhregal, und wenn du die Schuhe herausnimmst, kommt sie wieder zurück auf den Waschtisch. Du kannst keine Ordnung halten. Deshalb bist du so pedantisch. Und deine Schreibmaschine, dieses gußeiserne Monster, das einer allein kaum heben kann, und dennoch – und so weiter.

Das würden Sie noch gern hören? Ihnen scheint meine Pedanterie gelegen zu kommen. Mir nicht. Ich wäre lieber schon am Ende mit meiner Geschichte. Der Wein macht sich bemerkbar, Sperrstunde ist auch bald. Wo war ich stehengeblieben. Richtig. Wie Evi mich aus meinem Zimmer holte.

Das eine aber gleich jetzt, damit ich es auf keinen Fall vergesse. Hätte es Evi nicht gegeben, würden wir heute nicht hier sitzen. Sie würden Ihrem Kummer davonlaufen und dabei immer neue Ärzte aufsuchen, ich hätte mich wahrscheinlich zu Tode gesoffen.

Evi brauchte also jemanden, der ihr tragen half. In jeder Hand schleppte ich eine Einkaufstasche, die mit den Flaschen zog schwer nach unten, und ich hielt den Arm steif, als könnte ich so verhindern, daß die Tasche durchriß. Statt direkt zu ihrer Wohnung zu gehen, lud sie mich zum Essen ein.

Danke, ich kann bis zum Abend warten, wozu haben wir so viel eingekauft.

Nein. Du wirst das schon vertragen. Lange genug hast du nichts Ordentliches gegessen.

Woher sie so viel Geld habe. Von einer Frau. Trinkgeld? Nein. Ein Vorschuß? Lächerlich. Von der Frau des Staatssekretärs habe sie das Geld.

Wer das wieder ist, fragen Sie. Sie sollten sich schon daran gewöhnt haben, daß Sie das Wichtigste nicht wissen.

Evi, das wissen Sie, war Friseurin. Die Arbeit – ich wollte sagen: die Arbeit hing ihr zum Hals heraus. Ein guter Ausdruck, wenn man bedenkt, wie sie abends die Beine schmerzten.

Sich totrackern für den Dienstgeber, das lohne sich nicht, darin waren wir einer Meinung. Es war bei weitem nicht das einzige, worin Evi und ich übereinstimmten, aber es war wohl das einzige, worin wir auch mit unseren Freunden einig waren. Und darin noch, daß sich nicht sagen ließ, was sich überhaupt lohne.

Schon als ich Evi kennenlernte, dürfte sie die Schufterei satt gehabt haben, doch ich sah ihr das nicht an, ich sah nur ihre Augen. Schmal waren sie und endeten erst bei den Haaren, die seitlich über das Gesicht fielen. So ein ruhiges Gesicht.

Mittelscheitel, wie kommen Sie darauf? Sie fühlen sich an die Volksschullehrerin erinnert? Meinetwegen.

Sie klagte, daß ich es leichter habe als sie. Ich mit dem einen Jahr Mechanikerlehre, um dem Vater einen Gefallen zu tun, mit der Abendmatura anschließend, um der verzweifelten Mutter einen Gefallen zu tun, mit dem einen Jahr Studium, um beiden einen letzten Gefallen zu erweisen, ich hatte es ohne Beruf tatsächlich leichter, als Hilfsarbeiter zu kündigen und nach einer Erholungspause anderswo zu beginnen.

Diesen Schritt zurück wollte Evi nicht tun, das verstand ich. Sie wollte es aber auch nicht hinnehmen, von Monat zu Monat unverschämter angetrieben zu werden, nur weil es in jedem Monat mehr Arbeitslose gab. Ich konnte ihr helfen. Da ich gerade ohne Arbeit war, suchte ich für sie eine Stelle, die sie erst in sechs Wochen antreten mußte. Wir hatten die erste schöne Zeit miteinander.

Evi verlor die Erinnerung an die Arbeit so rasch, daß sie weder ja noch nein sagte, als der frühere Dienstgeber sie bat, zu ihm zurückzukehren. Einige Stammkundinnen wünschten, weiterhin von Evi frisiert zu werden.

Ich riet ihr, auf jeden Fall die neue Stelle anzunehmen, ich riet ihr das nur aus dem einen dummen Grund, weil ich die Stelle gefunden hatte. Doch ich brauchte ihr nicht zuzureden. Der Dienstherr sei ihr unerträglich, jedes Jahr eine neue Leidenschaft, heuer, nachdem er endlich wieder geheiratet habe, sei es Tennis, die Vor- und Rückhandgeschichten den ganzen Tag, er brauche nur den Mund aufzumachen und es komme ihr das Kotzen.

Fünf gute Kundinnen machten Evis Wechsel mit, darunter die Frau des Staatssekretärs. Was ihr beim neuen Dienstgeber kurz Ansehen verschaffte. Es dürfe nicht werden wie früher, nahm sie sich vor, und wenn ihr beim Aufwachen die Erschöpfung vom Vortag noch in den Gliedern steckte, blieb sie im Bett, selten genug in der ersten Zeit.

An einem Vormittag klingelte die Frau des Staatssekretärs an der Wohnungstür. Nur wegen Evi, behauptete sie, gehe sie zweimal in der Woche zum Friseur. Die Behandlungen täten ihr gut. Von Behandlungen sprach sie. In den sechs Wochen, in denen Evi unauffindbar gewesen sei, habe sie sehr gelitten.

Evi mochte die Frau. Sie verwandle sich nicht wie andere Kundinnen in eine freundliche Dame, sobald sie auf dem Frisierstuhl Platz nehme. Mit Blicken habe sie um Verständnis gebeten, daß sie schwieg, nur einmal, als um sie herum nach einer Wahl über Politik geredet wurde, habe sie sich geäußert: Schade um jedes Wort, hat sie gesagt, Worte nützen nichts mehr.

Da die Frau nun schon hier war, fuhr Evi ihr mit dem Kamm durchs Haar, und da sie nicht recht wußte, was sie ohne die Hilfsmittel eines Friseurgeschäftes noch machen könnte, massierte sie ihr die Kopfhaut. Auf einmal klammerte die Frau sich an Evis Hände, preßte sie gegen ihre Schädeldecke, und Evi ließ das mit sich geschehen, bis ihre Arme einschliefen. Nun ist Schluß. Nein, erwiderte die Frau, jetzt noch nicht. Als sie endlich losließ, entschuldigte sie sich. Es sei für sie selbst überraschend gewesen. Daß ihr noch etwas helfen könne, damit habe sie nicht mehr gerechnet. Ob sie öfter kommen dürfe.

Von dieser Frau hatte Evi das Geld.

Wir saßen in einem Lokal in der Nähe des Viktor-Adler-Marktes, das Essen schlug mir so gut an, daß der volle Magen mir die Augen aus dem Kopf drückte. Ich erinnerte Evi, daß wir zwei Wochen lang nicht miteinander geschlafen hatten. Sie nahm eine Zeitung vom Kleiderhaken und tat, als würde sie darin lesen. Oder, fragte ich, irre ich mich. Ja, du irrst dich. Und sie verließ das Lokal.

Ich hatte zu wenig Geld, um die Zeche zu bezahlen, und hoffte, der Kellner würde die Einkaufstaschen als Pfand annehmen. Nach einer Stunde kam Evi zurück. Sie habe zu zahlen vergessen.

Wegen vorhin, sagte ich. Sie unterbrach mich. Mit welchen Gedanken du den Kopf voll hast, ist deine Sache. Ich erwarte nicht, daß es immer nur Gedanken an mich sind. Gerade jetzt nicht, nach dem Unfall. Dann aber rede auch nicht von mir. Sie beglich die Rechnung und gab mir einen Kuß.

Ihre Wange noch an meiner, flüsterte sie mir ins Ohr: Komm mit. Ich wollte nach den Einkaufstaschen greifen, sie ließ es nicht zu, komm, und ich lief hinter ihr drein, aus dem Lokal, über den Markt, hinter einer Verkaufsbude umarmte sie mich. Ich war zu atemlos, um sie zu küssen, doch nicht kurzatmig genug, um ihr keinen Vorwurf zu machen. Wir könnten doch die Taschen nicht zurücklassen.

Lange schauten wir uns an, als müßte einer den anderen von neuem kennenlernen, und als ich sicher war, sie würde auf mich warten, ging ich zurück und holte den Einkauf.

Da es sich herumgesprochen hatte, daß Evi diesen Abend ein Essen spendierte, waren in der Wohnung des Kochs nicht nur unsere Freunde versammelt. Als sie mich sahen, fragte keiner nach Essen und Trinken, alle fragten nach Andreas. Bald fühlte ich mich überflüssig, einer übertrumpfte den andern. Was sie alles unternehmen würden, wenn Andreas wieder in Wien sei. Es würde ihm gar nicht bewußt werden, daß er im Rollstuhl sitzt. Abwarten, sagte ich. Mach dich nicht wichtig, fuhr mich der Koch an. Daß du beim Unfall dabei warst, ist kein Verdienst.

Ich konnte ihn nicht ausstehen, diesen Angeber.

Sie haben gedacht, er gehöre zu meinen Freunden? So ist es auch. Meine Freunde sind von anderer Art als Ihre. Uns verbindet persönlich nicht viel, es ist die Lebenssituation, die uns zusammenbringt, sonst nichts.

Sie kippen auch reihenweise um, halten es nicht aus in der nur zeitweisen Unterdrückung, die wir uns erschwindeln. Ob nicht doch etwas dran sei an den verheißungsvollen Geboten, am geordneten Leben, am langsamen, doch immerhin geregelten Dahinsterben.

Schließlich kennen sie die Regeln von den restlos zerstörten Eltern. Und das Entsetzen darüber hat sie in die Flucht geschlagen. Doch die Flucht führte nicht ins Paradies, sondern nirgendwohin. Sie wurde zu einem Leben auf der Flucht. Wer kann auf die Dauer so existieren? Einige, ja, denen traue ich das zu. Den meisten nicht. Am allerwenigsten dem Koch.

Ob ich es mir zutraue? Wüßte ich das mit Bestimmtheit, würde ich mir andern Umgang suchen, Menschen, die mit derselben Sicherheit wissen, was sie wollen.

Keinen Tag länger würde ich mich mit dem Koch abgeben. Ein widerlicher Kerl. Stehlen, in den Arsch kriechen, schikanieren, etwas anderes ist von ihm nicht bekannt. Wenn er arbeitet, schädigt er den Betrieb durch Lebensmitteldiebstähle, jeden Chef aber verehrt er geradezu, und was ihn in der Früh aus dem Bett treibt, ist die Freude darauf, die Küchengehilfen zu schikanieren.

Hin und wieder sehe ich ihn, immer noch, und zum Glück ahnt er nicht, daß ich ihn nur treffe, um herauszufinden, welche Rolle er bei der Ermordung Evis gespielt hat. Er hatte nicht das Geld, um die Wohnung seiner Großmutter zu halten. Nun läßt er sie sogar renovieren, und die

Schuhe muß man ausziehen, mit Rücksicht auf den Teppich.

Sie haben recht, bei Andreas läßt er sich längst nicht mehr blicken. Der einzige übrigens, der sich abgesetzt hat, den anderen habe ich unrecht getan, als ich sagte: Abwarten.

In jener Nacht, nachdem alle gegangen waren und ich mich mit Evi in ihr Zimmer zurückgezogen hatte, machte der Koch sich über die Einkaufstaschen her, die bis dahin niemand angerührt hatte. Wir schreckten aus dem Schlaf, als er sich übergab.

In der Früh langte ich nach meinen Kleidern, die auf einem Klappsessel lagen, und zog sie im Bett an, um nicht nackt im kalten Zimmer stehen zu müssen.

Diesen Sessel, erzählte Evi, hat die Frau mitgebracht. Das Bett ist zu niedrig. Hier sitzt sie, wenn ich ihren Kopf massiere und ihr die Hände auflege.

Wir nahmen uns vor, an einem der Weihnachtstage durch die Oberlaaer Weinberge zu spazieren, um zu sehen, wie weit man mit dem Bau der Verschubanlage bereits gekommen war. Wenn die Anlage fertig sei, das war Evis Wunsch, würden wir einen ganzen Tag dort verbringen und den Güterzügen zuschauen.

Doch ich wurde an beiden Weihnachtstagen gebraucht. Das Angebot des Tankstellenpächters konnte ich nicht abschlagen: für Andreas einzuspringen, der vor dem Unfall bereits zugesagt hatte, zu Weihnachten den Dienst zu übernehmen. Dazu kam, daß ich Andreas hier kennengelernt hatte.

Er arbeitete schon seit Monaten in der Reparaturwerkstatt, die zur Tankstelle gehörte, als ich erstmals an einem Sonntag als Tankwart aushalf. Ich traute meinen Ohren nicht: Er hatte in diesem Jahr das Gymnasium verlassen, in der siebenten Klasse. Doch aus anderen Gründen als vor Jahren ich. Motocrossmaschinen, das begeisterte ihn, und Motocrossrennen.

Heute noch wundert mich seine Konsequenz. Was macht ein mittelloser Schüler, der Motocrossrennen fahren will. Er geht einfach dorthin, wo man seine Leidenschaft teilt. Der Tankstellenpächter, ein ehemaliger Bundesbahnangestellter, fährt Motocross, handelt mit den Maschinen, kennt ein Trainingsgelände in der Nähe, wo er neuen Kunden die Fahrtechnik beibringt, und kommt einer wie Andreas ohne Geld und will trotzdem fahren, den beschäftigt er bei sich.

Ich beneidete Andreas so sehr um seine Zielstrebigkeit, daß ich als Tankwart blieb, monatelang, vielleicht würde etwas davon auf mich übergehen. Eine abgesteckte Welt, in der man sich bis zur Erschöpfung austoben konnte. Stark ist mein Verlangen danach nicht mehr, aber es ist noch vorhanden.

Mir fehlt es an Geschicklichkeit und Mut. Andreas nahm mich zum Training mit, borgte mir seine Maschine und hatte mehr Geduld mit mir als ich. Daß einer sich nach Monaten ungeschickter anstellte als ein Anfänger, wunderte ihn schließlich doch.

Vielleicht würde ich, später einmal, als Betreuer taugen. Damit tröstete ich mich, als ich die Arbeit bei der Tankstelle aufgab. Der Pächter hätte mich sogar als Mechaniker eingestellt. Daß ich mitunter den Fehler an einer Maschine rascher erkannte als er, imponierte ihm. Doch leider, hier hatte ich nichts verloren, alles in allem.

Ich fand Arbeit bei einer Entrümpelungsfirma, bei der ich schon öfter beschäftigt war. Hier konnte ich mich die eine und andere Stunde im Lager verstecken und in den alten Büchern lesen, die haufenweise herumlagen.

Zumindest an jedem Wochenende traf ich Andreas. Er hatte das Gestell für einen Anhänger zusammengeschweißt, um seine Maschine transportieren zu können. Der Anhänger freilich fuhr nicht von allein. Andreas hatte ein Auto in Aussicht, fast schrottreif, aber billig. Er lud mich zu einer Testfahrt ein. Danach war das Auto, wie Sie wissen, tatsächlich schrottreif.

Der Freund, bei dem Andreas damals wohnte, hatte mitkommen wollen, doch als wir losfuhren, saß er immer noch beim Verhör. Illegaler Waffenbesitz. Eine alte ungarische Armeepistole. Munition gab es auch, doch meines Wissens hatte er das Zimmer nie mit der Pistole verlassen.

Wer ihn angezeigt hat, darüber gibt es für mich keinen Zweifel. Der Koch. Dem traue ich alles zu, diesem Angeber. Einer von jenen Wienern, die in einer Stunde mehr reden, als sie an einem ganzen Tag denken können. Ich äußerte meinen Verdacht nicht, denn der Koch war bei den andern zu beliebt.

Als Andreas aus dem Rehabilitationszentrum zurückkam, in sein Zimmer, in Ihre Wohnung – wer war der erste, der mit einer Flasche Wein anrückte, der Koch. Ich hätte sie ihm auf dem Kopf zerschlagen wollen. Kein Alkohol bei Andreas, hatten wir vereinbart. Ich nahm dem Koch die Flasche nur aus der Hand. Andreas bat mich, sie zu öffnen. Er trank drei volle Gläser hintereinander. Was ein kompletter Querschnitt sei, erklärte er uns. Und wollte, daß wir ihm eine Pistole beschaffen. Nun hat er, dachte ich, jede Hoffnung verloren.

Nach zwei Wochen schon fiel es mir äußerst schwer, noch so oft zur Arbeit zu gehen, daß es für die Miete reichte, für ein bißchen Essen und für den Wein. Den andern erging es nicht besser. An die zehn saßen Tag um Tag bei Andreas, nicht immer dieselben, doch ich war immer dabei, und wir betranken uns, betranken uns bis zum Umfallen. So brauchten wir nicht daran zu denken und nicht darüber zu reden, daß er sich erschießen wollte. Und auch er, so hofften wir, dachte beim Trinken nicht daran.

Anfangs kam Evi selten, anfangs, als auch noch geredet wurde, doch als die Besäufnisse beinahe wortlos abliefen, saß sie öfter bei uns. Eines Tages fiel ihr auf, daß der Rollstuhl nicht mehr im Zimmer stand. Andreas, der im Rehabilitationszentrum das Training mit dem Rollstuhl verweigert hatte, lag und saß grundsätzlich nur auf dem Bett. Nun durfte ihm der Rollstuhl nicht einmal mehr unter die Augen kommen. Sein Zimmer, erklärte er Evi, verlasse er gehend oder gar nicht. Sie stimmte ihm zu, sie an seiner Stelle würde es nicht anders halten.

Ich dachte, ich würde nicht recht hören. An seiner Stelle. Weißt du, was du redest?

Das wisse sie durchaus. Ob ich allerdings bei Verstand sei, bezweifle sie.

Andreas lachte auf, so laut, daß Sie aus Ihrem Arbeitszimmer kamen und um Ruhe baten.

Ja, sagte er, der Harry ist wahnsinnig. Das denke ich mir die ganze Zeit. Sitzt da jeden Tag und säuft sich zu Tod.

Und du, erklärte sie ihm ruhig, du bist übergeschnappt. Evi kümmerte es nicht, daß wir sie anstarrten, als hätte sie ein Verbrechen begangen. Andreas zu beflegeln, das hatte, seit er gelähmt hier lag, noch keiner gewagt, auch im Scherz nicht.

Du hast recht, sagte er.

Und Evi darauf: Es wird Zeit, daß du dich umstellst. Auf Schnaps. Dann geht es schneller bergab mit dir. Du bist beim Unfall am Rand des Todes gestanden, das hat dich neugierig gemacht. Nun willst du noch einmal sehen, wie es dort ausschaut. Vorher ist dir nicht zu helfen.

Du hast recht, sagte er, und vom nächsten Tag an, wir konnten ihm noch so davon abraten, brachte er sich mit Wein nur noch in Stimmung. Dann griff er zur Schnapsflasche.

Die Schuld daran gab ich Evi, und wenn sie Andreas besuchte, redete ich nicht mit ihr, auch sonst mied ich sie. Zu meinem Erstaunen blieb mein Gefühl für sie unverändert. Eine Woche noch wartete ich zu, dann wußte ich es mit Bestimmtheit: Ob ich sie sah oder nicht, mit ihr schlief oder nicht, auf sie böse war oder nicht, das Gefühl für sie blieb dasselbe. Nur eines veränderte sich: Der Wunsch, ihr das mitzuteilen, wurde so stark, daß ich ihm nachgeben mußte. Evi nickte, als hätte ich ihr etwas Alltägliches gesagt.

Die Reihe wäre am Koch gewesen. Jeden Tag, das war die neue Abmachung, brachte ein anderer den Wein, den Schnaps für Andreas kauften wir von seinem Geld. Er sei pleite, behauptete der Koch. Ich sah eine Möglichkeit, ihn zumindest für einige Tage loszuwerden. Er möge daheimbleiben. Das ließ Andreas nicht zu. Die blöden Sprüche des Kochs schienen auf ihn eine Wirkung zu haben wie der Schnaps.

Schuld sei Evi, lamentierte der Koch, sie habe Geld genug, doch sie weigere sich, zu bezahlen. Ich fiel über ihn her: Sie bezahle pünktlich ihren Anteil an der Miete.

Das bestritt er nicht. Doch benütze Evi das Zimmer auch zu kommerziellen Zwecken. Das sei nicht vereinbart. Sie behandle die Frau eines Staatssekretärs und kassiere dafür. Ihm stehe ein Teil davon zu.

Endlich eine Gelegenheit, ihm die Meinung zu sagen. Sofern man Schimpfwörter eine Meinung nennen kann. Ich hatte wohl zu viele davon auf Lager, jedenfalls war ich sie noch nicht los, als Andreas mich unterbrach.

Welche Frau. Welche Behandlung.

Der Koch wußte nichts Näheres. Das ist seine Stärke. Er weiß nie etwas Näheres, das aber mit Bestimmtheit. Weil ihn die Menschen nicht kümmern. Er beschäftigt sich mit der Welt, mit jener Welt, die jeweils im Gerede ist, mit der Mitwelt einmal, dann mit der Umwelt. Zur Zeit ist er bei der Natur gelandet, auch kein kleines Gebiet.

Was ist Ihnen neu? Der zynische Ton? Sie führen ihn auf meinen Haß gegen den Koch zurück? Nett von Ihnen.

Das habe ich gesagt? Daß auch ich gegen die Zerstörung der Natur bin?

Ich habe jetzt keine Lust, mit Ihnen zu diskutieren. Wissen Sie, alle diese Zerstörungen von irgend etwas, die können mir allmählich gestohlen bleiben. Die Zerstörung von unsereinem, davon redet niemand mehr. Die scheint beschlossene Sache zu sein.

Fragen Sie doch nicht immer, ob das gegen Sie geht.

Bei Evis nächstem Besuch erinnerte sich Andreas sofort daran. Die Frau. Die Behandlung. Evi wollte nicht darüber sprechen. Ein anderes Mal.

Warum?

Es sei zu früh.

Andreas beharrte darauf: Es ist nicht zu früh. Ich erinnere mich an jedes Wort, da ich nicht begriff, worauf die beiden hinauswollten.

Evi: Ich treffe nächste Woche einen Mann aus China. Die Frau hat mich auf ihn aufmerksam gemacht. Ich habe ihr von dir erzählt. Das Gespräch mit ihm möchte ich abwarten. Wie behandelst du diese Frau? Evi erzählte es ihm. Mit einem Mal schien er nüchtern zu sein. Wir hörten zu, nicht einmal der Koch wagte eine Bemerkung zu machen, Andreas' plötzliche Nüchternheit verschreckte ihn.

Warum behandelst du nicht auch mich?

Weil wir uns zu gut kennen. Weil du meine Hände zu gut kennst. Wenn sie dich berühren, würdest du daran denken, daß sie vorhin eine Zigarette angezündet haben. Und ich würde spüren, woran du denkst, und meine Gedanken wären nicht in meinen Händen, sondern im Kopf, wo sie in dem Fall nichts nützen.

Andreas hielt dagegen, er würde einfach vergessen, daß er Evi kennt. Und wollte wissen, woran die Frau litt. Das wollte Evi nicht sagen. Anfangs sei die Frau sehr schweigsam gewesen, sie habe nur gemeint, meine Hände würden ihr guttun. In letzter Zeit jedoch sei sie fröhlich und geradezu mitteilsam. Sie erzähle viel von ihrem Mann.

Immer wieder gebraucht sie für ihn dieselbe Wendung. Ein Mann, der das Schlimmste verhindert. Nicht erst jetzt ist er so, als Staatssekretär.

Aus dem, was ich von Evi aufschnappte, habe ich nach und nach die Geschichte dieser Frau zusammengetragen. Dabei kam mir zugute, daß Andreas nicht müde wurde, Evi auszufragen.

Warum ich Ihnen diese Geschichte vorenthalte? Ich müßte erst in meinen Notizen nachschauen. Also von mir aus.

Sie haben miteinander studiert, kennengelernt hat sie ihn in einer Studentengruppe.

Die Frau wurde schwanger, er wußte, wie man das Schlimmste verhinderte.

Und dann: Die Miete im Studentenheim stieg enorm, das traf sie schwer, doch sie unternahm nichts dagegen, denn nach seiner Ansicht war das Schlimmste, das es zu verhindern galt, der Hang der anderen Studenten zum Aktionismus.

Dann der 1. Mai. Die Gruppe beschloß einstimmig, dieser Tag habe als Kampftag der Arbeiter begangen zu werden und nicht als Wunschkonzert. Als es dann auf dem Rathausplatz tatsächlich zu einem Wunschkonzert kam, unternahmen sie eine Störaktion. Der Mann distanzierte sich davon im Namen der Gruppe mit einer Presseaussendung. Damit war die Gruppe blamiert, und sie zerfiel.

Nein, alle diese Einzelheiten, das würde zu lange dauern, wir sind schon die letzten Gäste. Jedenfalls wurde die Begabung des Mannes, das Schlimmste zu verhindern, nun öffentlich bekannt. Ein Parteifunktionär bot ihm einen Posten an, der Mann zögerte nicht. Ihm fiel eine Untersuchung in die Hände, aus der hervorging, daß Österreich, einmal ein führender Sozialstaat, sich nunmehr im geschlagenen Feld befand. Und daß die Zahl der Armen erschreckend hoch war.

Abermals zögerte der Mann keinen Augenblick. Er gab, was er wußte, der Öffentlichkeit preis, um sie aufzurütteln. Damit machte er sich unbeliebt. Man bezweifelte, ob jemand ohne Studienabschluß für diesen Posten qualifiziert sei.

Einen Augenblick. Hier müßte es weitergehen. Ich verstehe das nicht, ich habe gestern die Notizen genau geordnet. Doch auf der nächsten Seite beginnt schon die Geschiche vom Chinesen. Bitte, wenn Sie unbedingt wollen. Ich kann Ihnen das aber nur aus dem Gedächtnis weitererzählen.

Eines jedenfalls stand fest, ohne Hilfe der Frau konnte das Schlimmste nicht verhindert werden. Sie unterbrach ihr Studium und schrieb für den Mann eine Doktorarbeit. Nun gab es keinen Zweifel mehr an seiner Qualifikation.

Mittlerweile waren seine Vorgesetzten froh, daß er damals jene Zahlen veröffentlicht hatte, sie wurden immer noch zitiert, welch ein Glück, die Zahl der Armen nämlich hatte sich inzwischen verdoppelt. Sie lobten ihn, weil er sich nicht gescheut hatte, die Tatsachen beim Namen zu nennen. Von nun an galt er als Experte. Daß so ein Mann in die

Regierung gehörte, daran ließen die Kommentatoren so lange keinen Zweifel, bis er zum Staatssekretär bestellt wurde.

Endlich konnte er sich bei der Frau revanchieren, spät, wie er sagte, aber doch. Andere, die nicht einen Bruchteil seiner Leistung erbracht, aber fleißig abkassiert hätten, besäßen das längst, was er ihr nun bieten könne. Alles, was sie bereits hatten, Wohnung, Auto, verdoppelte er, auch das Dienstpersonal wurde um eine weitere Jugoslawin aufgestockt.

Nun, behauptete Evi, kann endlich die Frau sich revanchieren. Sie nimmt die Fröhlichkeit, die unter meinen Händen entsteht, mit nach Haus. Ihren Mann macht das verrückt. Er will wissen, warum sie ihm nicht mehr zuhört. Ausgerechnet jetzt, da er die Weichen für das Land bis zur Jahrtausendwende stellt.

Wie gesagt: Andreas wurde nicht müde, Evi auszufragen. Ich trank zwar noch, doch betrank ich mich nicht mehr. Immer fand ich etwas in Evis Erzählungen, das ich mir daheim aufschreiben wollte.

Schade, daß meine Mutter nicht mehr ansprechbar ist. Ich würde sie gern an das erinnern, was sie mir gesagt hat, als ich ein Kind war: Ich habe in all den Jahren im Gemeindeamt keine Fragen gestellt. Nicht zu den gefälschten Belegen, nicht zu den überhöhten Rechnungen, nicht zu den verschwundenen Unterlagen. Nur so bekommt man Einblick.

Ich würde ihr gern erzählen, wie ich Einblick bekam. Ja, bekam. Denn Evi lebt nicht mehr. Einmal begleitete sie mich in die Anstalt. Dann bat ich sie, nicht mehr mitzukommen. Jedesmal bricht mir das Herz, wenn Mutter mich nicht erkennt, wenn sie mich für jemand anderen hält, für den Gutsbesitzer meistens. Ich ertrug es nicht, wenn Evi sagte, meiner Mutter gehe es gut.

Ausgerechnet für den Gutsbesitzer hält sie mich. Das weckt jedesmal Zweifel in mir. Ob ich durchhalte. Wie lange ich durchhalte. Ob ich eines Tages mein Leben verrate. Oder ob ich werde wie meine Mutter, die in ein anderes Leben hinübergewechselt ist.

Gewissermaßen, meinte Andreas, war die Frau auch gelähmt. So weit wollte Evi nicht gehen, so weit wollte sie der Hoffnung, die er in sie setzte, nicht entgegenkommen. Selten ein Tag, an dem sie ihn nicht besuchte. Unsere Runde zerbröckelte, als erster blieb der Koch weg.

Sie bat Andreas, Geduld zu haben. Bis nächste Woche. Sie habe keine Ahnung, wer das sei, was er sagen werde, sie kenne nicht einmal den Namen des Chinesen. Aber auch dann brauche Andreas Geduld. Doch keine Angst, die Zeit der unnützen Geduld sei vorbei. So viel könne sie sagen, mehr nicht.

Zu Beginn der nächsten Woche, in der Nacht, wurde ihr auf dem Nachhauseweg der Schädel eingeschlagen. Die Tage vorher, übers Wochenende, hatte sie bei mir übernachtet. Mein erster Gedanke, als ich endlich einen fassen konnte: mich unverzüglich bewaffnen.

Sie können unbesorgt sein, ich besitze heute noch keine Waffe.

Andreas verlangte nach dem Rollstuhl, es hielt ihn nicht länger im Bett. Der Chauffeur, erinnerte er sich. Ich rannte zur Polizei. Die Frau wurde vom Chauffeur ihres Mannes beobachtet, hatte Evi uns erzählt. Einmal überlistete sie ihn, er hatte in der Nähe von Evis Wohnung sein Privatauto geparkt. Die Frau gab ihm den Rat, im Dienst doch den

Dienstwagen zu benutzen, das würde sich besser machen.

Das Gewicht meiner Aussage war entsprechend meinem sozialen Gewicht gering. Und die Frau, hieß es, sei nicht vernehmungsfähig. Warum? Das gehe mich nichts an. Und der Chauffeur? Man habe sich alles notiert. Im übrigen verfolge man andere Spuren, welche, das könne ich mir wohl denken. Das Milieu, in dem das Mädchen verkehrt habe, müßte mir doch vertraut sein. Handauflegen falle außerdem unter Kurpfuscherei und sei verboten. Ich sagte nichts mehr. An die Frau bin ich bis heute nicht herangekommen.

Ob Sie mir dabei behilflich sein können? Ehrlich gesagt, ich habe auf diesen Vorschlag gewartet.

Am Tag nach Evis Begräbnis stand Herr Tsang am Bett von Andreas. Ich schickte die Freunde hinaus und lüftete das Zimmer. Tsangs Stimme, erzählten sie, habe man über alle drei Stockwerke bis ins Erdgeschoß gehört. Er beugte sich über Andreas, schaute in seine Augen. Gut, sagte er. Er schlug Andreas mit der Faust gegen die Brust, daß die Rippen krachten. So hatte ich Andreas noch nie lachen hören.

Stark, stellte Herr Tsang fest. Noch schlage er Andreas, doch wenn der wieder laufen könne, werde es umgekehrt sein. Damit es schneller ging, half ich Andreas beim Entkleiden. Mit einer Kraft, daß ich fürchtete, er würde den Körper durchbohren, drückte Tsang mit dem Daumen auf verschiedenste Stellen.

Ich mußte meine Neugier loswerden. Ob er Judokämpfer sei. Alle Gürtel. Mit einer Handbewegung tat er das ab. Ob er diesen Sport noch ausübe. Nein, er sei Sänger gewesen, Tenor. Und nun? Er sei nach Wien gegangen und habe geheiratet. Leider lasse seine Frau sich nun scheiden.

Er öffnete eine Blechdose, die gefüllt war mit langen silbernen Nadeln. Einige steckte er in Andreas' Körper, den es krampfartig schüttelte. Du siehst, die Beine sind keine Seegurken.

Es werde ein Kampf werden, erklärte Tsang, ein langer Kampf. Andreas müsse ihn aufnehmen, er, Tsang, werde ihn dabei unterstützen. Viel Training und kein Alkohol, kein Tropfen bis ans Lebensende.

Wo das Mädchen sei, fragte Tsang. Evi? Tot. Ermordet.

Wann. Ich nannte den Tag. Sein Gesicht wurde hart, unauflöslich, so schien es mir. Seitdem wage ich von *meinem* Haß nicht mehr zu sprechen.

Später waren Sie selbst dabei. Von Tsangs zweitem Besuch an wissen Sie alles. Nun haben die beiden den Großteil des Kampfes hinter sich. Wenn das Schwierigste auch noch bevorsteht.

Und wir beide? Wie Sie sehen, stellt der Wirt schon die Sessel auf die Tische. Könnte sein, daß für uns heute ein Kampf begonnen hat. Wie ich das meine? Nun, es kommt darauf an, was Sie mitbekommen haben von dem, was ich Ihnen erzählt habe. Und ob Sie einsehen, daß ich niemanden brauche, der über mich schreibt. Es ist besser, wenn wir gehen, der Wirt kehrt uns sonst zur Tür hinaus.

Sie atmen auf? Hat es Ihnen zu lang gedauert?

Ach so. Weil Sie sich unter einer Abrechnung Schlimmeres vorgestellt haben. Sie denken wohl, daß jeder, der nicht aussieht wie Sie, einen Totschläger in der Tasche hat. Und Stroh im Kopf.

Zahlen.

Und vergessen Sie Ihre Jacke nicht. Und die Pfeife, hier unter dem Papierkram.

Freundlich von Ihnen, die Rechnung zu übernehmen. Das ändert aber nichts daran, daß Sie heute mein Gast waren.